네 멋대로 해라

네 멋대로 해라

김현진 지음

한겨레신문사

차 례

여는글 : 나는 김현진, 다른 누구도 될 수 없다

　나는 언제까지 나 자신을 사랑할 수 있을까. 나는 언제까지 나 자신을 용서할 수 있을까. 나의 부족함, 나의 실수들, 나의 나약함, 언제까지 나는 자신에게 너그러울 수 있을까. 내가 택해야 했던 것들과 그 때문에 잃은 것들을 언제나 아파하지 않을 수 있을까.

　나는 많이 얻은 사람이다. 남들이 내게 그렇게 말한다. 하지만 나는 그만큼 많이 잃었다. 누구에게나 주어진 인생의 몫은 같다. 나는 살아낼 수 있을까. 남들이 생각하듯이 나는 처음부터 그렇게 툭 튀어나온 특이하거나 특별한 아이는 아니었다. 우연히 그때그때 상황마다 내 자신에게 물어 내가 옳다고 생각했던 길을 갔고, 그 순간의 선택들이 나의 인생 자체를 바꾸어놓았다.

　때로는 나 자신을 전혀 모르는 어린 아이가 되어 내게 질문했다. '너는 누구야, 너는 어쩌다가 여기까지 왔니.' '대답할 수 없어. 몰라. 나도 몰라, 어쩌다 보니 여기까지 왔어.' '그때마다 내가 옳다고 생각하는 바 대로 행했고, 그러다 보니 지금의 내가 있는걸.'

'지금의 너 자신에게 만족하니?' 하는 물음에 대답하는 것은 어렵다. 잠시 그 질문은 유보해 두자. 그러면 '너의 선택은 과연 옳았니, 네가 후회하는 부분은 없어?' 라는 그 물음은? 그것 역시 내겐 어렵다. 때로 나는 내가 살아온 모든 삶을 후회한다.

나는 내가 살아온 모든 순간들을 아파한다. 내가 가지 못한 모든 길들이 때론 나를 힘들게 한다. 학교 앞 떡볶이 집에 모여앉아 여자 친구들과 수다를 떨거나 머리핀을 사러 우르르 몰려다니고 옆 학교 남학생을 보고 가슴을 설레는 귀여운 기억들이 내겐 없다. 점심 시간에 반찬을 나눠 먹으며 같이 공부하는 여고 시절 역시 내겐 없다. 물론 그 대신 다른 것을 얻었지만, 나 자신에 대한 믿음, 조금 남과 다른 삶⋯⋯. 나는 많이 얻었다. 그리고 그만큼 많은 것들을 잃었다.

내가 옳았는지 스스로에게 던지는 질문에 솔직히 할말은 없다. 나는 옳지 않았을 수도 있고 옳았을 수도 있다. 그것은 나 자신이 아닌 어느 누구도 평가할 수 없는 문제이지만, 중요한 것은 나는 평가하고 싶지 않다는 사실이다. 무슨 상관인가? 내가 옳았든 옳지 않았든 나는 지금 이미 이렇게 살아와 버렸는데. 돌이킬 수 없는 일을 평가한들 그게 무슨 상관일까. 앞으로도 나는 내가 옳다고 생각하는 대로 행동할 것이고, 아파하겠지만 후회하지는 않을 것이고, 또 그때마다 찾아오는 후회를 외면하려고 애쓰지도 않을 것이다.

무슨 상관인가? 어차피 한 길로 간 후 찾아오는 다른 길에 대한 아쉬

움과 기대는 지워낼 수 없다. 나는 어쨌든 인생의 굽이마다 결정했던 선택으로 인해 지금의 김현진이 되어 있고 내가 옳았느냐 옳지 않았느냐에 대해서는 대답할 수 없다.

그러나 열심히 살았는가라고 묻는다면 나는 긍정하겠다. 내가 말하는 열심히 산다는 것의 의미는 자기 존재에 대해 철저하게 아파했다는 뜻이다. 이해하기 힘든 말인지도 모르겠다. 나는 아파했다. 모든 나의 행동들, 타인에게 짐스러웠을지 모르는 나의 행동의 편린들과 순간순간 느끼는 감정의 파편들을 철저하게 곱씹고 오래 기억했다. 나는 힘들게 살아가는 인간들 중의 한 사람이다.

나를 그나마 잘 안다고 여겨지는 몇 안 되는 사람들이 그렇게 말했다. "왜 그렇게 힘들게 사니, 왜 그렇게 아프게 사니……." 다른 사람들에게는 쉬운 일을, 나는 어떻게 되어먹은 팔자인지 힘겹게 고비고비 넘기는 귀찮은 인간들 중의 한 명이다. 그러나 나는 내게 찾아오는 아픔들을 피하지 않았고 충분히 아파했다. 지나칠 정도로 아파했고 힘들어했다. 그리고 나를 느꼈다. '내가 살아 있구나, 내가 살고 있구나.' 내가 열심히 살았다고 말하는 방법은 다른 사람에게는 아마도 어리석어 보일 것이다. 나는 어리석을지도 모른다. 아니, 이해할 수 없는 사람에게는 이미 어리석어 보일 것이다.

'지금 너 자신에 만족하니'라는 질문은 치열하게 살았다는 스스로의 확신에도 불구하고 난해하다. 나는, 우스운 말이지만 나라는 인간에게 연민을 느낀다. 흔히 말하는 나약한 자기에 대한 동정, 연민이 아니라 쉽게 가도 됐을 길을 꼭 그렇게 돌아서 가는 희한한 김현진이라는 인간이

때로는 불쌍하고 때로는 나조차도 이해할 수 없다. 그리고……, 애처롭다. 남들 쉽게 잘 지나는 길을 그렇게 아파하며 사는 김현진이라는 인간에게 때로는 동정심마저 느낀다. 냉정한 듯하다가도 때론 세인들의 주목을 끌고 사람들 사이에 둘러싸여 있는 듯하다가도 막상 주말에 약속하나 없는 19살 아이에게 나는 때로 객관적으로 정말 동정을 느낀다. 합리적이고, 이성적인 듯하다가도(척하는 건지) 메마르고 외로워서 누가 따뜻한 말 한마디 해주면 어린애처럼 좋아하고 정 잘 주고 마음 쉽게 주고 아파하고, 죽어도 아닌 척하는, 죽어도 상처 안 입은 척하는 내가 때로는 불쌍하다.

'왜 이렇게 생겨먹었니.' 하고 생각하면서 스스로 한심해 한다는 것을, 컴퓨터 통신의 전자 메일에 온갖 욕설을 실어보내던 사람들은 알고 있을까. 나를 이해할 수 없다고 말하는 그들은, 나조차도 때론 나를 이해할 수 없다는 것을 알고 있을까. 그렇게 말하는 당신들, 당신들은 자신들 스스로를 그렇게도 잘 이해하나요? 나는 그렇지 못한데…….

컴퓨터 통신을 하면서부터 가끔 전자 메일을 받았다. 내 아이디를 안 경로는 잘 모르겠지만 때로는 아주 고마운 격려와 희망이 되는 말들도 있다. 그러나 때로 나를 너무나 힘들게 하는 그러한 단어들이 훨씬 더 많았다고 기억한다. 물론 그런 메일들은 아직도 계속된다. '충고 한마디 하겠다'로 시작해 '잘난 척하지 마라'로 끝나는 이상한 편지, '김현진이라는 골통 빈 X에 대해 한마디하겠다, 아는 것도 없으면서 주둥이 움직거리지 말라'라는 협박, '어줍잖은 너 같은 X는 삼류 에로 영화나 찍으면 딱이다'라는 황당한 메일. 이런 것을 보내는 사람이 왜 보내는지는 잘 모르겠지만 인간이니만큼 기분이 안 나쁘다고 하면 거짓말이다. 기분이 나쁜 정도가 아니라 너무너무 속상했다.

그런 이들은 이 책을 볼까. '나도 내가 싫을 때가 있어, 당신네만 나를 싫어하는 것이 아니라 나도 나 자신을 가끔 싫어할 때가 있다고요.' 하고 외치고 싶었다. 아직은, 아직은 나는 조금만이라도 더 이해받고 싶다. 이 세상은 이해보다는 미움을, 동정보다는 질시를 더 던지지만 나는 조금이라도 더 이해받고 싶었고, 나를 신기해서 쳐다보는 사람들이 아닌 친구를 갖고 싶었다. 하지만 이 상황을 내가 어떻게 할 수 없는데 어떡할까. 그저 그들은 그들이고, 김현진은 김현진인데. 누군가에게 나를 맞추며 살고 싶지는 않다. 한번 사는 나의 인생, 내 구미에 맞게 살고 싶다.

분명한 것은, 나는 앞으로도 이렇게 살 거라는 거다. 이제 내 나이 스물도 안 된 19살, 인생에 대해 무엇을 알겠으며 고통에 대해서 뭘 그리 잘 알겠는가. 그러나 최소한 나는 내가 살아온 삶에 대해서는 잘 안다고 확신하며, 충실하려고 노력했다. 나 자신에게 정직하려고는 노력했다.

나는 실수를 많이 하고 살았다. 인정한다. 나 자신에게, 다른 사람들에게. 나는 실수했다. 나는 넘어졌다. 넘어져서 다치고 힘들었다. 최소한, 나는 일어나려고 노력은 했다. 그때마다 일어서려고 노력은 했다. 힘이 다 빠져서 주저앉아 한참을 멍하니 있는 순간에도, 곧 '다시 일어나야 한다……, 일어나야 한다…….' 하고 끊임없이 생각했다. 여전히 나는 누가 이유 없이 나를 싫어하면 속이 상하고 아직은 그런 것에 초연할 만큼 어른이 되지 못한 모양이다.

앞으로 나는 살아온 날보다 살아갈 날이 훨씬 많으니 아직은 급하게 생각하지 말아야지. 나는, 언제까지 나 자신을 용서할 수 있을까. 언제까지 나 자신을 사랑할 수 있을까.

그러기 위해 나는 김현진이기로 했다. 나는 누구인가. 국내 최연소 편집장 경력, 영상원 최연소 합격, 이런 타이틀을 모두 떼어버린 그저 영화를 사랑하는 김현진으로……. 언제나 그렇게 남고 싶다.

나는 자랑할 것이 없다. 이 책은 소위 일류 대학에 들어간 학생들이 자랑스레 자신의 경험을 털어놓는 그런 번지르르한 책이 못 된다. 더할 것도 뺄 것도 없는 한 아이의 깨지고 상처입은 기록이라고 하면 될까. 살며시 일기장을 엿보듯 잠 오지 않는 밤, 긴 이야기를 나누듯 들어주었으면 좋겠다. 이제는 나와 화해하고 싶다……. 내가 나의 손을 잡으며, 이제 한 장을 넘긴다.

1장

학교야, 넌 누구니?

니가 그렇게 잘 났어?

철썩! 철썩!

'철썩!'
"한 대."
'철썩!'
"두 대."
'철썩!'
"세 대."
'철썩, 철썩, 철썩, 철썩!'
"……일곱 대. 일 주일 결석했으니 일곱 대 맞아야지. 됐어, 앉아."

양뺨이 시뻘겋도록 따귀 일곱 대를 얻어맞아 얼굴이 통통 부풀어오른

여덟 살짜리 아이는 차마 제자리에 앉을 생각도 못한 채 눈을 크게 부릅뜨고 그 자리에 돌처럼 굳어 서 있었다.

"어디라고 눈을 치켜떠? 자리에 앉아!"

그렇게 그 자리에 붙박인 듯이 서서 먼곳에서 아득히 들려오는 것 같은 반 아이들의 놀림 섞인 웃음 소리를 들으며 창백해진 얼굴로 선생 같지도 않은 선생을 새파랗게 질린 채 뚫어져라 쳐다보던 아이는, 바로 1988년 당시 초등학교 1학년이던 나였다. 물론 뺨이 떨어져 나갈 정도로 아프기도 했지만 그때의 모멸감과 부당하다고 느꼈던 억울한 심정이 아직도 생생하게 남아 있다.

당시 나는 집안 일로 부모님과 함께 지방에 일 주일 정도 머물게 되었다. 당연히 무책임한 부모가 아니었기에 어머니는 담임 교사에게 전화를 걸어 이러저러한 집안 사정으로 일 주일간 결석하게 되겠노라고 양해를 구했다. 그리고 나는 그로부터 꼭 일 주일 후 다시 학교에 나갔다. 그런 나를 담임이라는 사람은 느닷없이 일으켜 세우더니 결석한 날 수만큼 숫자를 세며 따귀를 때렸다. 여덟 살짜리 아이가 그렇게 때릴 데가 많을까? 120센티미터가 조금 넘는 깡마른 초등학교 1학년생을 그렇게 때릴 데가 많았을까?

그 당시 난 선생에게 매를 안 맞고 지나간 날이 하루도 없었다. 손바닥을 매로 때리는 건 물론 기본이고, 귀가 빠질 정도로 세게 두 귀를 양손으로 잡고 늘일 듯이 잡아당겼을 때의 아픔을 나는 아직도 잊을 수가 없다. 그가 나를 때릴 때마다 나는 신체적 고통만을 느낀 것이 아니라 세상을 순수하게 바라보던 어린 아이의 여린 마음과 모든 어른에 대한 신뢰

감이 함께 뒤틀려짐을 느꼈다.

별일 아닌데 날마다 주먹으로 머리를 쥐어박던, 지금도 용서할 수 없는 그 교사. 설사 내가 잘못했다 치더라도 아직 옳은 것과 그른 것에 대한 기준도 제대로 서지 않은 여덟 살의 아이를 대하는 처신이 과연 교사로서 올바른가? 반 아이들이 다 보는 가운데 모욕적인 언사를 남발하면서 감정적인 신체적 처벌을 가하는 것이 과연 교사로서 올바른 처신인가? 내가 아무리 잘못된 아이였다 하더라도 그것은 옳지 않다. 게다가 단언하건대 나는 잘못을 저지르지 않았다. 나보다 더 심한 장난을 치는 개구쟁이들조차 아무런 벌을 받지 않는 것을 바라보고 내가 받은 상처는 얼마나 컸던가? 심지어 수업 시간에 호기심으로 질문을 하면 '잘난 척한다'며 그 자리에서 일으켜세워 주먹질을 했던 그를 나는 10년이 지난 지금도 이해할 수 없다.

나는 나쁜 아이

한번은 쉬는 시간에 짓궂은 남자 아이들이 심심했는지 언제나 제자리에 앉아 책만 읽고 있는 나에게 마구 장난을 걸기 시작했다. 나는 워낙 책을 한번 읽기 시작하면 방해받는 것을 싫어하는 데다 귀찮기도 해서 그러거나 말거나 계속 읽고 있던 책에서 손을 떼지 않았다. 그런데 그중 한 장난꾸러기가 내가 반응을 보이지 않자 재미가 없었던지 "야, 바보야, 못 덤비지?" 하더니 내 머리를 툭툭 치며 장난을 걸었다. 견디다 못한 나는 조용한 장소를 찾으러 그 자리를 떠나려 했지만 자꾸 발을 걸고 못살게 구는 바람에 그 애를 참다 못해 밀어젖히고 읽던 책을 가지고 그 자리를 떠났다. 그런데 공교롭게도 그 애는 뒤로 약간 휘청거리다가 교실 뒤의 플라스틱 휴지걸이에 부딪혔고 그 바람에 휴지걸이는 망가지고 말았다.

그때까지 가만히 있는 나를 괴롭히던 아이들에게는 아무 잘못도 없다는 듯이 책상에 앉아 꿈쩍도 하지 않던 담임은 기다렸다는 듯이 달려왔다. 그는 바로 그 장난꾸러기들 앞에 나를 세운 뒤 큰소리로 "매일 일 벌이는 게 김현진 너야." 하며 나를 야단치고는 먼저 소란을 일으킨 그 아이를 문책하는 말은 한마디도 없이 내게 당장 그 애에게 사과하라고 호통을 쳤다.

나는 정황을 설명해 보려 했으나 너무나도 분한 마음이 목까지 치밀어 올라 씩씩거리기만 했다. 분명히 담임은 교실 안에서 그 아이들이 나를 괴롭히는 것을 봤다. 그러나 그동안은 신경도 쓰지 않고 관찰만 하다가 그 애가 휴지걸이에 부딪히는 순간 달려온 것이다. 너무나 억울했고 부당하다는 생각이 들어 나는 물론 사과하지 않았고 선생은 "뭐 이런 게 다 있어?" 하며 내 머리를 계속 쥐어박았다. 그동안 그 철없는 장난꾸러기는 담임의 등뒤에서 나에게 연신 혀를 내밀어보였고.

그때의 모멸감과 분노는 10여 년이 지난 지금까지도 쉽사리 잊혀지지 않는다. 게다가 선생은 당연하다는 듯이 나에게 변상을 명령했다. 죽어도 그 선생 앞에서는 울지 않으리라 다짐하고 집으로 돌아오는 길에 얼마나 울음을 참았는지. 아이들은 나를 아무리 놀리고 괴롭혀도 선생이 아무런 제재를 가하지 않는다는 사실을 알고 또 얼마나 짓궂게 굴었는지 모른다. 물론 나도 나이에 비해 키가 큰 편이었기 때문에 수업을 마친 뒤 모두 반쯤 죽여버려 아무도 다시는 건드리지 못했지만.

나는 그때 난생 처음 들어간 학교에서 선생님께 얼마나 귀여움이란 것을 받아보고 싶었는지 모른다. 그러나 그는 어린 내 소견에도 아무런 이유 없이 나를 너무나 싫어했다. 게다가 처음 학교에 들어간 아이들에게는 '선생님 = 절대적 가치'였기 때문에 아이들은 모두 '선생님이 미워하니까 현진이는 나쁜 아이'라고 여겨 나와는 놀지 않으려 했다. 물론 아이들은 역시 아이들인지라 시간이 흐른 뒤 모두 친하게 되었지만 그 당시의 어린 마음에는 상처가 깊었다.

어렸던 나는 무조건 '선생님은 옳고, 옳은 선생님은 나를 미워하고, 그러니까 내가 나쁜 아이'라는 논법으로 나 자신을 못된 아이로 여겨 행동을 고치려고 노력해 보았다. 하지만 무엇을 고쳐야 하는지 도무지 알 수가 없었고, 아무리 조심을 해도 나는 하루에 한 번씩은 꼭 매질을 당했다. 그때마다 아이들은 맞는 나를 놀려대고. 마침내 나는 '내가 잘못한 것이 없다'라는 생각을 하게 되었다. 이듬해 2학년이 되어 나의 행동에는 달라진 것이 없는데도 새로운 담임 선생님이 귀여워해 주셨기에 그런 생각은 틀리지 않았다. 나는 잘못한 것이 없었다. 그것은 이유 없는 체벌이었다. 그러나 내게는 잘못한 것이 하나 있었다.

하루는 담임선생이 퇴근하며 담배를 피우고 있었다. 친구와 손을 잡고 선생에게 인사를 한 후 나는 걱정스럽게 "선생님, 담배에는 니코틴과 타르가 들어 있어서 건강에 나빠요." 하고 말했다. 니코틴과 타르라는 용어는 어릴 적부터 읽어오던, 청교도적 사고를 표방하는 〈리더스 다이제스트〉의 영향으로 알게 된 지식이었을 것이다. 나는 지금도 그 순간을 생생히 기억하지만 정말 그는 그때 그래도 나에게는 우리 반 선생님이었고, 책에서 보니 담배를 피우면 남보다 병에 걸려 죽을 확률이 훨씬 많다기에 정말로 걱정이 되어 한 말이었다. 물론 그 선생이 그것을 모른다고 생각해서 한 얘기도 아니다. 그러나 그는 같잖다는 듯이 나를 바라보았고, 다음날 등교한 나는 또 이유도 없이 꿀밤을 쥐어박혔다.

또 다른 수업 시간. "여러분 나뭇잎은 왜 초록색일까요?" 하는 선생님의 질문. 아이들은 저마다 "하나님이 초록색으로 칠해 됐어요." "하늘을 닮아서 그래요." 등등의 대답을 했다. 나는 너무 조숙했던 것일까. 아이들이 펼치는 온갖 상상력을 조용히 감상하다가 손을 들고 "엽록소가 들어 있어서 그래요." 하고 대답했다. 워낙 문자 중독증이라 읽을 게 없으면 백과사전이라도 읽어치우던 평소의 독서 습관 때문에 무심코 '당연히 엽록소지.' 하는 생각에 한 대답이었다. 다른 아이들은 모두 "엽록소? 엽록소가 뭐야?" 하고 웅성거렸고 담임은 당황했지만 화가 난 표정으로 나를 불렀다. "이리 나와." 나는 내가 무얼 잘못했는지 영문도 모른 채 교단 앞으로 나왔고 그는 지시봉으로 내 머리를 툭툭 두드리며 아는 척 좀 그만하라며 다른 아이들이 대답할 기회를 빼앗는 나쁜 아이라고 마구 혼을 냈다. 정말이지 나는 도대체 그때 내가 왜 잘못했는지 알 수가 없었다.

또 한번은 양호 선생님이 우리들에게 치아에 관해 보건 교육을 실시했다. 이빨이 커다랗게 그려진 그림을 들고 "자, 여러분 이빨 빠진 사람 많지요? 그 빠진 이빨과 새로 난 이빨은 간니와 안간니라고 불러요"라고 가르쳤다. 응? 저건 책에서 읽은 거랑 다른데? 양호 선생님은 "질문 있는 사람?" 하고 반 아이들을 둘러보았고 나는 손을 쭈뼛쭈뼛 들었다. "거기, 말해 봐요." "선생님……, 저기 그거 젖니랑 영구치 아닌가요?" 양호 선생님은 조금 놀라는 듯하더니 나를 마구 칭찬했다. "아유, 너무 똑똑한 학생이네. 근데 지금은 간니, 안간니라고만 알아둬도 괜찮아요. 근데 정말 똑똑하네. 요기 친구 이름이 뭐죠?" 쭈뼛쭈뼛……. 그리고 담임은 보건 시간이 끝나고 쉬는 시간에 나를 또 쥐어박았다. "누가 쓸데없는 짓하래? 니가 그렇게 잘났어?" 지금 들으면 뭐 워낙 험한 세상에 살다보니 폭언 같지도 않지만 그때는 정말 마음에 어찌나 큰 흉터를 남기는 말들이었는지. 내가 워낙 인상이 강하다 보니 사람들이 나는 쉽게 상처받지 않으리라고 여기는 듯한데, 아마 그때 그 선생도 그랬으리라 여겨진다. 처음에는 얻어맞으면 자기가 잘못했나 보다 하고 고개를 푹 숙이던 애가 나중에는 커다란 눈으로 똑바로 쳐다보니 그도 화가 치밀었을 수도 있겠지.

애가 날마다 학교에서 돌아와서 '오늘도 맞았다'라며 풀이 죽어 있자 부모님도 당혹스러워하셨다. 우리 부모님도 워낙 엄하신 분들이라 처음에 학교에서 맞았다고 말하면 '설마 선생님이 잘못했을라구…….' 하는 생각에 "네가 맞을 짓을 했겠지." 하며 오히려 나를 혼내기도 했다. 나는 학교에서 왜 내가 얻어맞는지 모르는 데다 집에 와서 얘기하면 오히려 잘못을 내게 돌리며 더 혼냈기 때문에 날마다 점점 더 풀이 죽어갔다. 하지만 결코 그 선생에게 풀죽은 모습을 보이고 싶지는 않아 이를 꼭꼭 악

물었다. 처음에는 '선생님이 싫어하는 나쁜 아이'라는 생각에 나를 같이 괴롭히던 아이들도 나중에는 '쟤는 똑똑한가 봐.'하며 같이 놀려고 했다. 그 모습도 담임에겐 눈꼴시었으리라.

애는 기를 죽여야 한다

"걔는 도무지 애 같지가 않습니다!"

하루이틀 참는 것도 정도가 있지, 마침내 참다 못한 아버지가 도대체 왜 그렇게 아이를 때리는지 이유를 알고 싶어 담임을 찾아갔을 때 그가 대뜸 꺼낸 말이었다. 그게 무슨 말씀이시냐고 묻던 아버지에게 그는 '애면 도대체 애 같은 구석이 있어야지 아는 문자가 왜 그리 많은 거냐'라며 '다른 아이들과 수준차가 너무 많이 나기 때문에 내가 기 좀 죽이려고 때렸다'라는 말도 안 되는 이유를 늘어놓았다. '다른 애들보다 너무 똑똑하면 다른 애들이 피해를 보기 때문에 자기가 제재를 가했다'는 것이었다. 자신이 가정 환경을 보아 하니 '외동딸인 데다 전도사 딸이니 얼마나 주위에서 귀염만 받고 컸겠는가 싶어 기를 좀 죽여놓으려고 때린 것이다'라고 했다.

그 말을 들으신 아버지는 화가 머리끝까지 나서 '우리는 한번도 애를 외동딸처럼 기른 적이 없다'라고 말씀하셨다. 선생은 계속 '그렇게 너무 뛰어나면 다른 아이들이 피해를 본다'라는 말만 앵무새처럼 되풀이했고. 아버지는 그렇다고 애를 그렇게 매질하면 되느냐고 말했지만 선생은 '그런 애는 기를 좀 죽여놔야 한다'며 막무가내였다고 한다.

아직 30세 전후의 새파랗게 젊은 선생이었는데도 그는 왜 그런 생각을 했을까. 아무리 말해도 말은 통하지 않았고, 아버지는 너무나 혼란스런 가운데 집으로 돌아오셨다. 그 이후 그의 매질은 오히려 더 심해졌다. 목회자 가정이라 너무도 세상사에 순진했던 부모님은 마침내 주변의 충고로 소위 '봉투'를 갖다주었다. 아니나다를까, 매질이 뜸해졌다. 비겁한 인간. 돈벌레.

그러나 단칸방 생활을 하던 전도사 집안의 박봉으로 언제까지 그 봉투를 감당할 수 있겠는가. '약발'이 다 떨어지면 어김없이 매질은 계속되었고, 안 그래도 어려운 살림에 촌지까지 챙겨야 했던 어머니는 2학기를 마칠 즈음에는 거의 포기해 버렸다. 하나도 잊지 않고 기억하건대, 나는 1학년 종업식 때도 맞았다. 나는 부모님에게 그가 했던 말들을 최근에야 알게 되었기에 오랫동안 그 상처를 안고 살아야 했다.

물론 나는 결코 모든 교사가 그와 같다고는 생각하지 않는다. 그러나 처음으로 학교 생활을 시작한 어린 아이였기에 매질 때문에 학교에 가기 싫었던 적이 한두 번이 아니었다. 그는 자신이 예민한 한 아이에게 어느 정도의 상처를 입혔는지 알고나 있을까. 그는 아직도 교사를 하고 있을까. 또 어디에선가 또 다른 아이의 마음에 씻을 수 없는 상처를 입히고 있지는 않을까. 나는 결코 모든 교사를 폄하하고 싶지 않다. 올바른 교육자의 위신을 떨어뜨리는 이는 스승이 아닌 월급쟁이 '교직원'에 불과한 인간임을 알기 때문이다.

10년이 지난 지금까지도 나는 그때의 상처를 잊을 수 없고, 그를 용서

할 수 없다. 그를 미워하지는 않는다. 자기 그릇이 작은 건 그 사람 탓이 아니니까. 그러나 나는 단지, 아무리 눈을 감아도, 나의 첫 학교 생활을 회상하면 한꺼번에 일곱 대의 따귀를 맞아 뺨이 새빨갛게 부풀어오른 얼굴로 교사를 쳐다보던, 죽어도 울지 않으려고 애쓰던 10년 전 어린 나의 창백한 얼굴이 잊혀지지 않을 뿐이다.

사랑을 먹고 자란 시절

열 살짜리의 행복한 추억

1학년 때 담임선생은 정말 끔찍했다. 하지만 2학년으로 올라가서 전처럼 생각한 것을 이야기하고 궁금한 것을 질문해도 아무도 나를 때리지 않았다. 오히려 새로 맞은 담임선생님은 나를 무척 귀여워해 주셨다. 천국 같은 학교 생활이었다. 그러나 그 생활도 잠시, 나는 1학기가 채 끝나기도 전에 아버지의 시무지가 옮겨진 까닭에 아홉 살의 인생에 전학이라는 최대의 도전을 받게 되었다. 다른 아이들이 모두 1학기 때 친해져 있으니 그 사이에 끼여드는 것은 너무 힘들었다. 난 책만 친구삼아 살 수밖에. 그러다가 3학년이 되고 나서는 친구들도 많이 생기고 그런 대로 즐겁게 지냈다. 그러나 정말로 내 인생에서 선생님께 많은 사랑을 받은 시절은 바로 국민학교 4학년 때와 중학교 시절이었다.

나보다 나이가 대여섯 살 많은 아들들을 두신 어머니이시기도 했던 김현자 선생님께서는 나뿐만 아니라 반의 모든 아이들을 어미새처럼 보듬어주셨다. 아이들의 일기를 하루하루 검사하시며 얼마나 애정이 담긴 코멘트들을 적어주셨는지, 나는 일기 쓰는 것이 생의 낙이었다. 초등학생용 노트가 아니라 대학생용 노트에 하루 3~4 페이지씩 읽은 책과 생각들, 있었던 일들과 선생님에 대한 사랑을 빽빽하게 적어놓은 그 공책을 나는 아직도 소중하게 간직하고 있다.

특히 어머님이 엄하셔서 좀 주눅이 들어 있던 난 아이들이 아무도 없으면 선생님께 '엄마.' 하며 열한 살짜리의 응석을 부렸을 정도니 얼마나 사랑해 주셨는지. 내 일기장에 써주셨던 사랑이 넘치는 글들……. 그때의 추억을 생각하면 지금도 나는 가슴이 따뜻해진다. 아이들에게는 절대 말하지 말라고 귓속말을 하시고는 집에 데려가서서 부군되시는 어른께 인사도 시켜주시고 잘생긴 두 아들도 보여주셨다. 그리고 만들어주신 달콤한 간식은 얼마나 맛있었는지. 장미꽃 다발을 들고 침을 꿀꺽 삼키며 발을 들여놓은 예쁜 그 벽돌집은 아직까지 가슴 속에 남아 있는 예쁜 추억이다.

선생님이 주신 마론 인형

여름 방학 때, 여자 아이들이 가지고 노는 마론 인형 같은 것을 한 번도 가져보지 못한 나는 방학 기간 내내 부모님에게 주뼛주뼛하며 인형을 가지고 싶다고 끈기 있게 졸랐다. 인형이나 장난감보다는 재미있는 책이 더 좋았지만 아이는 역시 아이인지라 동네 친구들이 가지고 노는 인형이 그리도 갖고 싶었던 것이다. 장난감 가게를 지나갈 때마다 눈앞에서 황홀한 미소를 짓고 있는 그 인형들 중의 하나만 가질 수 있다면 얼마나 좋을까…….

개학하고 나서도 지치지 않고 조르는 나를 보고 '입에 풀칠하는 전도사 형편에 책 사주는 것만 해도 어디인데 또 웬 인형 타령이냐' 생각하셨을 것이다. 너무 조르다 매를 맞고 울면서 일기를 썼고, 눈물 방울이 일기장에 똑똑 떨어졌다. 그날 밤 나는 울면서 일기를 쓰다 방바닥에 엎드린 채 잠이 들었다.

이틀 뒤, 일기를 보시고 등교하시는 선생님의 손에는 종이 백이 들려 있었다. 그리고 나를 교무실로 살짝 부르신 선생님께서는 집에 가서 펴 보고, 아이들에게 절대 보여주지 말라고 당부하셨다. 도무지 이게 뭔지 알 수가 없었던 난 그날 하루 수업이 얼마나 길었는지.

학교가 파하자마자 같이 가자는 친구들의 손도 다 뿌리치고 숨을 몰아쉬며 집으로 돌아와 펼쳐본 종이 백 안에는 그리도 갖고 싶었던 마론 인형이 황홀한 미소를 지으며 나를 바라보고 있었다. 그런 이야기를 일기에 적어 선생님을 수고스럽게 했다고 부모님께 엄청 혼이 나긴 했지만 노랗고 섬세한 머리카락을 가진 그 인형은 얼마나 아름다웠는지. 그러나 나는 마치 그 예쁜 미소 위에 자꾸 선생님의 웃는 얼굴이 겹쳐보였다.

그렇게 과분한 사랑을 받았으니 5학년으로 올라가는 것이 얼마나 싫었을까. 정말이지 종업식을 하기 며칠 전에는 잠도 제대로 못 잤다. 외국에는 낙제라는 것도 있다던데, 어떻게 그 낙제라는 것 좀 받을 수 없을까, 하면서 말도 안 되는 생각을 하기도 했다. 내가 그러거나 말거나 세월은 무정하게 흘러 종업식 날, 나는 옆 반 선생님이 '수도 꼭지'라고 할 정도로 울어댔다. 얼마나 헤어지기가 싫었던지. 성적표를 나누어주시고 한 명씩 한 명씩 꼬옥 끌어안아 주시던 선생님은 맨 마지막에 내가 또 눈물을 뚝뚝 떨어뜨리며 주뼛주뼛 다가서자 포근히 감싸안아 주시며 뺨에 입을 맞춰주셨다.

그리고 5학년이 되었고 김현자 선생님께서는 3학년 담임을 맡으셨는데 그 반에 얼마나 뻔질나게 드나들었는지 그 반 아이들 이름을 반도 넘게 알았을 정도였다. 그렇게 또 한해가 갔고 내가 초등학교를 졸업할 때까지 선생님이 여기 계셨으면 하는 것은 나만의 바람일 뿐, 임기가 지나신 선생님께서는 다른 학교로 전근을 가셔야 되었다.

그날은 아예 수도 꼭지가 아니라 터진 물탱크였다. 교실에 따라가서 울어대고, 주차장에서 기다리며 울어댔으니 선생님도 애는 어지간하다 싶으셨을 것이다. 주차장에서 또 선생님께 작별 인사를 하고, 영원히 못 볼 것도 아닌데 울지 말라는, 선생님의 눈물 섞인 핀잔을 들어도 울음을 멈출 수 없었던 난, 선생님이 모는 자동차가 강남초등학교를 마지막으로 빠져나가는 모습을 보며 운동장에 힘없이 주저앉아 흐느껴 울었다.

지금 생각하면 조금 부끄럽긴 하지만 열두 살짜리 아이에게는 좋아하는 선생님이 다른 학교로 가신다는 것이 다른 나라로 가신다는 것만큼이나 아득하게 느껴졌으니까. 다정하신 선생님은 가셨고, 마지막 내 초등학교 시절은 선생님이 안 계셔서 너무 재미없었다.

노란 장미꽃 다발을 드리겠어요

나는 선생님을 또 뵐 수 있는 기회가 있었는데, 그건 바로 몇 주년인지는 잘 모르겠지만 학교 설립 50주년인가를 기념하여 대규모의 학예회가 열렸을 때였다. 6학년 아이들 중에서 연극을 할 몇몇 학생으로 뽑혀서 아주 우쭐했던 난, 학예회가 열리기 며칠 전부터 부모님에게 침이 마르도록 내가 나온다고 이야기를 했지만 엄마는 들은 척도 않고 향수병이 도진다며 대구에 가버리셨고, 꼭 온다고 손가락 걸고 약속했던 아버진 시무하시던 선교회에 급한 일이 생겼는지 해 그림자가 학교 뒷동산으로 넘어갈 때까지 내가 교문 앞에 쪼그리고 앉아 기다려도 오지 않으셨다.

다른 아이들 엄마 아빠는 다 와서 비디오 카메라에 자녀들을 담기도 하고 함께 기념 사진도 찍었는데……. 울고 싶었지만 울지 않았다. 마냥 엄마 아빠가 미웠다. 나는 쟤네보다 훨씬 많이 나오는데 와주지도 않고……. 나도 엄마 아빠랑 사진 찍고 싶은데 딴 엄마들처럼 사진기 가지고 와주지도 않고. 그때 나의 구원의 천사가 나타났다. 바로 김현자 선생님. 아무리 열심히 연극을 해도 아무도 봐주지 않았다고 생각했는데 선생님이 봐주셨던 것이다.

"선생님!"

나는 눈물이 그렁그렁해서 주저앉아 있다가 선생님의 품으로 뛰어들었다. 선생님은 이 근처에 바쁜 일이 있으셔서 곧 가셔야 했지만 내게 미소와 함께 잘 했다. 선생님이 잘 보았다는 한마디를 남겨주시고 가셨다. 그것이 내가 선생님을 본 마지막이었다.

나만을 귀여워해 주신 것은 절대 아니었다. 그렇게 어미닭처럼 아이들 하나하나에게 개별적인 관심과 따뜻함을 보여주시는 선생님이 흔치는 않지만 분명히 또 여럿일 것이다. 우울했던 내 초등학교 1학년의 상처는 김현자 선생님의 따스한 사랑으로 모두 말끔하게 나았다. 교사들이, 특히 초등학교 교사들이 잘들 아셨으면 좋겠다. 그런 선생님이 많이 계시다면 얼마나 좋을까. 그분들의 따스한 손길 한 자락, 다정한 눈빛 한 움큼이 얼마나 아이들을 활짝 피어나게 하는지. 바로 내가 산 증거이다.

아직까지 그런 고마운 선생님을 다시 찾아뵙지 못한 것은, 집이 먼 관계도 있지만 아마도 내 게으름일 것이다. 일 년에 한두 번 씩 전화는 꼭 꼭 드렸지만 올해는, 올해는 하며 보내버리는 사이에 벌써 5년여가 흘렀다. 헤어질 때는 울고불고 난리를 치더니, 선생님이 흉이나 보시는 게 아닐까 몰라.

올해 초, 선생님이 직접 전화를 걸어오신 적이 있다. 내가 나온 대담 프로를 보시고 전화를 걸어오신 것이었다. 말수가 많지 않으신 그분께서는 너무 반갑고 '저 애가 내 제자다' 라는 생각에 자랑스러우셨다며 많은 이야기를 하셨다. 나는 선생님이 나를 그렇게 생각해 주신다는 것이 마냥 기쁠 따름이었다. "요즘 애들은 옛날처럼 순진하지가 않아서 영 힘들어" 하시고는 보고 싶다며, "나중에 유명해지면 '티브이는 사랑을 싣고' 같은 데 나와서 나를 찾아주겠니?" 라고 장난스럽게 말씀하시고 전화를 끊으신 선생님. 그렇게는 안 될 것 같은데요? 왜냐하면 이 책이 나오면 책이랑 옛날처럼 노란 장미꽃 다발을 들고 선생님을 찾아뵐 거니까.

그대가 단지 학생이라는 이유로

진 술 서

1995년 9월 26일

본인은 이 서면을 작성하기에 앞서 '진술서'라는 명칭에 대해 매우 유감스럽게 생각함을 밝힙니다. 저는 아무 것도 진술할 것이 없기 때문입니다.

본인은 지금 이 진술서를 쓰고 있는 이하 5인과 함께 29일 2학년 전체의 캠프 부대 행사의 일부인 반별 장기 자랑 준비를 위해 이XX의 집으로 가게 되었습니다. 그러던 도중 갑자기 버스 정류장에 모여 있던 학생들이 흩어지는 광경을 보고 영문도 모른 채 함께 있던 급우들이 어디로 갔는지 알 수가 없어 버스 정류장에서 여기저기를 두리번거렸습니다. 이때 지휘봉을 드신 학생주임 선생님을 뵌 바 있습니다. 그러다 오늘 방송실로 찾아오신 선생님의 지시에 따라 어제 함께 있던 5명의 급우들을 대동하고 호출의 목적에 대한 아무런 사전 지식 없이 교무실로 이렇게 내려왔습니다.

그런데 교무실로 들어서자마자 모욕적인 자세로 교무실 칠판 앞에 무릎을 꿇게 하신 선생님은 학생들의 말은 한마디도 듣지 않으신 채 칠판을 잡고 뒤돌아서게 한 후 몽둥이로 심한 체벌을 가하셨습니다. 저는 진술서를 쓰라는 지시에 따라 이 글을 쓰고 있는 지금도 왜 무릎을 꿇어야 하는지 이유조차 모르고 있습니다.

우선 본인은 진술할 사항이 전혀 없으며 현재 심정이 매우 불쾌하고 억울하다는 점을 밝히는 바입니다. 1학년 때부터 엄격한 선발 과정에 의해 발탁되는 졸업식 공로상 수여 대상자이자 봉사 점수를 가산받는 방송부원 활동을 해왔으며 학생과 기록을 조사해 보시면 아시겠지만 학내의 복장 규정 등을 위반했거나 체벌받은 경험도 없습니다. 학생부에서도 방송반 활동 사실을 알고 있으리라 여기며 저에 대한 제반 인식이 전혀 없는 것도 아닌 상황에서 확인은 물론 사전 설명조차 하지 않으신 채 이와 같이 무조건적인 체벌을 가하는 것은 심히 부당한 처사라 사료됩니다.

저는 XX여중에 재학하는 동안 단 한 번도 이러한 종류의 체벌을 받아본 적이 없으며 현재도 아무 잘못도 없이 이러한 취급을 당하는 사실에 대해 심한 반감을 느낍니다. 모든 교사와 학생들에게 노출된 교무실에서 제가 무릎을 꿇고 앉아 구타당하고 이러한 진술서를 작성하고 있다는 사실 자체가 저 개인의 이미지뿐만 아니라 20년 전통의 방송반 전체의 명예에 손상이 가는 일이기에 평소 모범적인 생활을 해왔다고 자부하는 저로서는 심한 당혹감과 모멸감을 감출 수 없습니다. 제가 학내 규정을 어겼거나 잘못을 저지른 바가 있다면 교칙에 의거한 어떤 처벌이든 받겠으나 제가 무엇을 잘못했는지 알 수 없는 지금으로서는 불쾌한 감정을 감출 수 없습니다. 저는 결백합니다.

마지막으로, 본인은 올바른 교육 발전과 민주주의 정립의 터전이 되어야 할 학교에서 이러한 인권 유린적인 행위가 아무 제재 없이 자행되고 있다는 사실에 대해 심히 유감을 표하는 바입니다.

XX 여중 2학년 8반 46번   김현진

하교길의 단속

위의 진술서는 내가 중학교 2학년 때, 이유도 모른 채 교무실에 끌려가 얻어맞고는 무릎 꿇은 자세로 진술서를 작성하라는 명령을 받은 뒤 분노에 가득차서 쓴 글이다. 물론 그때의 글과 토씨 하나 안 틀리고 똑같지는 않지만 내가 중학교 입학 후 최초로 받은 신체적 체벌이었기에 생생히 기억하고 있다.

그럼 사건의 앞뒤 정황을 말해 보겠다. 당시 중학교 2학년생인 나는 며칠 후 치루게 될 야영 행사의 일부인 반별 대항 장기 자랑 연습을 위해 같은 반 친구 XX의 집으로 다른 아이들과 함께 가려고 버스를 기다리고 있었다. 그런데 갑자기 "학주 떴다!" 하는 소리와 함께 아이들이 우르르

흩어졌다. 당시 나는 중학교에 다니면서 복장 위반은커녕 여타의 일로
도 지적받은 적이 없었기 때문에 별 생각 없이 '음, 무슨 구경거린가 보
지.' 하며 어슬렁거리고 있었다. 그런데 같이 있던 친구들 중 몇 명이 후
닥닥 골목으로 뛰어 들어가는 것이었다.

'아니 쟤네가 왜 저러지?' 그 도주 열풍이 가시고 난 후에야 나는 학
생과에서 하교길에도 아이들이 많이 다니는 길목에 매복해 있다가 복장
검사를 한다는 사실을 알았다. 그 복장 검사란 교복 안에 정해진 블라우
스가 아닌 체육복 웃옷을 입는다거나 아예 체육복을 입고 하교하는 아
이들을 적발하는 일이었다. 물론 학생주임이 2학기에 교체되면서 생긴
해프닝이었다.

복장 규제 문제를 논하자는 것은 아니지만 이러한 특수한 종류의 단속
이 존속한다는 사실 자체가 좀 우습지 않은가? 학교에서 끝나면 아예 사
복으로 갈아입는 일은 지적당하지 않는데 체육복을 입었다고 얻어맞아
야 하다니. 나는 아직도 이 '체육복 병행 착용 학생 단속'의 목적이 뭔지
이해할 수가 없다. 물론 단정하게 교복을 입으라는 의도였겠지만 너무
나 일관성 없는 단속의 기준은 무엇인가. 교사들이 그렇게 시간 많은 사
람들도 아닐 텐데 아이들의 하교길에 숨어 있다가 체육복 입은 아이들
의 이름을 적어서 다음날 북 치듯 때리는 이러한 처사가 공정하다고는
말할 수 없을 것이다.

나는 당시에 그런 상황을 결코 이해할 수 없었고, 이 이상한 단속은 다
음해 없어졌다. 교내에서의 복장 규제는 통상적인 일이다. 그러나 하교
후의 복장까지도 단속하겠다는 것은 좀 지나친 선도라는 생각은 지금까

지도 변하지 않았다.

　당시 나와 함께 있던 친구들 중 나와 또 다른 한 친구를 빼놓고는 모두 비가 온 다음날이라 날씨가 쌀쌀해서 체육복 윗도리를 교복 위에 덧입고 있었다. 단속을 알아챈 그 애들은 모두 달아나버렸고 나는 아무 영문도 모른 채 멍청히 버스 정류장에 서 있었다. 평소에 방송반 활동으로 거의 모든 선생님과 친분이 있던 나인지라 학생주임 선생님도 물론 나를 알고 있었다. 그는 아무 말 없이 나를 빤히 쳐다보더니 또다시 체육복 사냥을 떠났고, 나는 잘못한 게 없는지라 그냥 애들이 나타나기를 기다렸다.

　잠시 후 도망쳤던 아이들이 모두 한숨을 푹푹 쉬며 나타났다. '추워서 교복 위에 체육복 좀 덧입은 거 가지고 학교 끝나고까지 단속을 나오면 어떻게 하라는 말이냐'는 등등의 하소연을 하면서. 나도 뭔가 느낌이 이상하기는 했지만 그냥 툭툭 털어버리고는 친구 집으로 가 다같이 장기자랑 준비를 했다.

　그리고 다음날. 방송실에서 그날의 방송 내용과 음악 등을 체크하고 있는데 학생주임 선생님이 방송실 문을 벌컥 열고 들어왔다. 평소에 선생님들에게 함부로 취급받아 본 적이 없건만 그날 유독 그 선생님은 너 잘 만났다는 듯이 목소리를 잔뜩 깔고는 "어제 걸린 놈들 다 데리고 교무실로 내려와!" 하고는 획 방송실을 나가버렸다. 나는 어떻게 된 일인지 영문을 몰라 일단 반으로 올라가 자초지종을 설명한 뒤 벌벌 떠는 아이들과 함께 교무실에 들어섰다.

울며 쓰는 진술서

교무실에 들어가자마자 그 선생님은 잘 만났다는 듯이 "이놈의 새끼들!" 하더니 "다 칠판 앞에 서서 뒤로 돌아!" 하고 큰소리로 말했다. 나는 그때까지도 도대체 무엇 때문에 부른 것인지 감을 못 잡고 있었기 때문에 얼떨떨할 뿐이었다. 선생님은 "뒤로 안 돌아?" 하더니 아이들이 쭈뼛쭈뼛 뒤로 돌아서서 칠판을 잡자마자 용머리 지팡이라고 불리던 굵직한 몽둥이로 아이들을 마구 때리기 시작했다. 입으로는 "이놈의 새끼들, 어딜 튀어!"라고 연신 중얼거리면서.

옆에서 친구들이 하나둘씩 눈물을 글썽거리며 훌쩍이기 시작했다. 나는 도무지 뭐 때문에 맞는 건지 이해되지 않아 아픔을 느끼기보다는 단지 황당하고 화가 날 뿐이었다. 한동안 구타가 끝나고 학생주임 선생님은 누런 종이 한 장씩을 나눠주며 "얼른 꿇어앉아서 이거 써!" 하고 소리를 높였다.

얼떨결에 맞고 얼떨결에 꿇어앉긴 했지만 펜을 쥐고 날짜를 쓰려고 허리를 구부리고 있자니 우리의 숙인 고개 위로 지나가는 선생님들의 조소가 한마디씩 지나갔다. 고개를 숙인 채라 그들은 나를 볼 수 없었겠지만 방송부원 활동을 하면서 교사들과 친분이 있던 내게는 다 개인적으로 말 한마디쯤은 나누어보았던 선생님들이었다. 나는 모범생도, 방송부원도 아닌 그냥 무언가를 잘못해서 무릎 꿇려 있는 이름 없는 학생 중의 한 명에 불과했고, 한번도 이런 경험을 해보지 못한 나로서는 그들의 태도가 참으로 충격이었다. "잘한다. 아주 잘들 하는 짓이다." "얼씨구. 여기

걸려서 앉아들 계시는구먼." "너네 이거 걸리는 거 처음 아니지?" 옆의 친구들은 흐느껴 울기 시작했고 나는 화가 머리끝까지 치밀었다.

사실 나도 모범생이라는 딱지를 달고 교무실을 들락거리면서 지금의 나처럼 무릎을 꿇고 있는 아이들을 보면 '으이구 또 뭐 잘못해 가지고' '쟤네는 저기 저러고 있는 거 지겹지도 않나' 등등의 아주 건방진 생각들을 했기에 한번도 그 애들의 입장에서 생각해 보지 못했다. 그러나 잘 못한 건 없지만 그 애들의 입장이 되고 나니 아무리 술을 마시고 담배를 피우다 걸렸다 한들, 패싸움을 하다 걸렸다 한들 이렇게 불량 학생의 표본처럼 전시해 놓고 속마음에 상처를 주는 것은 진정한 선도가 아니라는 생각이 확고해졌다. 이렇게 전시해 놓고 불량 학생이라고 낙인을 찍는 것이 과연 선도란 말인가? 이것이 학생을 바르게 이끌어나가는 일이란 말인가?

나는 지금도 그때의 경험에 감사한다. 내가 그런 입장에 처해보지 않았더라면 나는 '불량 학생'이라 찍혀 교무실에 무릎 꿇고 앉아 있던 아이들을 결코 이해하지 못했을 것이다. 오히려 지나가며 드러내놓고 조소하지 않을 뿐 속으로는 자신도 모르게 멸시하는 속물이 되었겠지.

나는 무릎을 꿇고 앉아 진술서를 휘갈겨 쓰기 시작했다. 그제야 눈물이 났다. 맞은 게 아파서가 아니었다. 내가 이딴 교육을 받고 있다는 사실이, 학생의 입장에서는 조금도 생각해 보지 않는 이따위 교육을 받고 있다는 사실이, 그리고 내 또래의 거의 모든 아이들이 이따위 것을 교육이라고 받고 있다는 사실이 너무너무 분하고 화가 나서 눈물이 났다.

"이대로는 못 올라갑니다"

학생주임 선생님이 진술서를 거두어갔다. 그러고는 빽빽하게 채운 내 진술서를 보더니 끝까지 읽을 생각도 하지 않고 "뭐야 이 새끼야, 억울해?" 하고 나를 노려보았다. 나는 눈물을 줄줄 흘리고 있었지만 똑바로 대답했다.

"억울합니다."

"니가 뭐가 억울해. 억울할 게 뭐가 있어!"

"안 믿어지시면 학생부 기록을 조사해 보십시오. 저는 복장 검사에서도 지적당한 적이 한번도 없습니다. 어제 제대로 보시고 단속하신 건지는 모르겠지만 전 위아래 모두 교복 차림이었습니다. 그런데 왜 정황 확인도 제대로 하지 않으시고 체벌부터 하시는 겁니까?"

학생주임 선생님은 당황한 눈치가 역력했다. 그러더니 낮은 목소리로 다른 아이들에게 "쟤 말이 진짜냐?" 하고 물었다. 아이들이 흐느껴 울다가 선생님의 물음에 그렇다고 대답하자 학생주임 선생님은 헛기침을 몇 번 하더니 훨씬 부드러운 말투로 "음, 그래. 넌 교실로 올라가라." 하는 것이었다.

나는 화가 치밀었다.

"못 올라갑니다."

"뭐?"

학생주임 선생님은 물론 주위에 있던 다른 선생님들까지 모두 놀라 내 쪽을 쳐다보았다. 나는 다시 한 번 말했다.

"저 오늘 이대로는 못 올라갑니다."

옆에 있던 다른 친구들까지 모두 울다가 깜짝 놀라 나를 빤히 쳐다보았다. 귓속말도 들려왔다. "현진이 쟤 어쩔려고 저러는 거야." "몰라. 어떡해." 소곤소곤거리는 말들이 들려왔지만 나는 머리끝까지 화가 나 있었기 때문에 제정신이 아니었다. 머릿속에 '내가 왜 이따위 교육을 교육이라고 받아야 하나'라는 생각이 꽉 차 있어 머리가 터질 것만 같았다.

놀라 눈이 둥그래진 학생주임 선생님을 노려보며 나는 말을 이었다.

"상황 조사도 안 해보시고 아무 잘못 없는 학생을 구타부터 하신 건 전적으로 선생님이 잘못하신 겁니다. 저 보상 안 받으면 이대로 못 갑니다. 부당한 구타로 받은 신체적 피해, 결백한데도 체벌부터 받고 모욕적인 자세로 진술서까지 작성하며 받은 정신적 피해에다가 지금 여기 꿇어앉아 있느라 1교시 수학 시간에 못 들어간 피해까지 어떻게 보상하실 겁니까. 그냥 올라가라고 하시면 다 끝납니까. 수학을 제일 못하는 제가 아무 잘못 없이 수학 수업에 빠지게 된 게 앞으로 진도 따라가는 데 얼마나 영향이 큰지 아십니까. 일단 저한테 사과부터 하시고, 수업 빠진 건 다른 선생님들한테 부탁하셔서 개인적으로 보충받게 해주시던지 선생님이 나름대로 대책을 마련해 주시고 신체적, 정신적 피해도 알아서 보상하십시오."

일순간 조용해졌다. 아이들은 다 숨을 죽이고 있었고, 잠시 살얼음 같은 침묵이 흐른 뒤 학생주임 선생님이 더듬더듬 거리며 "그, 그래. 미, 미안하다……"라고 말했다. 나는 기다렸다는 듯이 말했다.

"어떻게 보상하실 겁니까?"

"그, 그게……."

그때 내가 평소에 그런 대로 좋아하던 음악 선생님이 어색하게 웃는 얼굴로 다가와서 내 어깨를 토닥거리시며 달랬다.

"현진아, 선생님도 모르고 그런 거니까 저렇게까지 미안하다고 하시잖니. 이번 한번만 네가 참아라. 너도 진작에 너는 아니라고 했으면 됐잖아. 응? 참아라."

학생주임 선생님도 어색한 웃음을 띠며 "그래, 너 수학 모르는 것 있으면 가져와라. 가르쳐주마"라고 말했다. 나는 너무나 화가 나서 머리에서 김이 날 지경이었지만 참았다. 평소에 학생주임 선생님과 모르던 사이도 아니고 내가 좀 좋아하던 음악 선생님이 그런 식으로 나오니 나도 더 뭐라고 하기엔 피곤했다.

"다음부터는 이런 일이 없었으면 합니다."

나는 돌아서서 교무실을 나와 교실로 향하는 층계를 올라갔다. 세상에 이럴 수가 있을까.

교실로 돌아가 문을 여니 이미 수학 시간의 2/3 이상이 지나가 버린 후였다. 사실 나도 수업 땡땡이치는 것을 굉장히 좋아하긴 하지만 매맞느라 땡땡이치는 것은 별로 환영하지 않는 바였다. 수학 교과서를 폈지만 하나도 귀에 들어오지 않았다.

무릎 꿇은 자의 마음

나는 그 학생주임 선생님을 미워하지 않았고 지금도 그렇다. 나쁜 사람이 아니었다. 문제는 시스템이었던 것이다. 대한민국 거의 모든 공교육의 시스템. 학생을 자신과 동등한 인격체로 보지 않고 선도라는 미명하에 인격을 무시하는 행위까지 용납되는 시스템. 학교는 분명 학생과 교사의 공동체인데 어째서 교사라는 이름으로 이렇게 무도한 권력을 휘두를 수 있는 것인가. 학생의 몸과 마음에 상처를 입히고는 '실수였다. 교실로 올라가 봐라'라고 말하면 모든 게 해결되는 것인가. 평등한 두 인격체간의 관계인데도, 사회에서라면 도저히 용인될 수 없는 부당한 행동이 교사와 학생, 또는 학교와 학생간의 관계라면 이해되는 것인가.

그 당시에 나는 몹시 불쾌했다. 그러나 시간이 흐른 지금 나는 그것을 매우 값진 경험이라고 생각한다. 초등학교 1학년 때의 악몽도 세월이 지나 많이 바래졌고 자신도 모르게 어쩌다 대강 살다 보니 붙은 '모범생'이라는 호칭에 만족하면서 진짜 모범생인 양 착각한 채 그렇게 의기양양 3년 편하게 지내다가 졸업했더라면 나는 결코 교무실에 무릎 꿇고 앉아 진술서를 쓰는 소위 '불량 학생'들의 모멸감, 그 열받치는 마음을 이해하지 못했을 것이고, 고교 진학 후의 투쟁에서도 더 쉽게 지쳤을 것이다.

솔직히 말해서 나도 꽤 속물이다. 그래서 나는 아직도 차가운 마룻바닥에 쪼그리고 앉아 지나가는 선생님들의 모욕적인 언사를 듣던 마음을 잊을 수 없고 앞으로도 잊지 않을 것이다. 청소년 웹진 〈네가진〉을 운영

할 때에도 그 기억은 늘 잠들지 않고 골든 플리스를 지키는 괴물처럼 내 가슴속에 결코 감지 않는 눈을 부릅뜨고 있었다. 비록 잘 되지는 않았지만, 나는 그 웹진을 그들을 위해 만들었다.

이 책은 모두에게 사랑과 관심을 받는 모범생과 모범생 출신들을 위해 쓴 것이 아니다. 그런 이들은 나 같은 얼치기 모범생, 혹은 어설픈 날라리의 위로가 필요하지 않은 이들이다. 내가 이 책을 통해 공감을 불러일으키고 위로하고 싶은 사람들은, 무릎 꿇린 기억이 있거나 '단지 그대가 학생이라는 이유만으로' 피해를 받은 적이 한 번이라도 있는, 그러나 힘없고 작아진 모습으로 아무 말도 하지 못하고 삼켜야 했던 경험이 한 번이라도 있는, 나는 바로 그들을 위해 이 글을 썼다. 내가 내 청소년기를 기억하는 한 나는 그날의 진술서를 결코 잊지 않을 것이다.

선생님, 선생님, 나의 선생님

'펄펄 나는 아줌마.'

본인은 이 아호를 아실지 잘 모르겠지만 그녀를 아는 모든 사람들에게서 그녀는 이렇게 불린다. 물론 펄펄 날아다닌다는 표현이 그녀를 칭하는 데는 '딱' 어울린다. 그녀는 누구인가. 온갖 일에 치이면서도 오히려일이 많을 때 더 기운이 나는 진정한 여걸. 오늘의 나를 있게 한 '범인'이라고 내가 뒤에서 괜히 궁시렁대는 그녀. 그녀는 바로 내 중학교 때의선생님이시다. 평생 나의 애인일 '백영애' 선생님.

장래 희망, 비디오 가게 주인

"이게 뭐야?"

3월 4일. 중학교 3학년 새학기가 시작된 바로 다음날. 나는 교무실로 불려갔다. 새로운 도덕 선생님이자 우리 반 부담임이셨던 백영애 선생님이 부르신 것이다. 내가 내려가자마자 다짜고짜 선생님은 가정환경 조사서를 내밀며 이 한마디를 툭 던지셨다.

새학기마다 의무적으로 작성해야 하는 의례인 가정환경 조사서. 김현진, 호주, 주소, 전화번호, 뭐 이런 것들 뒤로 장래 희망난에는 굵은 글씨로 '비디오 가게 주인'이라고 적혀 있었다.

백선생님께서는 비디오 가게 주인이라는 굵다란 펜글씨를 째려보며 살기가 등등한 표정으로 "얼른 이거 바꿔!" 하고 호통을 치셨다.

내가 2학년 때 전근해 오신 백선생님은 내가 방송반 활동을 하던 탓에 그 전해부터 알던 분이었다. 방송반에 들르셨다가 내가 영화광이라는 말을 전해 들으신 선생님께서는 영화평을 쓰라고 나를 마구 구슬리셨다. 나는 그 꾀임에 넘어가 영화평을 써서 갖다바쳤고 선생님께서는 또 잘 쓴다며 또 쓰라고 계속 꼬드기셨다. 그래서 나는 할일도 없던 차 학교 공부도 재미가 없었기에 슬슬 글을 써서 보여드리고 또 칭찬도 받고 기분이 좋아 하하거리고 있었다. 그런데 그 백선생님이 학년이 바뀌고 우리 부담임이 된 것이었다.

그런데 내 가정환경 조사서를 보셨던 모양이었다. 커다란 글씨로 써 있는 '비디오 가게 주인'이라는 글씨를 다시 한 번 가리키며 백영애 선생님은 교무실이 떠나가도록 쩌렁쩌렁한 목소리로 호통을 치셨다.

"이거 당장 바꿔!"

나는 모기만한 목소리로 "저 비디오 가게 주인 할 건데요." 하고 말씀드렸다. 백영애 선생님은 손을 이리저리 내저으시며 "말도 안 되는 소리 하지 마 얘. 이거 당장 안 바꿔?" 하며 시커먼 펜을 떡하니 내미셨다.

나는 그 펜을 어쩔 수 없이 받아들기는 했지만 역시 모기 소리로 "저기, 비디오 가게 주인 안 하면 할 게 없는데요." 하고 말씀드렸다. 사실 그랬다. 나는 비디오 가게 주인이 꿈이었으니까. 동네에 비디오 가게 하나 차려 아르바이트생 하나 두고 하루 종일 비디오나 보고 살아갈 수 있다면 얼마나 좋을까 하는 생각만 하루에도 열댓 번씩 했으니까. 쿠엔틴 타란티노도 비디오 가게 점원이었다고 하는데 비디오 가게 사장은 얼마나 더 근사한가. 그것이 나의 삶의 유일한 목표였다.

선생님은 내가 대답을 하자마자 천둥치는 목소리로 "아니 니가 왜 할 게 없어? 네가 비디오 가게 주인을 해버리면 비디오 가게 주인말고 다른 거 못하는 사람들은 뭐 먹고 살란 말이야? 다른 거 할 수 있는 사람은 상업 윤리상 하지 말아야지! 다른 거 할 수 있는 애가 비디오 가게 주인 해버리면 그게 웬 말도 안 되는 경쟁이 되냐고! 그러다가 꼭 덤핑하고 그러다가 너도 망하고 다른 사람도 망하는 거야! 딴 사람 사업까지 망칠래! 얼른 바꿔!" 하고 나를 주눅들게 만드셨다. 나는 사실을 실토했다.

"저……, 비디오 가게 주인말고 생각해 본 게 없는데요."

나는 정말 그랬다. 그 당시 내 청춘을 사로잡고 있었던 리버 피닉스의 아름다운 망령에 평생 붙잡혀 살아가고 싶었으니까. 그의 출연작들을 보며 천재의 향기에 취해 평생 살았으면 좋겠다는 것이 당시 진정한 나의 꿈이었던 것이다. 그 순간 백영애 선생님의 입에서는 생각지도 않았던 한마디가 떨어졌다.

"영화 감독이라고 써, 얼른!"

"네?"

나는 놀라 되물었다. 잉, 별로 생각지 않았던 직업인데? 물론 어려서부터 영화를 하고 싶다는 생각은 많이 했지만 귀찮은 것을 싫어하는 나로서는 쌔빠지게 영화 만들어 툭하면 욕먹는 것보다는 남이 만든 거 보며 적당히 지적하고 잔소리 좀 하면 뭔가 되는 것 같았던 영화 평론가야말로 전망 있는 직업이라고 남몰래 편협한 직업관을 키워왔던 터였다. 그런데 그런 나에게 영화 감독이 되라고?

글써! 글써!

"너 같은 애가 영화를 안 만드는 건 예술에 대한 모독이다. 그러니 영화 한번 만들어보고 그거 망하면 남은 돈 긁어서 비디오 가게 그때 차려!"

오호. 나 같은 애가 영화를 안 만든다는 건 예술에 대한 모독이라고? 나는 밑도 끝도 없이 그 말 한마디에 매혹되었다. 나는 뭐에 홀린 듯이 굵은 펜을 집어들고 가정환경 조사서에 '영화 감독'이라고 기입했다. 그리하여 내 중3 때의 가정환경 조사서에는 장래 희망난에 검은 줄이 두 개 그어지고 바야흐로 '차기 비디오 가게 주인'께서는 '차기 필름 디렉터'로의 변신을 감행했던 것이다.

정말 웃긴 건 선생님께서는 아직 그때의 '너 같은 애'라는 말의 뜻을 알려주시지 않고 있다. 그게 뭘까? 혹시 너같이 '웃기는 애'가 아니라면 좋으련만. 하여간 선생님은 '뭔가' 보셨던 것일까? 선생님이 아니셨더라면 난 영상원 같은 데 시험 칠 생각도 못했을 것이고 물론 감독 지망생의 길은커녕 비디오 가게 차릴 자본 구상에 여념이 없었을 테니 말이다.

거참, 사람의 인생에는 확실히 포인트가 있다. 나에게 전환점은 백영애 선생님이었던 것이다. 가끔 뭔가 속은 기분이기는 하지만. 내가 뭐에 홀린 게 분명해. 선생님은 '자아, 이거 봐라. 영화다.' 하며 나를 홀렸고, 나는 홀린 채로 슬슬 따라갔다. 그러다 보니 이렇게 되어 있군. 뭔지는 모르겠지만 선생님 감사합니다요!

선생님은 문화 단체이자 출판사인 '또 하나의 문화'의 동인이셨고 온갖 모임에 나를 데리고 가셨다. 가령 교육 소모임 같은 그런 모임들. 그리고 그런 모임에 다녀오면 어김없이 "글 써와!" 하시며 나를 채근질하셨고 나는 또 그런 곳에 참석하여 느낀 점들을 글로 써낼 때까지는 교무실에 얼씬도 못했다. 그때는 글쓰는 기계가 된 기분이라 윽윽 이게 뭐야 하는 생각도 했지만 지금 생각하면 선생님께 너무나, 너무나 감사하다.

중2짜리 여자애가 아무리 책을 많이 읽고 영화를 많이 본들 세상을 보는 시야를 넓힐 수 있을까. 물론 할 수는 있지만 직접 따라다니며 눈으로 보는 것과는 천지차이다. 백문이 불여일견이라고 하지 않던가. 그때 연세대학교 사회학과 조혜정 교수님이나 다른 여러 사람들을 만나서 이야기를 나눌 수 있었다. 이때 내가 보는 어항 같은 학교 속 세상과 다른 세상이 있다는 것을 배울 수 있었으며, 인문학적 관점에서 주위에서 일어나는 사건들을 분석하는 시선을 길렀다. 한마디로 주위에서 일어나는 일들을 그냥 넘겨버리지 않고 꼼꼼히 속으로 뜯어보고 깊이 생각해 보는 습관이 체계적으로 정립된 것이다. "글 써! 글 써!" 하시던 말씀에 의해 생각과 느낌의 기록이 얼마나 중요한가 하는 것을 배우게 된 것이고.

선생님은 물론 다른 아이들에게도 "글 써! 글 써!" 하는 외침을 쩌렁쩌렁하게 하셨지만 뭐 그 나이에 친구들과 놀지 않고 집에 틀어박혀 앉아 종이를 빡빡하게 채워나가는 일에 매력을 느낄 열다섯 살짜리가 어디 있을까. 그래서 그런지 그 부름에 호응하는 이는 나밖에 없었다. '안 써오면 …할 테다'라는 선생님의 협박을 곧이곧대로 믿은 어벙한 아이가 나밖에 없었는지는 모르겠지만 지금 생각하면 참으로 절묘한 타이밍이다. 방황하면서 사춘기의 에너지를 쉴새없이 비디오만 보며 낭비하던 내게 그것을 '경험치'로 환산하여 미래의 나를 만들어가는 데에 축적하는 방법을 가르쳐주신 선생님. 샤프롱이 필요했던 나와 '교사 생활 20년에 이젠 물건을 하나 잡고 싶었던' 선생님과의 그래프는 정확히 일치했던 것이다.

신나는 교실, 신나는 수업

선생님은 3년 전인 당시로서는 굉장히 획기적인 교육을 시도하셨다. 지금에야 교육 개혁에 맞물려 열린 교육이니 뭐니 말들이 많지만 그때는 연합고사도 있었고(내가 연합고사 마지막 세대이다) 선생님들도 인간이니만큼 누가 돈도 안 주는 일에 자기 힘과 시간 들여 아이들에게 창의적인 교육을 시도하려 하겠는가. 적당히 가르쳐 진도만 나가면 그만이지. 실제로 그러한 매너리즘에 빠진 교사가 많은 것도 사실이다. 그러나 그분은 다른 교사들과 달랐다. 바로 이것이 내가 백영애 선생님을 존경하는 이유이다.

만약에 도덕 교과 단원이 'I. 바람직한 삶'이라는 대단원에서 각각 '1. 인격의 도야' '2. 개성의 신장'이라는 소단원으로 나뉘어 있다면 선생님은 각각의 챕터를 또 나름대로 나누어 그 챕터에 맞는 교과 자료물을 밤을 새워서 제작하곤 하셨다. 그래서 새로운 단원이 시작될 무렵이면 선생님은 항상 간밤에 자료를 만드느라 시뻘개진 눈으로 출근하자마자 인쇄실로 달려가 곧 프린트물 한아름을 들고 오곤 하셨다.

가령 '개성의 신장'이라는 단원이 있다면 최근 학생들에게 인기 있는 연예인들을 나름대로 골라 이들이 인기 있는 이유는 무엇인가라는 질문을 던졌다. 또 연예인 모방 현상에 관한 내용을 프린트하여 조별로 나누어주고 각각 자신의 생각을 적게 한 뒤 발표시키거나 토론의 장을 마련하였다. 또 볼 만한 비디오를 상영한 뒤 저마다의 감상을 나누는 수업을 하셨다. 정말 말 그대로 도덕(윤리)이라는 교과의 웬지 고리타분하고 지루한 이미지를 여지없이 깨부수는 기발한 수업들이었다.

어떤 아이들은 이런 수업 방식에 불편해 하기도 했지만 나는 왜 하는지 이유를 모르는 것을 억지로 하는 것은 딱 질색이라 쌍수를 들고 환영했다. 사실은 그때 나도 다른 아이들과 똑같이 열심히 하긴 하면서도 '시험에 안 나오는 이런 거 뭐하러 하나'라는 생각을 철없이 한 적도 있었지만 가끔 투덜대며 했던 이 수업들이 몇 년 뒤 정말 '시험에 나올' 줄은 꿈에도 몰랐다. 그것도 아주 중대한!

창의성을 가장 중요하게 여긴다는 한국예술종합학교 영상원의 입학시험은 3차까지 있는 데다 종잡을 수 없기로 악명이 높은데, 나는 얼렁뚱땅 지원한 데다 문제 유형이 어떤 건지도 하나도 모른 채 시험을 쳤다. 정말 예전에 시험 문제로 뭐 나왔다더라 하는 거라도 알아보고 올걸 하며 다른 사람들이 슥슥 써내려 가는 것을 망연자실하게 앉아 보고만 있다가 자신에게 최면을 걸었다. 이건 중3 때 도덕수업이야, 도덕수업, 하면서 말이다.

이상하게도 그러니까 마음이 차분해지면서 머리 속에서 쓸 말이 술술 튀어나오는 것이었다. 거참. 대학 갈 때도 선생님 덕을 보는구나 싶어 웃음이 나왔다. 영상원에 붙기 위해 '영상원 과외'라는 것도 받는다던데 그렇다면 나는 그 과외를 중학교 때부터 받아온 셈이니까 말이다. 하여간 그 수업이 아니었더라면 합격하기는 어려웠을 것 같다. 그만큼 백영애 선생님의 교육 방식은 창의적이었다.

웃기는 비디오 키드

'연구 수업'이라는 것을 아는가. 이 책의 다른 부분에서 다시 언급하겠지만 잡무에 시달리는 교사와 또한 학생을 동시에 지치게 하는 이 not '연구수업' but '전시용 행정'은 분명 학교에 존재한다.

나는 백영애 선생님의 수업에서 진정한 '연구 수업'을 발견했다. 생각을 하게 하는 수업, 미처 생각지 못했던 것을 보게 하는 수업. 이것이 바로 진정한 '공부'가 아닌가 생각한다. 인정을 못 받던 선생님의 수업 방식도 지금에야 교육 개혁에 편승해 학교측으로부터 '열린 학습실'이라는 명칭을 얻고 약간의 시설도 지원받은 데다 각종 언론에 '교실 카페'라는 새로운 수업 방식으로 소개되어 어느 정도는 인정을 받았다고 할 수 있겠지만 그때 선생님은 외롭게 수업하셨다. 매너리즘에 빠져 적당히 진도를 때우고 나오는 선생들과 그런 수업에 익숙해져 만성적인 학업 의욕 상실증에 시달리는 아이들. 당시 오지선다 시험 문제에 얼른얼른 답을 쓸 수 있는 기술을 가르쳐주기를 바라는 점수 중독증을 앓던 아이들은 그다지 호응하지 않은 채 뒷소리를 했고 선생님은 아마 그 틈새에서 외로우셨을 것이다.

지금에야 학교를 찾아가 선생님 수업을 보면 그때와 아이들이 많이 달라져 즐겁게 수업하는 모습이 아주 보기 좋게 느껴진다. 하지만 우리 때 여중생들은 아마도 처음 겪어보는 교육 방식이 낯설었던 듯, 열심히 참여하는 몇몇 아이들을 빼놓고는 연예인 사진을 보거나 졸거나 떠들거나 시험에 나오는 것을 가르치라고 중얼대며 '이상한 그따위 수업'에 도무지 호응하려고 하지 않았다. 물론 차차 나아지기는 했지만.

선생님은 날마다 팔짝팔짝 뛰시며 '도대체 애들을 이해를 못하겠다'라며 속상해 하셨다. 선생님은 아이들이 스스로의 생각을 드러내기를 원하셨고 자발적으로 글을 쓴다면 자신을 개방하는 작업이 더 쉬워질 거라고 판단하셨다. 그래서 아이들에게 글을 써와 보라고 끊임없이 회유하셨지만 그 나이 애들이 연애도 해야지, 학교 공부도 해야지, 연예인도 처다봐야지 얼마나 바쁜가. 결국 그 레이더에 포착된 것은 학교 공부에도 별 관심 없고 연예인은 누가 누군지도 모른 채 영화 보느라 풀린 눈으로 어슬렁대는 웃기는 비디오 키드였던 것.

민첩한 선생님께서는 전략을 급속도로 선회해 전체 아이들에게 회유는 물론 계속하셨지만 뭐라고 떠들어봤자 소 귀에 경 읽기인 애들한테 "글 써, 글 써!" 하며 에너지를 낭비하기보다는 '말이 먹히는 한 명한테 집중 투자하기' 방법을 채택하셨다. 그리고 선생님이 노렸던 최초의 타깃은 날마다 밤새워 비디오 보고 산발로 학교에 와서는 매일 소설책이나 들고 앉아 있는 별난 방송부원이었던 것이다. 학교 담치기 하다가 부욱 찢어진 교복 치마를 꿰맬 생각도 않고 손으로 툭툭 털고 다니는, 새침데기 여학생과는 전혀 관계가 없었던, 말 그대로 컬트 여중생.

선생님의 투자는 성공했을까? 그때 선생님은 정말 나를 많이 데리고 다니시며 나의 시각을 넓혀주셨다. 평교사와 방송반 학생이 그렇게 어울리지 않는 짝으로 날마다 붙어다니니 주위의 시선도 여간이 않았다. '편애하지 말아라'라는 말도 간간이 들려오는 듯했지만 선생님께서는 '편애할 만한 애를 편애한다'라며 눈도 깜짝 하지 않으셨다.

나와 그 선생님을 아주 편협한 이유로 싸잡아 세트로 싫어했던 한 교사가 있었는데, 하루는 지나가던 나를 복도 한구석으로 부르더니 윽박지르기 시작했다. 아무도 없는 4층 소방복도에서 말이다. "니가 교무실에 오면 백선생하고 아주 시끄러워 죽겠어! 다시는 교무실에 오지 마! 알았어 몰랐어!" 하고. 그렇게 윽박지르면 내가 겁먹을 줄 알았던 모양이다.

나에게 그따위로 말한 교사는 그 빼고는 한 명도 없었다. 선생님들과 어느 정도 친분이 있었던 것도 사실이고, 특별히 눈에 날 만한 짓도 하지 않았기에 그렇게 미움받을 구석이 있었던 것도 아니니까. 그래서 난 그가 의도했던 대로 겁을 먹기는커녕 무지 황당했고 오히려 '별 웃긴 일 다 보겠네.' 하는 식으로 빤히 쳐다봐 주었다. 백선생님 역시 '사제간의 정에 방해하지 말라'는 식으로 할말 없게 만들어버리셨고. 게다가 그 교사는 얼마 후 나이에 맞게 처신하시지 3학년 학생 성희롱으로 엄청난 구설수에 휘말려 내가 교무실을 암만 뻔질나게 드나들어도 별말 하지 못했다. 그렇게 자기 일이나 잘하시지……, 쯧쯧. 여하간 주위에서 아무리 우리의 사랑(?)을 방해해도 선생님과 나는 개의치 않고 우리끼리 신나서 돌아다녔다.

백영애 선생님은 나를 '지도'하려고도 하지 않았고, '선도'하려고도 하지 않으셨다. 한번도 나는 그분이 소위 '어른인 척' 하시는 모습을 본 적이 없다. 진정한 스승의 모습은 눈높이가 아닌가. 나는 그분을 진정한 스승이라고 생각한다. "애들은 내버려두면 자기네끼리 다 잘한다"라는 것이 그분이 늘 하시던 말씀이었고, 선생님은 그 말씀대로 내가 아무리 방황해도, 헤매는 기간이라도 내버려두셨다. 결코 무관심으로서 내버려둔 것이 아니라 믿음을 가지고 지켜봐 주셨던 것이다. 선생님은 내 기를 꺾었던 적이 없다. 내가 아무리 건방진 생각을 하고 있어도 내 기를 죽인 일이 없다. 초등학교 1학년 때의 그 웃기는 교사와 여기서 확연히 달라지는 것이다. 직업인으로서의 '교사'와 '스승'이.

난 너를 믿는다

고등학교를 자퇴하겠다는 결심을 이야기했을 때 선생님께서는 하지 말라는 말씀은 하지 않으셨다. 내가 뭘 하겠다고 하던 '…해라' 나 '…하지 말아라' 라는 말씀은 절대 안 하시던 분이다. 그 후로도 내가 비틀거릴 때마다 한번도 '걱정된다' 라는 따위의 말씀은 하지 않으셨다. 단지 그 특유의 활기찬 목소리로 "무슨 소리니! 너 잘할 거야. 잘하려고 잠깐 이러는 것뿐이다. 내가 너를 믿는데!" 하시며 늘 나의 기운을 북돋아주시던 고마운 선생님.

나중에 한국예술종합학교 합격 소식을 듣고 난 후에야 나는 선생님이 그동안 늘 나를 걱정해 오셨으며 여러 모임들에 나를 데려가 소위 '의식화' 를 시켜놓은 나머지 그렇게 된 것이 아닐까 하고 염려하셨다고 털어놓으셨다. 합격 소식에 가장 많이 기뻐해 주신 분도 바로 그분이시다.

힘든 일이 있을 때마다 지금도 선생님의 전화 번호를 누른다. 그래서 미주알고주알 얘기를 털어놓는다. 그리고 선생님은 언제나처럼 메마른 나의 가슴을 가득 채워주신다. 활기찬 목소리로 늘 격려하시는 분. 언제나 나는 그렇게 빈 마음을 선생님의 목소리로 가득 채워 힘을 얻는다. 별로 자랑할 것도 없는 제자를 교단에 서서 지금 학생들에게 항상 지겹게 자랑하신다는 선생님.

지금도 선생님은 교단에 서서 쩌렁쩌렁한 목소리로 "얘, 얘 여기 봐!" 하며 특유의 카리스마로 아이들을 휘어잡고 계시겠지. 선생님이 보고 싶다. 내 긴 방황들을 지켜봐 주시고, 걱정해 주시고, 영화를 향한 열정을 발산할 수 있게 도와주셨던 선생님께 이 자리를 빌어서 정말 감사드리고 싶다. 그분이 없었다면 나는 지금과 전혀 다른 김현진이었을지도 모른다.

스쿨 유토피아를 꿈꾸며

　'연구 수업'이라는 것을 아는가. 초등학교부터 중고교에 이르기까지 소위 '연구 수업'이라는 것이 있는데 아주 재미있는 제도이다. 요즘은 어떤지 모르겠지만 내가 고교생이었던 97년까지 현존했다. 연구 수업반으로 지정된 반은 몇 날 몇 시에 연구 수업을 한다는 통보를 받는다. 그리고 그 반의 교사는 그 모날 모시에 공부할 내용을 미리 만들고 아이들에게 미리 말해 놓는다. '그날이 오면' 아이들만 죽어난다. 아침부터 걸레, 빗자루 하나씩 들고 마룻바닥과 창문을 빡빡 닦는다. 그리고 교실을 반짝반짝하게 해놓은 후 책상과 의자들을 조별대형으로 해놓고 뒷자리에는 의자들을 진열한다. '높으신 분들'이 앉으실 의자이다. 장학사라든가 교장 선생님 같은 분들 말이다.

　그리고 학생들에게 특별히 아주 조용히 할 것 등등을 지시한다. 내 경우에는 연구 수업을 하게 되었을 때, 선생님께서 '선생님이 질문을 할 때 모두 손을 들되 아는 사람은 왼손을, 모르는 사람은 오른손을 들도록 하라'고 지시하는 것을 경험했다. 완전히 넌센스가 아닌가. 수업의 주체가 누구인가. 학교의 주인공, 교육의 주인공은 도대체 누구인가?

높으신 분들이 오면 선생님은 질문을 하고 아이들은 모두 왼손 아니면 오른손을 든다. 높으신 분들은 미소를 지으며 훌륭한 학교라고 칭찬 몇 마디하고 다음 학교로 간다. 다음 학교에서도 똑같은 일이 계속된다. 그리고 거기에 남은 것은? "자, 이제 책상 바로 해"라는 선생님의 명령에 아이들은 아침부터 쓸고 닦느라 녹초가 된 채 조별대형 자리를 도로 콩나물 대형으로 돌린다. 그리고 연구 수업이라는 잠깐의 변덕스런 폭풍은 지나가고 아이들은 다시 무미건조한 지식의 삽입 작업으로 복귀한다. 과연 이것을 '연구 수업'이라 말할 수 있는가. '전시용 행정'은 분명 학교에도 있다. 이러한 것을 보고 자란 아이들이 과연 사회와 기성 세대에 대한 신뢰를 키우며 책임 있는 인간으로 자라날 수 있을까.

지금 우리 나라의 문제는 '대충주의'다. 그 대충주의 때문에 성수대교도 무너지고 지하철에도 물이 찼다. 높으신 분, 윗사람이 왕림하셨을 때 대충 보여주면 된다는 이러한 생각들을 언제까지 더 학생들에게 집어넣을 생각인가. 평소에 충실할 수는 없을까. "교장 돈다!" 하는 숨죽인 소리에 일순 긴장하던 교사와 학생들, 경직된 바른 자세와 긴장된 선생님의 목소리, 똑똑똑 하고 복도를 그제야 지나치던 교장 선생님의 발걸음. 언제까지 이렇게 수업해야 할까.

나는 이러한 연구 수업을 희망한다. 교사의 자율권이 존중되어 개개인의 독특한 수업 방식으로 진행되는 수업, 학생들이 어떻게 공부하고 있나 돌아보는 교장 선생님이 언제 봐도 교사나 학생이나 별다른 동요 없이 잠깐 인사한 후 하던 대로 계속할 수 있는 수업. 그냥 평소에 하던 대로, 그저 기본에 충실할 순 없을까. 이것은 스쿨 유토피아일 것이다.

죽음에 관한 짧은 생각

친구 금붕어의 죽음

나는 동물을 다 좋아하는 편이다. 딱 두 가지만 빼고. 그건 바로 '금붕어'와 '새'. 뭐 징그러워서 싫다거나 그런 이유는 아니다. 어려서는 그 두 동물을 너무나 좋아했다. 내가 여섯 살 때 엄마는 유리 그릇에 하얀 금붕어 한 마리를 기르셨다. 그 금붕어는 내 친구였다. 무어라 이름도 붙여주었던 것 같은데 생각이 잘 나지 않지만. 이사온 지 얼마 안 되어 동네 친구들이 아직 없던 난 아침에 일어나자마자 제일 먼저 금붕어에게 인사하고 심심했던 하루 이야기를 유리 그릇 앞에 앉아 종알종알 떠들거나 책을 읽어주기도 하며 보냈다. 자기 전에는 금붕어에게 잘 자라는 인사도 했고 엄마가 물을 갈아주는 것을 여러 번 돕기도 했다. 하얗고 예쁜 금붕어는 귀여운 내 친구였던 거다.

그날 아침도 어린애답게 잠이 없어 일찍 일어난 나는 제일 먼저 유리 그릇 앞으로 갔다. 하얀 내 친구에게 잘 잤냐고 인사를 하기 위해서. 그런데 내 친구는 배를 위로 한 채 물 위에 둥둥 떠 있었다. 나는 처음에 그게 무엇을 의미하는지 정말 몰랐다. 단지 '신기한 금붕어구나, 배를 위로 하고도 헤엄칠 줄 아네?' 하고 생각했다. 그런데 아무리 유리 그릇을 흔들어도 금붕어는 움직이지 않고 그저 물의 들썩임에 따라 초점 잃은 눈으로 함께 흔들거릴 뿐이었다. 하얀 배를 위로 한 채.

나는 그제서야 울음을 터뜨렸고 내 울음 소리에 놀란 엄마가 잠에서 깨어나셔서 상황을 파악하고는 얼른 유리 그릇을 치우셨다. 엄마가 유리 그릇을 옮길 때 흔들리는 물 안에서 금붕어는 여전히 거꾸로 뒤집힌 채 힘없이 흔들렸고, 나는 내 친구가 있던 자리에서 서럽게 울었다.

그것은 내가 경험했던 최초의 죽음이었다. 여섯 살의 그 어린 기억 이후로, 나는 10년이 넘도록 길을 갈 때도 금붕어 파는 집이 있으면 얼마가 걸리던 돌아서 간다. 길을 건너서 가든 멀리 가서 육교를 건너든 어쨌건 금붕어 가게는 지나치지 않는다. 초등학교 때 무심코 금붕어 가게 앞을 지나가다가 쓰레기통에서 희멀겋게 눈을 뜬 채 죽은 엄청난 수의 알록달록한 물고기 시체들을 본 뒤로는 아직까지 금붕어 가게의 쓰레기통이 두렵다. 죽음. 한 몇 년간을 힘없이 흔들거리던 내 친구 금붕어의 하얀 배 생각에 사로잡혀 있었다. 그까짓 물고기 한 마리라고 할 수도 있겠지만 거의 유일했던 친구를 잃은 어린 아이의 마음은 무척 괴로웠다.

그렇다면 새는 왜 싫어할까? 그야 금붕어 파는 집에서는 거의 새를 함께 팔기 때문이라고 말해도 맞겠지만 나는 어릴 때의 경험 때문에 금붕어를 싫어하듯이 그렇게 인위적인 색으로 알록달록한 것은 좋아하지 않는다. 하긴 금붕어 같은 건 싫어하지만 아버지와 시골에 가서 보았던 맑은 물 안의 은빛 나는 귀여운 민물고기들은 예쁘기만 했었다. 또 관상용 새들의 그 눈 아픈 알록달록함과 신경질적인 재재거림은 좋아하지 않는다(그러면서도 워낙 동물을 좋아하는 탓에 막상 보면 예쁘다고 또 좋아하지만). 도시의 쥐라고 불리는 비둘기는 차가 와도 게으른 건지 둔한 건지 피하지 않다가 납작해지는 것이 너무나 답답해서 또 싫지만.

날지 않고 걷는 새

하지만 그런 납작해지는 멍청한(?) 비둘기 때문에 한 일 주일을 생각에 사로잡혔던 적이 있었다. 아마 지난 여름이었던 것 같다. 그때는 내 인생 중 가장 힘든 시기였다. 학교를 그만둔 지 1년여가 되어갔고 손에 잡히는 것은 아무 것도 없었던, 불확실한 미래에 대한 근심이 나를 힘겹게 짓누르던 때였다.

그때 내 의지의 원천이자 내가 기쁘게 해드리고 싶었던 단 한 사람인 사랑하는 할머니가 천국으로 가셨다. 몽유병에 걸린 것 같았다. 모든 것이 진공 상태인 듯했고 말을 하고 밥을 먹고 웃어도 내가 무엇을 하고 있는지 모를 정도로 외로워서 영혼이 황폐했다. 나는 표류하고 있었다. 도저히 죽음을 이해할 수 없었다. 하지만 수능 시험을 쳐야 했기에 정석책을 넘기고 사전을 뒤지며 아무 생각 없이 하루하루를 기계적으로 살아나갔다.

　도서관에 가려고 마을 버스를 기다리고 있는데 마치 닭처럼 뚱뚱한 비둘기가 걷기조차 힘겨운 듯 뒤뚱뒤뚱 걸어오고 있었다. 그곳은 마을 버스 몇 대가 동시에 서는 정거장인 데다가 교통량에 비해 도로가 매우 좁아 혼잡한 길이었다. 아스팔트 위로 햇살이 따가웠고 사람들은 식은땀을 줄줄 흘렸으며 모든 것이 더위에 지쳐 천천히 움직이는 듯했다. 그 순간만은 더욱더 모든 것이 슬로모션으로 진행되는 것 같았다.

　마을 버스 한 대가 승객들을 하차시키고 난 뒤 새로운 손님들을 태우려 정류장에 잠시 멈춰 섰다. 그때 마침 건널목에 도착한 뚱뚱한 비둘기는 길을 건너려 했다. 아무리 덩치 좋고 큰 비둘기였더라도 비둘기는 비둘기일 뿐인데, 비둘기가 걸어서 건너기에는 너무나 넓은 길이었는데. 새는 날아야 되는 건데. 하지만 그의 날개는 그저 살덩어리처럼 등에 얹어져 짐스러워 보일 뿐이었다. 달려들어서라도 그 비둘기를 쫓아보내야만 했던 걸까. 나는 너무 놀란 나머지 돌처럼 굳은 채 마을 버스를 타지도 못하고 그 자리에 붙박여 서 있었다. 바보 같게도, 이렇게 복잡한 길을 새가 날지 않고 걸어서 건너려고 하면 어떡하니.

　내 친구 금붕어의 죽음도, 바로 얼마 전 내 영혼을 비틀거리게 했던 할머니의 임종도 지켜보지 못했던 나로서는 죽음을 이해할 수 없었다. 그래서 괴로웠다. 그리고 뜨거운 여름날 내 앞에서는 새 한 마리가 어리석은 눈을 한 채 곧장 걸어가고 있었다. 어리석게도, 어리석게도……. 손님을 태우려고 버스가 잠시 서 있는 동안에 큰 날개는 뭐하고 저렇게 짧은 두 다리로 길을 건너려 하니……. 버스는 승객을 다 태우고 문을 닫았다. 새는 마을 버스가 건너기를 기다려줄 것이라고 여겼는지 본 척도 하지 않고 뒤뚱뒤뚱 길을 걸어갔다. 버스에는 시동이 걸렸고 바퀴가 앞으로 스르르 굴러갔다. 새의 날개가 타이어와 닿는다고 느낀 순간, 나는 눈을 감았다.

눈을 떴다. 몇 초도 안 되는 순간 버스는 저만치 연기를 내뿜는 뒷모습을 보이며 사라지고 나는 차마 그 타이어가 지나간 길을 보지 못했다. 내가 타야 할 버스도 놓쳐버린 채 한참 동안 그렇게 멍하니 서 있다가 그 길로 천천히 눈을 돌렸다. 사람들은 아무렇지도 않았다. 아스팔트 위를 뜨겁게 데우는 햇살도 여전히 강렬했고, 길을 메우는 차들은 변함없이 서로 경적을 울려댔고, 사람들의 걸음걸이도 분주스러웠다. 단 하나 달라진 것은 몇 초 전 이 길 위에서 따뜻하게 뛰는 심장과 뜨겁게 혈관을 흐르는 피를 가졌던 한 생명이 목숨을 잃었다는 것뿐. 세상은 아무 것도 달라지지 않았다. 잠시 전까지 지친 눈을 하고 길 위를 걸어가던 새는 단지 짓이겨진 고깃덩어리로 거기 있었다. 달라진 것은 아무 것도 없었다.

저렇게 한 생명이 소멸되는 데는, 저렇게 초라한 흔적만을 남기고 사라지는 데는 불과 몇 초의 시간밖에 걸리지 않는구나…… . 한 생명이 죽고 또 한 생명이 떠나가도 세상은 그대로 돌아가는구나…… . 단지 사람의 죽음에만 장례식이 치러지고 새의 죽음에는 아무도 슬퍼하지 않는구나…… . 토할 것만 같았다.

10여 년 전 내 친구 금붕어의 생명 잃은 눈동자, 조금씩 생기가 사라져가던 사랑하는 할머니의 창백한 얼굴…… . 돌아서서 온 힘을 다해 집으로 뛰었다. 도서관 같은 것은 더 이상 안중에도 없었다. 할머니, 할머니……. 눈물이 줄줄 흘러 제대로 앞을 볼 수가 없어 비틀거리면서 달렸다. 이렇게 보잘것없는 것이 죽음이구나……. 할머니, 할머니……. 집에 와서 방문을 잠그고 그대로 바닥에 미끄러지듯 주저앉았다. 그리고 한없이 울었다. 저렇게 덧없구나, 저렇게 한순간이구나……. 그렇게 한참을 울고 난 후 습관처럼 깊은 잠에 빠져들었다.

나는 속상하거나 화나는 일이 있거나 마음이 슬퍼지면 다른 사람들처럼, 가령 음악을 듣는다거나 하는 그런 해결책을 쓸 시간도 없이 갑자기 미친 듯이 잠이 밀려온다. 슬픔의 강도가 클수록 잠의 깊이도 깊어서 누가 흔들어도 일어나지 못한다. 평소에 잠이 많지 않은 편인데 그럴 때면 10시간은 우스울 정도로 깊은 잠에 빠진다.

계속 짓이겨진 비둘기의 몸뚱아리, 내 친구 금붕어를 국자로 퍼내 버리시던 엄마, 사랑하는 할머니의 차갑던 손……. 죽음의 이미지, 이미지들이 나를 덮쳤다. 이렇게도 한순간인 것을, 이렇게도 덧없는 것을……. 나는 비로소 자유로워졌고, 내가 가장 사랑했던 그분의 죽음 이후 처음으로 할머니의 꿈을 꾸지 않고 잠들었다.

2장

지식 대량 생산 공장, 학교

네 멋대로 해라!

아무도 나를 쫓아내지 않았다

"네 멋대로 해라!"

아무리 생각해도 마음을 바꿀 수 없다고, 부모님의 설득에 죄송한 마음을 접어두고 안방 문을 닫는 내 등으로 아버지의 말 한마디가 비수처럼 꽂혔다. 주위 사람 중 찬성한 사람은 외할머니를 제외하고는 단 한 사람도 없었고, 예상했던 길이지만 힘들었다. 자퇴 결심 후 내가 좋다고 한 일이니 한번도 울고불고 하는 짓 따위는 하지 않으리라 결심했는데 나는 그날 밤 소리를 죽이고 울었다. 끝까지 설득해 보려 하시던 부모님께 죄송했고, 흐트러져 버린 내 영화에 대한 꿈이 서글펐고, 이제 잃어버릴 고교 시절, 친구들, 시작될 외로움, 그리고 사실 나조차도 확신하지 못하는 나의 앞길이 두려웠다.

몸이 너무나 아팠다. 14살 때부터 알레르기성 천식을 앓았는데 너무나 심해져서 몸이 너무 아프고 괴로워 견딜 수가 없었다. 몇 년간 다녔던 병원 의사에게 상담하자 정신적으로 극도의 스트레스를 받고 있는 상태라며 여기서 벗어나야 할 텐데 하고 걱정스럽게 이야기했다. '학교를 그만둘까 생각하고 있다'는 말을 하자 '뭐 네가 알아서 할일이지만 지금 스트레스를 받는 상태가 최악'이라고, '정신적으로 안정을 취해야 신경성 천식은 가라앉는 거'라고 이야기했다.

아침에 등교할 때 교문만 쳐다봐도 갑자기 발작이 시작됐다. "너는 반사회적인 학생이야, 네 주변 성향이 급진적이다, 그러니까 너는 다른 학생들에게 나쁜 영향을 줘." 이게 고등학교 1학년짜리 소녀에게 아무렇지도 않게 툭툭 던질 말인가. 그렇게, 아무 생각 없이…… 그래도 선생님들을 믿었고, 학교를 믿었고, 잘 지낼 수 있을 거라고 믿었던 내가 너무나 순진했다. 그런 생각에 기침이 나고 나고 또 나고 견딜 수가 없었다.

차가운 분노가 일었다. 나를 이렇게까지 내몬 건 누구인지……. 내 성질이 별나서, 내가 이상한 아이라서라고 말한다면 나도 별 할말은 없다. 그러나 나는 중학교 때까지는 모범생 대열에 들어 교사들의 사랑을 받는 학생이었다고 확신하고, 그때도 분명하게 내 주장을 펴는 성격은 변함이 없었으며, 오히려 그것은 중학교 시절 김현진이라는 학생은 독특한 개성을 가졌다고 인정받는 플러스로서 작용했다. 나라는 한 인간에게는 달라진 것이 없었다. 정작 나에게는 아무 것도 달라진 것이 없는데 나는 왜 한쪽에서는 모범생이고 한쪽에서는 '반사회적인' 문제아가 되어야 했을까.

나는 변한 것이 없다. 그렇다면 나를 이렇게 내몬 것은 누구인가. 나를 '나쁜 영향을 주는 아이'라고 규정지은 선생들? 아니, 내가 그들을 미워한다고 생각하는 사람들이 있을지 몰라도 나는 그들을 진심으로 동정한다. 그들도 피해자다. 조금이라도 다른 아이를 이해하지 못하는 편협한 안목을 가지고 설득이 아닌 우격다짐으로 문제를 해결하려 들고, 학생의 입장에서 생각해 주기보다는 무조건 통제하고 찍어눌러 놓고자 하는 몇몇의 그들.

그들을 그렇게 만든 것은, 학생은 무조건 그들보다 못하고 찍어누르고 입막음을 하면 모든 게 해결된다고 믿는 그들의 사고 방식을 제조한 건 대한민국의 교육 시스템이 아닐까. 나는 자퇴를 했지만 동시에 자퇴가 아니었다. 나는 밀려난 것이다. 학교에서 쫓겨난 것이다……. 내가 있을 자리가 없어서, 내 자리를 주지 않아서…….

스스로 내 발로 걸어서 학교를 나갔다. 누구도 나를 말로 쫓아내지는 않았다. 하지만 나는 밀려나고 말았다. 나는 왜 친구들과 함께 즐겁게 공부하고 싶었고, 재미있게 지내고 싶었던 이곳에서 쫓겨나야만 했는가. 한국만큼 자퇴생이 적은 나라는 없다. 그러나 잠재적 학업 중퇴자는 수없이 많다. 나는 그들 중 불거져 나온 일부일 뿐이다. 잠재적 학업 중퇴자들은 학교에 다니기는 하지만 극단적으로 말하면 공부하러 오는 것보다 친구들을 만나려고 오거나, 오더라도 잠을 자거나 연예인 사진을 보거나 책을 읽는다. 심지어 그 안의 학생들에게조차 '사교장'이라고 불리기까지 하는 학교. 오늘을 만든 것은 누구인가.

잘난 맛에 사는 사회를 바라며

언젠가 어떤 가요에 "잘난 사람 잘난 대로 살고 못난 사람 못난 대로 산다"라는 가사가 있었다. 정말로 이 세상은, 그리고 세상으로 나가기 전 잠시 배움을 위해 머무는 장소라는 학교는 정말로 '잘난 사람 잘난 대로 살고 못난 사람 못난 대로 살고' 있는가. 정말로 좋은 세상이 되려면 내 생각에는 잘난 사람은 정말 잘난 대로 살게 해주고 못난 사람도 못난 대로 살게 해주어야 한다. 아니, 누가 해주는 것이 아니라 잘났건 못났건 간에 스스로 잘난 대로 살아야 한다.

그러나 우리 나라는 어떤가. 잘난 사람은 저 잘났다고 저 잘난 맛에만 살고 못난 사람은 잘나지고 싶어서 발악을 하든가, 아니면 "그래 나 못났다." 하며 소위 잘난 사람들에 대한 끝없는 복수심이나 자신에 대한 열등감, 자괴감에 빠져 살고 있지 않은가.

모든 부모님들이 자식에게 공부를 강요하는 것은, 공부를 잘했던 부모는 공부를 잘했을 때에 누리는 특권이 얼마나 달콤한가를 알고 있기 때문에 자식도 공부를 잘하기를 원하는 것이고, 공부를 못했던 부모는 자신이 누리지 못한 특권을 자식이라도 누리기를 바라는 마음에서 그렇다는 얘기를 들은 적이 있다. '잘난' 사람이 덕보고 사는 것은 뭐라고 말할 수 없다. 그런데 왜 그것이 '성적이 잘난' 사람일 때만 잘나게 살 수 있는 것인가.

학교에서 아이들은 자신의 모든 가치를 점수로 환산하는 법을 배운다. 소갈머리 없는 아이가 있는데 그 애가 나보다 공부를 잘하면 학교라는 장소에서 다른 품행이야 어쨌든 간에 그 아이는 나보다 더 잘난 아이로 인정받는다. 극단적인 표현일지 모르지만 그만큼 현재의 학교, 특히 공부 좀 한다 하는 인문계 고등학교일수록 실정은 매한가지다. 지금 우리나라가 IMF다 뭐다 해서 거의 망해가는 까닭은, 내 소견에는 이렇다. 우리 나라는 너무 잘난 사람들에게만 발언권을 준 것이 아닌가. 세상은 다 같이 사는 세상인데도.

웹진을 만들어 활동하고 방송 등의 인터뷰에 응했을 때, 욕설이나 항의성 메일이 굉장히 자주 왔었다. 그리고 하나같이 그 메일들의 내용은 이러했다. "네가 뭐가 잘나서 떠드느냐." 그럴 때마다 나는 항상 "잘나지 않았기 때문에 떠든다"라고 말했다. 내가 마이너리티이기 때문에 떠든다. 내가 떠든다고 해서 세상 좋아지란 법은 없지만 못난 사람은 떠들면 안 되는가? 자퇴생은 말도 하면 안 되는가? 세상이 좋아지려면 못난 사람이 당당히 말할 수 있는 사회가 되어야 한다고 나는 생각한다. 그리고 비단 공부 잘해 잘난 것만 잘난 게 아니라는 사실을 알아야 한다.

결국 모두 다 자기 잘난 맛에 사는 사회, 모두 다 자기 잘난 맛을 아는 학교가 정말 좋은 학교인 것이다. 불행하게도 지금 대다수의 학교들은 공부 잘하는 소수에게만 잘난 맛을 알려주어 그 맛을 결코 못난 다수와 나누고 싶지 않아지도록 몰아붙이고 있긴 하지만. 내가 말하는 '잘난 맛'이란 진정한 자존심과 자긍심이다.

부품 빠진 펜티엄 컴퓨터

내가 너무나 시설이 형편없는 학교만 골라서 다녔는지도 모르는 일이고, 물론 그렇지 않은 학교도 많다는 것을 알지만 우리 학교나 내 주위 중고교생의 의견을 들어보았을 때 아직까지는 확실히 한국 청소년들의 복지 시설은 형편없다.

일단 시설면에서 냉난방 현황을 보자면, 우리의 중학교 시절에는 겨울에 이른바 '조개탄' 난로가 교실에 설치되었다. 알루미늄 도시락을 덥혀 먹을 수 있는 바로 그 난로 말이다. 연통 연결도 엉성한 경우가 많아 불을 피우면 곧바로 교실이 너구리 사냥장이 되어 선생님이나 학생들 모두 콜록콜록 기침을 해대고 눈물을 줄줄 흘리는 경우도 많았다. 영하 5도가 넘어가지 않으면 그나마 불을 피워주지도 않았다. 물론 교무실에는 따끈따끈하게 난로가 돌아간다.

영하 5도가 넘어가면 아침마다 학교에서 일하시는 분들이 땔감을 나누어주었다. 당번을 정해서 여학생들이 끙끙대며 양동이에 무거운 땔감을 실어 날라야 했는데 3, 4층 교실 학생들은 완전히 죽을 맛이었다. 그나마 땔감을 많이 주는 것도 아니어서 점심 시간 조금 지나면 꺼져버리는 경우가 태반이었다. 물론 땔감을 더 달라는 말은 절대로 용납되지 않았다.

여름에는 50명이 넘는 아이들에게 겨우 선풍기 2대. 구석께에 앉은 아이들에게는 바람 기척도 오지 않고, 아이들이 덥다고 조금 불평하는 소리라도 나올라치면 "시끄러워. 공부 잘하는 애들은 뭐가 어떻든 어디서 나 잘해"라며 입을 틀어막아 버리던 기억들. 이렇듯 '생활'이 아닌 '생존'에 필요한 최소한의 것조차 보장되지 않는 실정에서 편의 시설에 대해 논하는 것은 어불성설 같지만 엄연히 학생에게도 인권이 보장되어야 하기 때문에 또다시 이야기해 보기로 한다.

고등학교 입학식 날이었다. '정보화, 세계화 교육을 위해 펜티엄급 컴퓨터를 다수 갖춘 컴퓨터실'이 아주 자랑스러운 어조로 소개되었다. 펜티엄 컴퓨터는 지금도 좋은 기종인 만큼 그 당시에는 아주 최신식의 컴퓨터여서 갓 입학해 아무 것도 모르던 아이들은 "우리 학교 시설 진짜 좋나봐"라며 기쁜 듯이 서로 소곤거렸다.

그러나 우리는 입학한 지 보름도 안 되어 컴퓨터실 앞 복도 청소를 담당한 아이들에 의해 컴퓨터실의 '실체'를 알고 실망하고 말았다. 선택 과목 중 컴퓨터 과목이 있긴 하지만 여학교라는 이유에서인지 학교측에서 일방적으로 선택 과목을 '가사'로 정한 데다 컴퓨터 특활반도 없어서 만져볼 기회가 없었다. 게다가 문제는 그 컴퓨터라는 것이 도무지 '작동'되지 않는다는 것이었다. 학교측의 변으로는 아주 좋은 컴퓨터니까 평소에는 도난을 우려하여 값나가는 주요 부품을 모두 떼어놓는다나.

그러면 도대체 '정보화'와 '세계화'는 어디 있는 걸까. 하기야 선택 과목에 컴퓨터를 추가하면 정보화고 멀티미디어실만 마련해서 전용선 깔면 세계화인 것도 아니긴 하지만. 어쨌든 그렇다면 그 '평소'가 아닌 시기는 언제였을까. 그것은 바로 교육청이나 재단에서 감사를 나올 때였다. 그 전날이면 언제 부품이 빠져 있었냐는 듯이 컴퓨터는 완벽하게 작동되어 마치 '우리는 언제나 학생들에게 사용되고 있답니다'라고 말하는 듯이 돌아간다는 것이었다. 물론 기가 찰 일이었다.

내가 중학교에 처음 입학했을 때는 그나마 매점이란 것이 있었다. 너무 좁은 데다 파는 물건의 가짓수도 별로 없어 뭘 하나 사려면 점심 시간 대부분을 바쳐야 할 정도라 학생들의 원성을 샀다. 그래도 없는 것보다는 나았기에 콩알만한 매점에 쉬는 시간과 점심 시간이면 언제나 아이들이 바글거렸다.

그러던 어느 날 뜬금없이 매점이 철수된다는 통고가 떨어졌다. 그때부터 실시되던 쓰레기 종량제 때문에 쓰레기 봉투를 살 돈이 없다는 이유에서였다. 그 항목을 절약하기 위해 1,800명 학생들의 편의를 마치 쓰레기처럼 내팽개쳐야 하는 것인가. 모두들 불만스러워했지만 어쩌겠는가. 무슨 힘이 있어야지. 어쩌다 용기 있는 학생이 한마디하기라도 하면 마녀 사냥하는 분위기로 그 학생을 '이상한 아이'로 낙인찍어 몰아내 버리려는 것이 전반적인 학교의 분위기인데.

가령 한 학생이 소위 술을 마시거나 담배를 피우는 등의 '물의'를 종종 일으켰다고 해보자. 나는 지금까지 학교 생활중에 그런 학생을 바로 잡아주려는 노력을 학교측에서 하는 것을 한번도 보지 못했다. 물론 자신들은 노력을 했다고 생각하겠지만, 그 노력이라는 것은 부모님을 호출하여 윽박지르거나 입에 담지 못할 욕설을 하면서 때리거나 교무실 한가운데 꿇어앉혀 공개적인 망신을 주어 더욱더 반발심만을 불러일으키는 일이었다. 그렇게 실컷 마녀 사냥을 한 후 전학을 보내버리는 것밖에 나는 보지 못했다. 이런 와중에 솔직히 교내 학생회라는 것이 무슨 의미가 있는가. 그야말로 무용지물 전시 행정일 뿐이지.

이후 고교에 진학하자 매점 비스무리한 것이 또 있었다. 이번에는 커피와 컵라면만을 판매하는 아주 간소(?)한 매점이었다. 커피와 컵라면은 둘 다 끓는 물, 끓지는 않더라도 아주 뜨거운 물을 필요로 하는 식음료들이다. 식사 시간이 되면 도시락을 가져오지 않은 학생들로 인해 그 조그만 매점은 미어터졌다. 여고와 외고가 같은 매점을 썼던 것으로 기억하는데 여고 1학년 학생들만 해도 1,000여 명이었으니 시장판 같은 광경은 예상 가능할 것으로 믿는다.

그러나 복잡한 것은 문제가 아니었다. 워낙 사람이 콩나물처럼 미어터지니까 뜨거운 물을 컵라면 그릇이나 커피 종이컵에 받으려 할 때 뒷사람들이 이리저리 밀치면 도무지 어떻게 할 도리가 없는 것이었다. 나도 그래서 비틀거리다가 끓는 물에 데인 적이 있다. 나보다 훨씬 더 심하게 다친 아이들도 보았다. 도대체 방법이 없는 것이다.

그렇게 학생수가 많으면 매점 크기를 신축해 주어야 하는 것이 당연한데도, 학교측에서는 다치는 학생들이 속출했지만 수수방관했다. 이들이 교사들이었다고 해도 이렇게 방치되었을까. 나는 학생들에게 고급 서비스를 제공하라고 요구하는 것이 아니다. 이렇게 학교에서 생활이 아닌 '생존'을 염려하게 된 지경이 서글플 따름이다.

너무나 씁쓸한 기억들

일단 체벌을 예로 들어보면 요즘에야 뭐 체벌이 금지되었다고 하니 모르겠지만 주위 중고등학생들의 경우 금지되나마나 똑같다며 혀를 차는 경우를 자주 본다. 물론 '사랑의 매'는 용납되어야 할는지도 모른다. '사랑의 매'라는 것은 핵심이 매에 있는 것이 아니라 올바른 선도와 사랑에 기울어져 있기 때문이다. 그러나 대부분의 교육 현장에서 사랑보다는 매에 중점이 더 가 있는 것이 지금의 현실이다.

중학교 3학년 때 한 남자 선생님이 옆반에서 수업중 졸고 있던 한 학생을 지적해서 일으켜세웠다. 그리고 양쪽 따귀를 잠 깨라며 때렸다. 거기까지는 어쨌든 잠을 깨라는 취지에서였을 것이라고 이해해 보기로 하자. 그 선생님은 맞은 학생에게 수업 후 남교사 휴게실로 오라고 명령했다. 그 여학생은 교무실도 아니고 밀실 같은 남교사 휴게실로 오라는 이유를 몰라 잔뜩 떨면서 내려갔다. 남교사 휴게실이기에 꼭 닫힌 문 안에는 남자 선생님들이 바글바글했다.

그 학생을 불러들인 선생님은 여학생의 교복 치마를 걷어올리고 속옷을 벗긴 후 드러난 맨살을 손바닥으로 때린 후 올려보냈다. 물론 다른 남자 선생님들이 담배를 피우며 다 보고 있는 앞이었다. 여선생님들이 모두 격분했지만 어쩌겠는가. 그 선생님은 XX주임이었는데 심지어 그 선생님이 학생에게 사과했다는 말조차 들어보지 못했다. 내 학창 시절의 씁쓸한 기억 중의 한 토막이다.

또 다른 씁쓸한 기억들. 고등학교에 다닐 적의 일이다. 이유는 모르겠지만 우리 학교에서는 학생들의 호출기 소지가 금지되어 있었다. 아마 학생이 호출기를 가지고 다니면 공부에 집중할 수 없다는 이유였던 것으로 기억한다. 간혹 가지고 다니다 걸리는 아이도 있었지만 삐삐를 가진 아이들은 거의 다 집에 놓고 다녔다. 그야말로 무용지물이었다.

그런데 하루는 아이들이 술렁술렁하며 이상스런 표정들이기에 "왜들 그래?" 하고 물어봤더니 아랫반 담임인 아주 무서운 선생님의 이름이 나왔다. 그 선생님이 뭘 어쨌냐고 했더니 그 반 학생들의 다이어리를 모조리 압수해 갔다는 것이었다. 가져갈 이유가 전혀 없는 다이어리를? "아니 대체 왜?" 하고 물었더니 이유가 가관이었다. 목표는 다이어리가 아니라 그 안에 으레 적혀 있게 마련인 전화 번호란이었다고 한다. '호출기 불법 소지 학생'을 색출하려던 것이다.

그 선생님은 압수해 간 다이어리들을 쌓아두고 전화 번호란을 하나하나 검토해 호출기 번호가 적혀 있는, 즉 호출기 소유 사실이 밝혀진 아이들을 모두 불러 압수한 후 때리며 벌을 주었다고 했다. 그러나 아이들이 모두 화가 났던 것은, 일단 학교에 가지고 다니는 것은 금지되어 있으니 그렇다 치고 호출기를 가지고는 있지만 교칙상 집에 놔두고 다니는 아이들에게까지도 집에 가서 호출기를 가지고 오라고 명령해 압수하고 그 애들도 때리며 벌을 준 데 있었다.

워낙 무섭기로 소문이 나 있는 선생님이기는 했지만 아이들은 모두 너무한다고 생각했다. 고등학생의 통신 권리에 대한 논쟁은 일단 제쳐두더라도 교칙에 따라 호출기를 집에 두고 다니는 아이들까지 호출기를 압수당하고 매까지 맞아야 한 건 부당했다. 하지만 어쩌겠는가. 그러한 상황에서 아이들이 배울 수 있는 건 뭘까. 부당함에 대한 분노, 그러나 아무 말도 할 수 없었던 무력함. 요즘 애들은 교사에 대한 존경심이 없다느니 하지만 자신의 가치는 스스로 만드는 것이다.

중학교 때 학생주임 선생님께 서류를 갖다드리러 갔다가 선생님이 무언가를 잘못했는지 그 옆에 꿇어앉아 있던 한 학생을 쥐어박으며 "뭘 꼴아봐 이 씨팔년아!"라고 욕설을 퍼붓는 것을 본 적이 있다. 그뿐이 아니다. 아이들을 "야, 이년들아"라고 부르는 등 차마 입에 담지 못할 욕을 하는 것을 본 적이 한두 번이 아니었으며 이에 대한 학생들의 반감은 커지기만 했다. "야, 이년아"라고 불리고 나서 "아 존경하는 선생님께서 나를 부르시는구나"라고 생각할 학생은 없다. 되려 "왜 불러 새끼야?"라고 생각하면 하겠지. 물론 모든 교사들이 다 그렇다는 이야기가 아니다. 단지 자신의 행동에 대해 아무런 생각도 하지 않은 채 함부로 학생들을 구타하고, 입으로 내뱉는 말에 전혀 신경 쓰지 않고, 때로는 돈을 요구하는 그런 '교직원'들 때문에 진정한 스승이 가려지고 있다.

교육이란 무엇인가. 학교란 무엇을 하는 곳인가. 내가 극단적인 예를 들었다고 비난할 사람도 있을 것이라고 예상한다. 그러나 내가 극단적이든 비관적이든 간에 한국의 교육은, 한국의 학교는 바뀌어야 한다. 이대로 좋은가. 중요한 것은 이것이다. 교육이란 무엇인가? 아직 어린 나이의 나로서는 알기 어려운 질문이긴 해도, 그렇다고 해서 세상을 많이 사신 분들도 대답하기 쉬운 질문은 아니다.

내가 아는 단 한 가지는, 최소한 지금의 것은 아니라는 거다.

지상 목표가 대학 진학이라니!

우리의 지상 목표는 대학 진학입니다!

입학식을 아침 9시부터 시작하여 4시에 마치는 학교를 본 일이 있는가. 한 반에 55명씩 18반까지 있는 1학년 아이들이(8반이 아니다. 18반이다. 하긴 1998년에는 신입생이 23반까지라는 말을 들었으니 그땐 그리 나쁜 것도 아니었는지 모르겠다) 강당에서 우글우글거리는 모습은 너무나 끔찍했다.

오전 9시부터 오후 4시까지 계속되었던 입학식 날이다. 존경스런 교장 선생님의 훈화는 물론 1시간을 넘겼으며 그분의 첫마디는 대학 진학에 관한 것이었다. "여러분, 인생의 지상 목표는 대학 진학입니다. 다른건 무조건 졸업하면 생각하세요. 우리 학교는 전문대를 포함해서 97.3퍼센트의 대학 진학률을 자랑하고 있으며, 1995년에는 여자 전국 수석까지 배출해 낸 경력이 있습니다!(아이들의 뒷공론으로는 그 여자 전국 수석이 우리 학교에만 안 다녔으면 전국 전체 수석을 했을 거라고들 쑥덕거리곤 했었다) 여러분은 이러한 학교의 빛나는 명예에 결코 누가 되어서는……."

그 순간 나는 머리에 아무런 생각도 들어오지 않았다. 학교를 왜 다니는가? 대학에 가려고? 좋은 대학 가려고 학교에 다니는 거라면 차라리 학원이 낫다. 학교라는 곳은 올바른 교우 관계의 형성과 공동체 생활을 익히는 곳 아닌가? 우리가 고등학교에 들어와 보내는 3년의 인생은 오로지 '대학만을' 위한 거라고?

사실 내가 처음 학교를 그만두게 된 직접적인 이유는 여기에 있다. '고등학교에서 보내는 3년간의 인생은 오로지 대학만을 위한 것'이라는 무언가 엄숙하지만 말도 안 되는 선언에 나는 강한 반발을 느꼈다. 이후 고등학교 생활을 하면서 반발감은 더욱더 심해졌다. 공부는 재미있게 해야 그게 공부지, 이렇게 재미없는 공부는 실전 수능에서 점수 잘 받는 훈련일 뿐 '학문'이 아니라는 생각과 반드시 '대학만을' 잘 가기 위해서 학교에 다니는 것이라면 나는 이 학교 다니지 않고도 얼마든지 대학에 갈 수 있다라는 생각이 들었다.

무용지물인 교과목들, 비합리적인 커리큘럼, 비능률적인 수업 방식은 '오로지 대학에 가기 위한 기능적 장소'로서의 기능조차 제대로 수행하지 못했다. 그냥 대학만이 목표라면 차라리 스스로 하겠다라는 생각이 들었다. 내 자퇴의 씨앗은 그 입학식 날 처음 튼 셈이다.

학생들로 꽉 찬 강당도 끔찍했지만 키와 체격이 제각각 다른 아이들이 비좁은 교실에서 일괄 규격으로 생산된 책상에 몸을 말 그대로 '끼우고' 앉아 있는 모습은 더더욱 끔찍했다. 그리고 입학식 바로 다음날부터 책상에 몸을 쑤셔넣은 채 10시까지의 자율 학습을 받아야 했다. 초코파이 책상을 아는가. 키가 165센티미터만 넘어도 의자에 앉은 후 책상을 들어서 무릎 위에 올려놓아야 하는 그런 책상. 그런 책상에 끼인 채 하루 15시간을 보내야 하는 학생들의 생활을 '낭만 있는 여고 시절'이라고 부를 수 있겠는가. 몸에 안 맞는 책걸상 때문에 디스크에 걸린 아이들도 많았다.

물론 그러한 악조건 속에서도 작은 즐거움을 찾을 수는 있다. 그러나 그것은 '학창 시절의 낭만'이 아니라 소공녀의 세라가 망상 놀이를 하듯이 그 환경 속에서 감수성을 잃지 않기 위한 발버둥일 따름이다. 공부하는 화석이 되지 않고 최소한도로 인간으로 남기 위해 발악하는 것이다. '학창 시절'이 낭만적이어서가 아니라, 청춘을 말살하는 감금 생활에서 최소한의 숨쉴 구멍이라도 찾느라 학생들 나름대로 갖은 애를 쓰는 것일 뿐이다.

나는 물론 모든 학교가 다 그렇다고 말하는 것은 아니며 그렇게 생각하지 않는다. 나는 단지 내가 경험했던 학창 생활, 특히 고교 시절과 내 주위에 있는 고교생이나 한때 고교생이었던 이들의 이야기를 바탕으로 이 글을 쓰고 있다. 내가 이런 말을 하면 "그럼 니가 때려친 학교에 지금까지 계속 다니고 있는 애들은 다 바보냐"라고 말하는 사람들이 있는데 내가 다니던 발산동 M여고를 계속 다니고 있는 학생들을 나는 한번도 바보라 말한 적이 없다.

누구나 자기 나름대로 삶의 이유가 있다. 내가 택한 삶은 책상에 갇힌

몸을 빼내는 것이었고, 아직도 끼여 살고 있는 다른 학생들은 또 자기 나름대로의 이유가 있기에 계속 거기에 있는 것이다. 이유가 무엇이든 스스로의 선택은 모두 존중받아야 한다. 이유가 나처럼 미칠 것 같아서든, 아니면 대학은 가야 할 것 같아서든, 친구들 때문이든. 결코 나는 모든 학교가 다 그렇다고는 말하지 않았다.

그러나 내가 겪은 학교 생활은 학교 '생활'이 아니라 '생존'이었고, 뭐 학교 생활이 즐거워 미치겠다는 일부는 제외하더라도 내 주위의 중고교 생들은 정도의 차이가 있을 뿐 교육 환경의 불합리성과 비능률성, 부당함에 있어서는 의견을 같이 하는 편이다. 그러면 공부를 그렇게 못한 것도 아니고 교칙을 위반한 적 한번 없는 그런 대로 얼치기 범생 축에 들었던 한 여학생의 고교 생활을 보자.

내가 여고에서 배운 것

아침 6시 40분까지 등교해야 하기 때문에 6시에 목동 지역 아이들이 함께 타고 다니는 봉고차가 길 건너에서 온다. 이 차를 타기 위해서는 적어도 5시에서 5시 20분까지는 일어나서 세수하고 밥 먹고 옷 갈아입고 준비물 챙겨서 비몽사몽간에 집에서 나와야 한다. 봉고차에서 졸다가 다른 아이들이 타는 것을 보고 인사하면 그 애들 역시 다 눈이 감겨 있다. 게다가 같이 5시에 일어나서 도시락을 두 개나 싸야 하는 어머니도 너무 고생하셔서 늘 죄송스러웠다. 6시 30분쯤에 학교에 도착하면 3월의 공기는 너무 차가웠다. 교실로 들어가 보면 밤 동안 차가워진 공기는 아이들이 아무리 옹기종기 모여 앉아도 더워질 줄을 몰랐다.

　처음 학교에 입학해서는 그래도 조개탄 연통 난로가 아니니 중학교 때 보다는 낫다고 생각했는데 알고 보니 뭐 더 좋을 것도 없었다. 55명의 아이들이 있는데도 조그만 벽걸이 가스 난로가 교실 맨 뒤 벽에 '나, 이 래봬도 난로야!' 하고 시위하는 것처럼 달랑 걸려 있었다. 잘 켜주지도 않지만 켜봤자 맨 뒤에 앉은 아이들 등짝만 조금 따뜻할 정도라 앞쪽에 앉은 아이들은 '난로야 너 지금 장난치니?' 하는 시니컬한 생각을 할 수밖에 없었다.

　냉랭한 교실에 앉아서 손을 아무리 호호 불어봐도 차가운 시멘트 바닥 에서 피어오르는 냉기는 따가울 정도로 시렸다. 아침 자율 학습을 하려 고 펜을 쥐면 손이 얼어서 글씨가 안 써질 정도였다. 그래서 아이들은 교 무실 심부름이라도 있으면 서로 가려고 했다. 교무실에는 온풍기 바람 이 '웅~' 하고 돌아가서 갔다온 아이들의 말로는 '지옥에서 천국으로 간 것 같다'고 했다. 나는 자존심이 상해서 죽어도 교무실에는 가고 싶 지 않았다. 교사나 학생이나 다 같은 인간인데, 게다가 노동 강도가 더 높은 게 누군데. 이건 정말로 부당하다 하는 생각을 하면서 나는 이가 갈 렸다. 나만 이를 간 것이 아니다. 친구들도 다 이를 갈았다.

　생각해 보라. 초코파이 책상에 몸을 말 그대로 '집어넣고' 얼어서 제 대로 써지지도 않는 펜을 손에 쥐고 실내화를 신은 발도 얼음 같은 시멘 트 교실 바닥 때문에 시려워서 발을 들었다 났다 하는 광경을. 물론 그 상황에서도 공부 잘하는 아이들이 있다. 그런 아이들이야말로 정말 참

을성 많고 공부가 재미있는 아이들인지도 모르겠다. 그러나 나와 평범한 대다수는 그렇지 않았고, 괜한 핑계라고 말하는 이들도 있겠지만 나는 그들에게 더욱 훌륭한 교육 환경이 제공된다면 학습 능력에서 지금보다 훨씬 발전을 보일 것이라고 믿고 있다.

교육 개혁이 거론될 때마다 빠지지 않고 등장하는 이슈인 교육 환경의 개선. 말로만 교육 환경 개선 어쩌고 하는데, 학교 앞 유해 시설 타령말고 교내 시설부터 빨리 개선해 주었으면 좋겠다. 안부터 잘하자는 말이다.

한 층에 화장실은 하나밖에 없어 거의 대여섯 반 아이들이 그 화장실을 다같이 써야 했다. 그래서 나는 쉬는 시간에 화장실 가는 것은 거의 포기하고 살았다. 오죽하면 졸업생들의 농담 중 '내가 M여고에서 배운 것은 볼일 오래 참기'라는 말이 생겼을까. 내가 화장실을 이용한 시간은 점심 시간 종료 30초 전이었는데, 비호같이 달려가서 재빨리 비즈니스를 해결하고 후닥닥 교실로 달려오면서 인간의 가장 기본적인 욕구인 배설 욕구조차 이런 식으로 해결해야 하는 이 생활이 과연 인간다운 것인가 하는 생각에 어지러웠던 적이 한두 번이 아니었다.

나는 비분강개한 나머지 100일 만에 학교를 때려치웠기 때문에 여름은 겪어보지 못했지만 아이들의 말로는 여름도 장난이 아니라고 했다. 55명이 쓰는 교실에서 선풍기 달랑 두 대가 '내가 사실 선풍기인데 말이야.' 하고 간신히 시위라도 하듯이 애처로운 바람을 내뿜더라는 말을 들었다.

교복 암살단

게다가 우리 학교는 사복이었는데, 사복도 사복 나름이지. 나는 제발 각 학교에서 정직해 주기 바란다. 사복인 경우에는 교칙에 '학생다운 복장'이라고만 명시되어 있는 경우가 많은데, 제발 그냥 '유행에 절대적으로 어긋나는 복장'이라고 차라리 정직하게 고쳐 써주기 바란다. 이렇게 융통성 있는 교칙도 교칙이람.

일자바지가 유행하면 일자 입으면 안 되고 나팔바지는 입어도 되고, 나팔바지가 유행하면 나팔은 입으면 안 되고 일자는 되고. 지나친 가변성은 교칙에 대한 학생들의 신뢰를 무참히 짓밟는다. 바지가 타이트하면 안 되고, 길이가 발뒤꿈치에서 3센티미터 이상 올라가야 하고(옆 남학교 학생에게 '고쟁이'라는 말을 들었던 비참한 기억이 생생하다) 신발은 아무런 무늬와 굽이 없는 하얀 운동화(고쟁이에 고무신이라는 말에 반 전체가 절망했던 기억이 아직도 생생), 치마를 입었을 경우에는 랜드로바만이 허용되었다('치마 안 입고 만다'라는 애들이 많았다).

여름에 더워서 반바지를 입으면 당장에 학생부에 이름 적히고, 조금 타이트한 쫄티를 입으면 당장에 개 패듯 패고 나서 갈아입고 오라며 집에 되돌려보냈다고 아이들은 비분강개했다. 게다가 학생부에 이름이 오르면 벌이 주어졌는데, 차라리 매를 맞거나 토끼뜀을 뛰는 것이 훨씬 나을 정도였다.

아이들은 하루하루를 토요일을 기다리며 보냈다. 나만 해도 아침 6시, 아직 어두컴컴할 때 봉고차 타고 역시 어두컴컴한 밤 11시에 집으로 돌아왔다. 그러니 도대체 밝은 거리를 볼 도리가 없었다. 그래서 그 당시 나의 가장 큰 소망은 햇살 비치는 거리를 걷는 일이었다. 늘 해가 채 뜨지 않았거나 이미 져버린 거리를 차창을 통해 바라보면서 이 거리에 햇빛이 빛나는 밝은 모습을 보고 싶어, 하고 생각했다. 그러나 실수로 한 번이라도 복장 규제에서 지적당하면 우리는 일 주일의 가장 큰 소망인 토요일을 저당잡혀야 했다. 그 벌은 바로 대망의 토요일 날 오후 다섯시 반까지 남아서 자율(학교여, 정직하라. 이것은 타율이다) 학습을 해야 하는 일이었다.

생각해 보라, 열여섯, 열일곱 여고생들의 모습을. 아이들이 얼마나 교복을 입고 싶어했는지 모른다. 한창 외모에 신경 쓸 나이에 머리는 뒤로 질끈 묶고 헐렁헐렁한 짧막한 바지에 허연 운동화, 어벙벙한 티셔츠를 입고 등교하는 모습을. 얼핏 사복이라 하면 자유로울 거라고 생각하겠지만 오히려 교복보다 훨씬 사소한 규제가 많아 학생들은 매우 불만스러워했다. 나도 옷 골라 입고 가기 귀찮아서 차라리 깔끔하게 교복을 입으면 얼마나 좋을까 하고 얼마나 생각했는지 모른다. 게다가 근방에 교복이 예쁘기로 이름난 여고가 하나 있어 아이들은 상대적 박탈감에 시달렸다.

한번은 운동장에 한 시간도 넘게 서서 벌벌 떨며 교장이라는 분의 훈화를 듣고 있는데(우리 학교는 사립이었다) 그는 '우리 학교가 얼마나 자유스러운 전통을 중시해 왔는가'를 강조하기 시작하여 아이들의 비웃음을 샀다. 그러나 그의 한마디로 아이들의 얼굴에서는 비웃음기마저 싹 걷혔다. 그가 침을 튀기며 '우리 학교는 이렇게 자유롭게 사복을 입고 있지 않은가! 최근 일부 학부모들이 교복을 입혀달라고 하는데 내가 살아 있는 한 M 여고 학생들은 자유로운 개성을 살리기 위해 교복 같은 것은 입지 않을 것이다!' 라고 말했다. 그 순간 아이들의 눈빛이 번뜩이고 "말은 똑바로 하시지, 이게 개성이냐? 다 같은 월남치마 패션이지." 하고 빈정대는 아이부터 물론 농담이지만 "오오, 저 선생이 죽으면 교복 입을 수 있겠네." 하며 일제 시대 '5적 암살단'을 패러디해 '교복 암살단'을 조직하는 아이며……

차라리 학교가 정직했으면 한다. 교육 환경이 좋지 않으면 좋지 않은 거 인정하고 함께 바꿔나갈 생각은 못할망정 '이게 정상이다, 이게 바른 거다, 이게 사실 좋은 거다.' 하면서 애들을 세뇌하려고 드는데, 아이들은 이제 더 이상 거기에 속아줄 만큼 멍청하지 않다. 20세기 말, 이미 갈 데까지 다 간 학교여, 차라리 정직하라. 그것이 그나마 그대들의 모습을 덜 구차하게 할지니.

북극곰의 대이동

추위를 서로 끌어안고 앉아 있든 북극곰이 된 기분으로 앉아 있든 수업은 계속된다. 8시에 첫 시간 시작. 같은 반 친구? 같은 반 친구라도 뭐 얼굴을 쳐다볼 시간이 있어야지. 같은 반 아이들끼리도 성적별로 국어, 영어, 수학은 A, B, C반으로 나뉘어 수업을 해야 한다. 소위 능력별 수업이다. A반 아이들은 거의 세 과목 다 A반인 경우가 많기 때문에 그냥 자기네끼리 논다.

영어 시간. 자리에 앉아 있는데 영어 선생이 출석을 부른다. "지금부터 출석을 부르겠는데, 등수 순서대로 부르겠다." 이런 젠장. 내 이름 왜 이렇게 안 불러. 이름을 부르긴 불렀는데 그나마 우리 반에서는 제일 먼저 부른다. 기록 착오인가 잠시 고민하고 있는데 뒷자리에 앉아 있던 애가 조그만 소리로 "공부도 안 하는 게……." 하는 소리가 다 들린다. 내가 안 하긴 안 하지만 기분이 좀 나쁘다.

게다가 이런 이동식 수업은 1,000명쯤 되는 1학년 전체가 왔다갔다해야 하기 때문에 무슨 민족 대이동 같아 어수선한 걸 싫어하는 나로서는 무척 귀찮다. 국어 시간. 읽는 걸 좋아하므로 별로 진도와 상관없는 내 국어 공부를 하며 보낸다. '어쨌든 국어잖아' 라고 자기 합리화를 하면서. 왜 이런 쓸데없는 걸 가르쳐 하고 양념으로 투덜투덜거리면서.

모든 시간마다 선생님들은 목소리를 높인다. "여러분의 선배 중 95년 수석을 차지한 선배도 있어요!" 하고. 그 소리를 자주 들은 아이들은 수석 소리만 들으면 거품을 뽀글뽀글 물었다. 옆자리 아이를 쿡쿡 찌르며 "걔, 왜 그런 짓해서 사람 잡는데?" "몰라. 하구 싶었나부지." 하던 시니컬한 대화들.

수학 시간이 오면 아이들에게 비참한 얼굴로 "나 갔다올게." 하며 C반 수학, 일명 CC클럽으로 간다. 그러면서 애들은 "피타고라스가 인생을 알았나? 걔가 쓸데없는 짓만 안 했더라도 이딴 거 공부 안 해도 되는데. 걔는 시간 남으면 연애나 하지 정리나 하고 다녔냐." 하고 소리소리 높이며 사실 그저 수학이 하기 싫을 뿐이면서 괜히 인생의 불합리성을 통탄한다.

그리고 다른 수업 시간들. 가정 시간에는 "이따위 교육 환경에서 이딴 걸 하라면서 우리에게 공부까지 잘하라고 하는 것은 정말로 모순이다"라고 또 소리소리 높이며 실기용 스커트 감을 붙들고 바늘로 열심히 옷감을 난도질한다. 4시 반까지 보충을 비롯한 모든 수업이 끝난다. 종례를 마치고 교실 청소를 하다가 창 밖을 바라보면 2부 학생들이 그때쯤 집으로 가고 있다. 그때의 비참한 기분이란. 한숨을 푹푹 쉬며 청소를 한다. 내가 뭐 힘이 있나. 2부로 전학가면 안 될까. 가방을 싸들고 야간 타율 학습 반으로 옮긴다. 물론 성적이 비슷한 아이들끼리 경쟁을 붙이겠다는 이유로 A, B, C반으로 나눈 것이다. 과연 그래서 경쟁이 붙을까. 55명 중 52등인가 했던 화려한 수학 성적이 내 발목을 잡았으나 환상적인 찍기 실력으로 선망을 산 언어 점수 때문에 턱걸이로 A반에 들어갔다.

어쨌든 무늬만 우수반이지만 A반으로 가면 가방 펴고 잠시 엎어져 잔다(그 당시 나의 유일한 낙은 잠이었다). 그리고 종 치면 일어나서 '앞으로 다섯 시간 반만 더 개기면 집에 가는구나.' 하고 생각하면서 전시용 교과서를 편 뒤 무협지를 폈다. 〈영웅문〉 같은 거. 내 자리는 거짓말 하나 안 보태고 교탁 바로 앞. 의외로 그런 자리가 제일 안 걸린다는 사실.

자율 학습 시간에는 군데군데에서 비명 소리가 속출했다. 딴 짓하거나(나 같은 인간을 빼면 딴 짓하는 아이는 거의 없었다. 거의 피곤해서 깜빡 졸다 걸린 거였다) 자다가 걸린 아이들을 교실 밖 복도로 불러내어 벽 잡게 세워놓고 각목 같은 걸로 때리는 거다. 굳이 복도로 데리고 나와서 때렸던 이유는, 너희도 딴 짓하면 이렇게 된다 하는 일종의 경고였던 것이다. 깜빡 졸던 애들도 퍽퍽 하는 매질 소리와 아이들의 비명 소리에 화들짝 놀라 깨서 다시 충혈된 눈으로 책을 들여다본다. 그러다가 한 30분의 저녁 식사 시간을 보내고 한 시간마다 10분씩 쉬고 나면 10시, 집에 가는 시간이다. 말 그대로 "안녕, 집에 다녀오자" 하고 인사하고 집으로 간다.

복도는 너무 사람들이 많아서 정신이 하나도 없다. 밀려서 다친 아이들도 여럿 되었다. 같은 재단의 M남고에 다니는 친구 하나가 말하기를 자율 학습 후 옥상에 올라가 아이들이 빠져나가는 것을 보았더니 꼭 개 떼들 같더라고 했다. 그 말이 얼마나 서글프던지. 개 떼라. 꿈 많은 아이들이 개 떼처럼 열악한 환경에서 왔다갔다하며, 또 그걸 거부감 없이 받아들일 수밖에 없는 환경이라니. 과연 이것을 교육이라고 말할 수 있는가.

화장실 백서 사건

좀 과격하게 말해서, 우리에 몰아넣고 꾸역꾸역 지식을 쑤셔넣어 수능이라는 장기 자랑에서 그동안 닦은 재주를 발휘하라고 채근당하는 건 동물들과 다를 것이 없어보인다. 5지선다 중에서 요리조리 답을 찾아내고 문제의 함정에 속지 않는 요령 익히기. 이것이 훈련과 다를 바가 무엇인가. 그리고 그 다음날이 되면 변함없는 하루의 시작. 주말이 되면 아이들은 실컷 잘 수는 있다고 좋아했다. 그런데 또 친절하신 선생님들께서는 아이들이 공부 안 하고 놀까 봐 숙제도 그득히 내주시고.

한국의 고교 교육은 아이들을 재미없는 인간으로 획일 주조하는 데에 전력을 기울이는 것처럼 보일 때도 있다. 이것도 나쁜 짓, 저것도 나쁜 짓, 고등학생의 삶은 대학생이 되기 위한 고치일 뿐이지 삶이 아니다. 대학 가면 다 놀게 돼. 근데 지금 생각해 보면 A반 애들은 참 열심히 했다. 나처럼 빈둥거리는 애는 하나도 없었는데 그런 애들 생각하면 참 안타깝다. 좀 나은 교육 환경을 마련해 주기가 그렇게 힘든 일인가? 50명 넘는 애들이 바글거리는 교실에 선풍기 2대 설치해 놓고는 교무실에는 에어컨 사다놓는 그들을 더 이상 믿는 아이들이 있을까.

나는 대다수의 중고교들이 학생들에게 하는 처사를 보면 정말로 걱정이 된다. 저 사람들 나중에 어쩌려고 저러나, 저렇게 빤한 거짓말을 믿으라고 우겨대니 저거 나중에 어떻게 책임지려고 저러나. 애들 화장실은 막히거나 말거나 상관 안 하고 교장실에 정수기 들여놓는 저들……. 대한민국 학교들은 이제 갈 데까지 다 갔다. 끝이 다 보이는 지금도 고치려 하지 않는 이들은 모든 것이 다 망가져 회복 불능에 들어서야 지금의 IMF처럼 내 책임 아니네, 네 책임 아니네 하며 그 타령이나 하고 있겠지.

학기 초에 학교가 발칵 뒤집힌 일이 한번 있었다. 화장실에 어슬렁어슬렁 가보니 시뻘건 매직으로 학교에 대한 통렬한 비판을 화장실 벽에 온통 휘갈겨 놓았다. "교육부에서 자재 예산 준 건 다 어디다 팔아 처먹고 이딴 책상을 애들한테 주느냐"라고 시작한 그 백서는 "비리 졸라 많으면서 안 많은 척하지나 마라 더러운 새끼들"로 끝나 있었다. 세상에.

아이들은 웅성웅성거렸고 바로 다음날 방과 후 화장실에 가보니 그 성명서(?)는 페인트로 말끔히 지워져 있었다. 그리고 들어오시는 선생님마다 "그 낙서는 사실과 다르다. 우리 학교는 절대 그렇지 않고 깨끗한 학교다"라고 입에 침이 마르도록 강조를 해댔다. 오히려 그 태도에 아이들은 더욱 의심을 감추지 못했다. 어차피 초등학교부터 대학까지 우리나라 사립 학교들의 경우 돈 문제로 인한 비리가 존재한다는 건 아주 공공연한 비밀 아닌가? 오히려 그렇게 아니라고 극구 변명을 하니 아이들은 더 의심스러워했다. 저렇게 제발 저리는 걸 보니 정말 그런지도 몰라, 하며.

그런데 황당했던 것은 애들이 전부다 '니가 썼지?' 하는 것이다. 이 자리를 통해 다시 한 번 밝히지만 절대 내가 안 썼다. 나는 나중에 자퇴할 때 책상에 매직으로 자퇴 소견서를 쓰고 나왔을 뿐이다. 욕이나 화장실과는 아직 친하지 못해서. 게다가 결정적으로 나는 바보 같은 데가 있어서 비리가 뭐 있으려나 했기 때문에 절대 그걸 쓴 건 내가 아니었다. 거참, 용의자가 왜 나지?

그런데 나도 충분히 학교가 그런 욕을 들을 만한 여지가 있다는 생각은 들었고, 그 당시는 물론 지금도 우리 학교 애들 중 학교에 비리가 없다고 생각하는 아이들은 거의 없다. 그게 단지 원래 의심이 많은 아이들이기 때문일까? 그냥 뭐든지 삐딱하게 받아들이는 아이들이기 때문에 그랬던 것일까? 아이들은 사회에서, 또 어른들의 모습에서 자신들 나름대로의 세계를 구축하는 데 많은 영향을 받는다.

내 꿈은 고등학교 졸업

입학식 얼마 후, 학부모 회의에 참석했던 부모님께서 심각한 얼굴로 집으로 돌아오셨다. 왜 그러시냐고 물으니 교장이란 사람이 "열린 교육이니 인성 교육이니 하는 건 다 쓰잘데기 없는 짓입니다"라고 학부모들 앞에서 너무나 당당하게 말하더라는 것이었다. 게다가 교무실에 설치할 냉난방 기구 마련을 이유로 임원 부모님들에게 당연하다는 듯이 돈을 요구하더라는 것이었다. 이 일로 인해 처음으로 부모님께서는 '이거 학교 잘못 보낸 것이 아닌가.' 하는 생각을 하시기 시작하셨다.

언젠가 우연히 친구들과 이야기하는 가운데 "너네 부모님들은 이 학교 좋아하시니?"라고 묻자 한 친구가 어두운 표정으로 "우리 엄마는 내가 이 학교 배정받았을 때 엄청 좋아하셨어"라고 대답했다. 그리고 몇몇 친구들도 "나도." "나도 그래." 하고 대답했다. 깜짝 놀란 나와 다른 친구들이 "아니 도대체 왜?" 하고 묻자 그 친구는 "우리 엄마는 우리 학교 공부 세게 시킨다고 그냥 좋아하시던데?" 하고 대답했고 다른 친구도 "엄마들은 공부 세게 시킨다면 무조건 다 좋아하셔"라고 어둡게 말했다.

학부모님들께서는 이제 '우리 애의 성적' 보다는 '우리 애의 행복' 에 좀더 관심을 가져주셨으면 좋겠다. 마음이 즐거운 젖소가 품질 좋은 우유를 훨씬 더 많이 생산해 낼 수 있듯이 좋은 환경에서 공부하는 학생들이 훨씬 더 좋은 학습 성과를 올릴 수 있다는 사실을 알아주셨으면 좋겠다. 사람을 위한 공부보다는 공부를 위한 사람이라는 개념이 더 우위에 있는 게 문제이다. 이제 '우리 애의 성적' 보다는 '우리 애가 성적도 올리며 행복하게 학교 생활을 할 수 있는 환경' 에 관심을 가져주실 때가 되었다는 이야기이다.

나와 가장 친한 친구가 내가 다니던 학교 졸업생인데, 그는 자신이 그

학교를 3년 동안 다녀 졸업했다는 이유만으로 표창장을 받아야 한다고 생각하고 있다. 나도 그렇게 생각한다. 학교 다닐 때 나와 가장 친했던 친구 중의 한 아이는 전교 몇 등 안에 드는 소위 모범생이었다. 그 앤 워낙에 표정이 없었지만 "넌 꿈이 뭐야?" 하고 물어보면 섬뜩할 정도로 무표정하게 "응 고등학교 졸업하는 거"라고 말해서 나를 오싹하게 하곤 했다. 자퇴 뒤 전화가 왔기에 넌 요즘 꿈이 뭐냐? 하고 물어봤더니 그때와 똑같은 목소리로 "응, 여전히 고등학교 졸업하는 거." 하고 말해서 나를 다시 섬뜩하게 만들었다. 세상에 열일곱 살의 나이에 고등학교 졸업이 생의 목표가 되어 있다니. 물론 나도 나을 게 없어서 누가 꿈을 물어보면 역시 무표정하게 '고등학교 그만 다니는 거'라고 말했다. 이곳은 어디인가. 이곳은 과연 '패기'와 '희망'을 기르는 꿈의 터전인가. 이곳이.

이것이 과연 훈련이지 교육인가. 세기말의 넌센스. 공부는 견뎌내야할 것이 아니다. 학교는 참아내야 하는 장소가 아니다. 깨닫고 배우는 것이 공부이고, 그 배움을 삶으로 연결하는 터전이 되어야 진정한 학교이다. 90년대 말, 한국의 교육을 더 이상 교육이라고 말할 수 있는가. 심지어는 "무슨 공부야, 솔직히 친구들 아니면 학교 올 이유가 뭐가 있어"라고 말하는 아이들이 있을 정도라서 극단적으로 말하자면 이곳이 사교장인가 하는 착각에 빠질 정도가 되어버렸다.

그래서 교장실 문을 박차고 나오던 그날, 내 고교 '교육'은 거기서 끝났다.

학교에서 행복해지고 싶다

보이지 않는 창살

비디오 키드였던 그 시절, 나는 학교 공부에도 관심 없이 건들거리는 여중생이었다. 안경을 끼고 통통해서 외모가 별로 받쳐주지 않는 바람에 남자 친구라는 건 사귀고 싶어도 사귈 수도 없었다. 꾸며도 별로 이쁘지 않으니 다른 애들처럼 옷 사러 몰려다니고 머리핀을 골라 이렇게 저렇게 머리에 꽂아보는 것과는 아예 인연이 없었던 것이다. 뭐 해봤자 안되니 포기할 수밖에.

게다가 공부도 좋아하는 과목말고는 재미가 없어서 좋아하는 과목과 싫어하는 과목의 점수 차가 중고등학교 내내 하도 커서 주위 사람들의 경악을 살 정도였다. 그나마 두 가지 부류의 과목을 합친 평균치가 열등생이라고 야단맞을 정도까지 되지는 않아서 선생님이나 부모님들도 모르겠다 싶었는지 대강 내버려두었다. 그런 까닭에 학교에서 하지 말라는 짓 안 하는 대신 학교에서 생각도 못해 본 짓을 하는 얼치기 범생의 틀 안에서 내 나름의 자유에 취해 살 수 있었던 것이다. 내가 가졌던 자유는 복장 검사 따위에 참견받지 않고 내가 원하는 길이대로 머리카락을 가꾸고 싶다거나 입고 싶은 옷 입고 싶다, 뭐 이런 건 아니었지만.

일종의 타협이었다. 드러내놓은 규정을 철저하게 지키는 대신 타인이 어떤 권위를 가지고 내 생활에 참견할 틈 역시 차단할 수 있었던 것이다. 그래서 나는 책을 읽었고, 영화를 보았고 글을 썼으며 이문세와 빌리 할리데이를 들었다. 뭐 이문세가 나쁘다고 말하는 사람은 없었으니까. 행복했다. 별로 할 것도 없었고, 하고 싶은 것도 없었던 난 자연히 오래전부터 빠져 있던 책과 영화와의 사랑을 더 불태울 수 있었다.

나도 하기사 지금 정상적인 경로로 보자면 나이로는 고등학생이니까 같은 입장에서 말할 수 있을 거라고 생각하고 이야기하겠다. 정말 중고등학생 때 의욕이 넘치고 무엇인가 해보고 싶고 젊음의 에너지가 끓어넘쳐 몸이 근질근질거려도 할 수 있는 게 도대체 뭐가 있느냐 말이다.

난 그렇게 보면 아주 축복받은 케이스였다. 미치도록 재미있다고 느끼는 것을 일찌감치 얼른 찾아내서 그 안에 흠뻑 빠져 지낼 수 있었으니까. 하지만 나 역시도 십대였던 만큼 피할 수 없이 어느 정도는 그 꽉 막힌 환경에 대해 답답해 했고 나처럼 미쳐 지낼 대상이 없던 주위 친구들은 더더욱 어쩔 줄을 몰라 그 보이지 않는 창살 속에서 허둥지둥했다. '보이지 않는 창살'이라고 하면 극단적인 표현이라 생각할지 몰라도 아이들의 행동 반경은 그 말이 전혀 무색하지 않을 정도로 한정되어 있다. 기껏해야 학교, 학원, 집을 뺑뺑이 돌며 그보다 더해 봤자 교회나 성당 정도?

'학생이 학교에서 시간을 보내면 됐지 뭐가 더 필요하냐'라고 말하는 사람이 있을지도 모른다. 그렇다. 학생들은 학교에서 정말 많은 시간을 보낸다. 중학생 때는 10여 시간 정도, 고등학교 진학 후에는 최고 하루의 16시간 정도까지 보내게 되는 곳이다. 그러나 학교는 수업을 위한 기능적인 장소로 활용되고만 있을 뿐(그 기능조차 사실 제대로 수행되고 있는지 또한 의문이다), 다원문화적 시대를 살아가는 학생들의 다양한 문화적 욕구를 충족시켜 주기에는 턱없이 부족하다는 말이다.

'학생이 공부만 하면 됐지 무슨 소리냐'라는 사고 방식은 더 이상 통용될 수 없다. 지금 논술 시험의 확대 등의 방향으로 변화되어 가는 교육 제도는 예전처럼 머릿속에 교과서에서 배운 단편적인 지식만을 잔뜩 암기하는 사람보다는 이론적인 지식과 독서를 비롯한 폭넓은 문화적 체험을 바탕으로 습득한 지식이 유기적으로 결합된, 말 그대로 '살아 있는 지식'을 가진 사람만이 살아남을 수 있는 장치이기 때문이다. 이 점을 강조하는 것은 대학 입시에서 성공하기 위해 이러한 교양을 갖추어야 한다는 말은 물론 아니다. 앞으로는 자질이 사회적 성공에 도움이 되기도 하지만 개인적으로도 행복하고 수준 있는 삶을 영위할 수 있는 밑바탕이 될 것이라고 확신하기 때문이다.

우리들은 행복해지고 싶다

중학교 때 가장 친했던 친구가 얼마 전 전화로 연락해 왔다. 건들건들하던 나와는 달리 전교 회장을 할 정도로 착실하고 성적 역시 톱이었던 그 친구는 지금도 역시 서울대 정치외교학부를 지망할 정도로 우등생이었다. 반가움에 이런저런 이야기를 하다가 친구는 "현진아, 넌 책 많이 읽니?" 하고 물었다. 왠지 서글픈 듯한 목소리에 나는 "뭐 그냥 읽고 싶은 것만 대강, 근데 왜?" 하고 물었다. 그러자 친구는 작은 목소리로 "하루 4시간 자고 학교 갔다오고 과외받고 하면 책 읽을 시간이 없어……. 나 책 읽고 싶어, 날마다 무식해지는 것 같애." 하고 말했다.

그 목소리 앞에 나는 목이 메였다. 아무런 할말이 없었다. 평소 '대학 갈 때까지만 참아라'라는 식의 논조를 가장 경멸해 왔던 나였지만 그 순간만큼은 나도 어쩔 수 없었다. 물론 나도 그 기분을 알았다. 내 고교 시절도 그랬으니까. 수학과 과학 공식, 인문 과목의 암기 내용들만이 머릿속을 꽉 메우고, 그것들이 달아날까 싶어 걱정하는 것도 아닌데 도저히 좋아하는 책이나 영화는 머릿속에 집어넣을 틈이 없던 그 시절.

나는, 나는 그게 너무나도 싫어서 나와버린 것이었지만 내 친구에게, 이제 곧 고3이 되는 그 애의 지친 목소리 앞에서는 '까짓 거 나처럼 때려쳐버려'라고 말할 수는 없었다. 도저히 그럴 수는 없었다. 물론 그래서도 안 되었고, 그렇게 말할 마음도 없었지만. 텔레비전 방송 카메라 앞에서 말하듯이 비능률적인 학습 활동에 얽매여 도저히 회복할 수 없는 것들도 우리에겐 있다라고 냉정한 어조로 말할 수는 없었다. 갇혀 있는 동안 잃어버리는 것이 얼마나 많은 줄 아냐고 또박또박 내가 했던 말들을 그 애에게 할 수는 없었다. 대신 나는 말했다. "괜찮아, 대학 가면 다 할 수 있는데 뭐, 조금만 참아" 하고 애써 밝은 목소리로 이야기했다. "정말?" 하고 그 애의 목소리는 조금 밝아졌고 "그럼, 1년도 안 남았는데 뭐." 하고 나는 똑같은 톤으로 명랑하게 말했다.

하지만 내가 한 말은 그거였겠지……, 1년밖에 안 남았으니 조금만 더 참아, 몸에 안 맞는 책걸상에 몸을 밀어넣어야 해도 1년밖에 안 남았으니 하루 16시간 앉아서 공부해, 그 공부라는 것이 전혀 학문과는 관계가 없어 보여도 1년밖에 안 남았어, 물으면 피곤해지니 묻지 마, 딴생각하면 안 되니까 모든 문화적 관심을 차단시켜 버리고 남들 잘 때도 넌 공부해, 조금만 참으면 돼, 그리고 주위에서 모든 사람이 할 이러한 말들에 따라 1년만 더 견디라는, 내가 한 말은 그거였겠지…….

대학 가면 해방가를 부를 수 있어라는 거짓말. 매였던 생활에서 벗어나 새 세계가 열린다라는 식으로 학교와 사회에서는 가르친다. 사실 대학 가봤자 별것 없는데도. 대학에 가도 별것 없구나라는 것을 깨달아도 뚜렷하게 원망할 수 있는 대상도 없다. 왜 이 나라의 교육은 아이들에게 허상을 보고 전진하는 것을 가르칠까. 그리운 학창 시절? 이젠 진실을 보아야만 한다. 이 나라의 교육이 살아남기 위해서.

지금까지 학교는 경쟁자가 따로 없는 현실에 만족하며 독과점을 해온 것이 사실이다. 경쟁 상대가 없었기에 올바른 복지와 수준 높은 교육 서비스를 제공하지 않고, 특히 학생이라는 수요자층의 욕구는 전혀 고려하지 않고서도 독주를 해올 수 있었던 것이다. 지금까지의 교육으로 한국 학교가 해낸 것은 입시 지옥과 돈봉투가 날아다니는 추한 현실과 학생들의 점점 강해지는 문화적 빈곤감을 양산한 것이다.

대한민국의 학교는 실패를 인정해야 한다. 이제 더 이상 독주할 수 없다. 점차 사회 제반 인식이 넓어짐에 따라 지금까지 해왔던 방식으로는 도태될 수밖에 없는 현실이 곧 다가올 것이다. 앞에서 말했듯이 오랜 기간 쌓여온, 비능률적이고 학생들의 요구가 전혀 존중받지 못하는 학습 환경에 대한 학생들의 불만은 근본적인 변화가 일어나지 않는 한 고조될 것이다.

이렇게 불만이 고조되면 학교가 가장 중요하게 생각하는 '서울대 xx명 합격'의 플래카드를 내거는 일에도 지장이 올 것이 자명하다. 학습 능률이 현저하게 저하될 테니까. 더 이상 예전처럼 '그딴 데 불만 갖는 애들은 다 공부 못하는 놈들이야!'라는 주장도 이제는 통용되기 어려울 것이다. 왜냐하면 어른들의 말대로 요즘 애들은 '영악'해져서 더 이상 그런 말에 속아줄 정도로 순진하지 않기 때문이다.

물론 그저 학습 능률 저하라는 단순한 이유에서 학습 환경을 개선해야 한다는 주장은 아니다. 학교 환경은 곧 학생들의 '생활' 환경이고, 국민은 누구나 생활권을 강력하게 주장할 권리가 있기 때문이다. 또한 국민에게는 행복권이 있다.

이제 학생들은 학교에서 행복해지고 싶다. 학생들도 엄연한 이 나라의 국민인 만큼 쾌적한 환경에서 생활할 권리가 있고, 국민의 필요에 의해서 만들어진 기관인 학교는 국민이며 이용자이자, 곧 수요자인 학생의 욕구를 만족시켜야 할 당연한 의무가 있다.

지금까지는 그 의무를 망각하고 있지만 화려한 강사진으로 포진하고 있는 대형 학원들과 현재의 학교간의 학습 서비스를 비교해 보라. 냉정하게 말해서 질적인 면에서 학교가 낫다고 자신할 수 있는가. 미래 사회에서 학교가 살아남을 수 있는 방법은 교육의 품질을 높이고 학생들의 다양한 문화적 욕구를 충족시키는 것이다. 말로는 매우 거창하게 들리지만 이러한 일은 바로 '마인드'를 바꾸면 간단하다. 중요한 것은 정신이다.

재미없는 학교는 그만

일단 현재로서 학교가 학생들의 문화적 경험을 넓혀주는 동시에 학교에 대한 친근감과 신뢰성을 높일 수 있는 가장 손쉬우면서도 최선인 방법은 거의 명맥만을 유지하는 특별 활동을 활성화하는 일이다. 물론 지금은 몇몇 학교들이 구태의연한 특별 활동반의 운영 양상에서 탈피하여 다양한 구미에 맞는 여러 특별 활동반을 신설하여 많은 호응을 얻는 바람직한 예를 보여주고는 있다. 하지만 현 상태로 보면 아직까지 일부 학교에 그칠 뿐 대부분의 학교로 확산되지 못한 것이 사실이다.

공식적인 특별 활동이 어느 정도 학생들에게 좋은 반응을 얻어내 자리를 잡으면, 학생들이 자발적으로 조직하여 이끌어가는 서클 활동을 학교측에서 지원하여 체계적으로 육성된다면 학생들의 이상적인 문화 활동이 정착될 것이다.

지금도 학교측에서(마지못해?) 제공하는 특별 활동은 말하자면 고전적(?)이고 경직된 분위기인 데다 그리 성의를 보이는 것 같지도 않고 그다지 흥미를 느낄 만한 내용이 마련되지 않아 대부분 불만족스럽다는 의견이었는데, 내가 고등학교에 다니던 시절도 사정은 다르지 않았다. 그나마 조금 학생들의 관심을 끌었던 배구반 같은 경우가 있긴 했지만 별 의미가 없었다. 그런 반에 들어갈 수 있는 학생은 어디까지나 한정되어 있었기 때문이었다.

'뭐 그리 불평하느냐, 자기가 하고 싶은 반에 들어가면 되지 않느냐'라고 말할 사람이 있을지 모르나 그렇게 말처럼 마음대로 하고 싶은 것을 선택할 수 있는 것이 아니다. 특별 활동의 종류가 지극히 제한되어 있으며 그중에서도 여학교임을 시위라도 하듯이 수예반, 요리반, 뜨개질반, 재배반 따위가 대다수를 차지하는 상황에서 배드민턴 반 같은 반에 들어가는 것은 그야말로 하늘의 별따기였다.

게다가 그처럼 학생들에게 인기 있는 특활반이라면 반 수가 많이 편성되어야 하는 것이 당연한 일이었지만 아무도 들어가고 싶지 않아 하는 수예반 같은 곳은 반 수가 세 반, 또는 그 이상씩 되는데도 불구하고 인기 있는 특별 활동반은 한 반씩밖에 없어 원시적인 가위바위보 방식으로 누가 특권층이 될 것인지를 결정해야만 했다. 하긴 운이 좋아 그 반에 배정되어 봤자 1주에 겨우 한 번인 데다가 끊임없는 모의 고사 등이 겹칠 때는 모두 자습을 시켰으니 치열한 서바이벌 가위바위보에서 살아남은 보람도 그다지 없는 일이었다.

나는 그래도 뭔가 기대하고 문예반을 선택했는데, 선생님은 첫 시간부터 아이들에게 "니네 아무거나 해라"라고 하시는 거였다. 아니 이게 뭐야? 그러자 몇몇 아이들이 "비디오 보면 안 돼요?"라고 물었다. 사실 얼마나 보고 싶겠는가. 이 세기말 다문화 시대에 영화 감상반이나 멀티미디어 반 같은 특별 활동은 전혀 이루어지지 않고 수예반에 재배반이라니 말 그대로 시대 착오적이다.

아이들이 기대에 차서 또록또록한 눈으로 선생님을 바라보자 선생님은 "그래, 보자." 하고 대답하셨고 아이들은 책상을 두드리며 기뻐했다. 그러나 이어서 선생님은 전혀 아무렇지도 않은 말투로 "니네가 보고 싶으면, 한 명이 집에서 비디오 가져오고, 한 명은 집에서 텔레비전 가져오고, 니네가 비디오 테이프 빌려와서 봐라"라고 하는 것이었다. 농담인가 싶어 선생님의 눈치를 살폈지만 전혀 농담 같지 않았기에 기가 찼다. 나는 그러느니 안 보고 만다 주의였지만 일 주일에 그나마 한 번 있는 빈 시간을 활용하고 싶었던 아이들은 바로 그 다음 주에 정말로 무거운 텔레비전과 비디오를 가지고 와서 보기 시작했고, 그 노력과 열성에 혀가 내둘러졌지만 나는 시간이 남아돌아 엎어져 잘지언정 그 비디오는 보고 싶지 않았다.

이렇게 학생들이 원하든 말든 아무 성의 없이 '니네가 할 재주 있으면 어디 한번 해봐라' 식의 대우를 우리가 받아야 한다는 것이 너무나 화가 났고, 그걸 보다 보면 우리 스스로가 정말 불쌍하게 느껴질 것 같아서 절대 보지 않았다. 저 무거운 걸 또 집에 가져가야 하는 아이들도 있지 않은가. 나는 스스로를 가엾게 여겨야 하는 상황을 정말 좋아하지 않는데, 그렇게 영화를 보면 한 시간은 즐거워도 내내 마음이 언짢을 것 같아서 보지 않고 엎드려서 잤다.

　이제 구태의연한 서예, 경필쓰기니 수예니 재배니 하는 죽은 특별 활동은 가고 살아 있는 특별 활동이 일어나야 할 때이다. 학생들이 학교를 좋아하게 만들어야 하고, 학교에 가고 싶은 마음이 일어나게 만들어야 한다. 그것이 성공적인 교육이다. 문화는 날이 갈수록 발전해 가고 다양해져 가는데, 학교만 뒤떨어져서 안일한 상태를 유지하고 있다가는 언젠가 학생들도 저만치 튕겨나와 달려가고, 비대해진 학교만 어찌할 바를 모르게 되는지도 모를 일이다.

　학교는 이제 시류에 민감해져야 한다. 특별 활동 시간을 이용해 신체적 건강과 어느 정도의 재미도 얻을 수 있도록 다양한 운동반이 마련되어야 한다. 문화적 시류에 발맞춤과 동시에 가까운 미래에 각광받을 만한 것들을 미리 꿰뚫어보는 시선을 갖추어 게임 제작반, 대중 음악 연구반, 애니메이션 반, 영상 제작 실습반 등을 설치하여 학생들의 다양한 적성 또한 개발해 줄 필요가 있다.

　처음부터 근사한 장비를 만들고 전문가를 초빙할 필요는 없다. 같은 분야에 관심이 있고 학생들과 열정적으로 하나가 될 수 있는 능력을 갖춘 교사와 정말로 힘 닿는 대로 지원하려 하는 학교측의 성의, 이 두 가지가 특별 활동의 세대 교체의 토양으로서는 충분한 자원이다. '재미없는 학교'는 이제 그만. 더 늦기 전에 바꾸어야 살아남는다. '문화의 세기가 오고 있다'라는 국민 정부의 구호는 학교만을 비껴가는 메아리인가.

재능도 없어 보이는 게

아예 네가 찍는 게 낫겠다

사람에게는 누구나 그립지만 가지 못하는 곳, 마음이 아파서 입에 쉽게 올리지 못하는 곳이 있다. 그것이 사람이든, 장소이든. 내게도 그런 곳이 있다. 내가 지금까지 가장 순수했던 시절을, 짧으나마 너무나 열정적이었던 시절을 그곳에서 보냈고, 학교를 그만둔 후 깊은 절망감에 내 자신 안으로 끊임없이 침잠하며 내 주위의 많은 끈들을 놓아버리던 시절에 내가 결국 또 놓아버리고 만 또 다른 인연의 끈.

그 장소 중 하나는 내 친구들이 웃고 있던 학교이고, 또 다른 한 곳은 푸른영상이다. 가장 열정으로 빛나던 내 열일곱 살, 그 시절을 생각하면 열아홉의 지금 나는 많이 때묻은 것 같고, 많이 시든 것처럼 느껴질 정도로 그만큼 무언가를 해보겠다는 순수로 빛나던 시절이었다. 결국은 그곳에서 발견한 나의 열정을 버릴 수가 없어서 학교를 그만두게 되었지만, 그곳을 알게 된 것은 내게는 지금 생각해도 너무나도 기쁜 일이라 지금도 확신할 만큼 소중한 곳⋯⋯.

푸른영상을 알게 되고 그곳에서 바쁜 학교 생활 때문에 무디어진 영화에 대한 열정을 다시 발견하고 확인하면서 나는 새로 태어나는 것 같았다. 밤 10시까지 자율 학습을 해야 하는 상황과, 또 간신히 숨통이 좀 트이고 그나마 시간이 약간이라도 나는 주말에는 또 주말대로 엄청난 양의 숙제가 주어지는 여건에서 주말마다 그곳을 찾는 것은 쉬운 일이 아니었다. 하지만 나는 푸른영상이라는 장소와 나를 잘 이끌어주시고 타일러주시던 훌륭한 스승이었던 장영길 선생님을 너무나 좋아하고 존경했기 때문에 전혀 힘들지 않았다.

오히려 사고 뭉치에 호기심 많고 정신없는 나를 가르치고 챙기시느라 선생님만 훨씬 고생하셨을 것이라 생각한다. 게다가 학교에서 받은 큰 상처를 견뎌내기가 너무 힘들었던 나머지 작업을 끝까지 제대로 도와드리지도 못했던 것을 생각하면 지금도 한숨만 나올 뿐이다. 물론 내 나름대로 이유는 있었지만 그것이 지금까지도 전혀 내 죄책감을 감소시켜주지는 않는다. 선생님을 생각하면 언제나 내가 나쁜 아이 같다. 아니, 정말 나쁜 아이인지도 모르겠다.

4월 중순경, 평범한 고교 1년생으로 친구들 빼면 무료한 학교 생활이 지겨워서 몸을 비비 꼬던 나는 심심풀이삼아 영화에 관한 글을 기고했던 ch.10이라는 10대 웹진의 책임자였던 이은정이라는 분(속칭 깨비)의 소개로 푸른영상을 알게 되었다. 그곳에서 조연출을 맡고 계시던 장영길 선생님은 청소년을 소재로 다큐멘터리를 준비하던 중이라 무언가 정보를 얻기 위해 나를 소개받으신 것이었다. 신나게 이야기하는 내 말을 듣던 선생님은 "아예 네가 찍는 게 낫겠다"라고 하셨다. 그래서 나는 마음속에 접어두었던 꿈을 꺼내볼 기회를 갖게 되었다.

저급한 대중 오락이라니!

장영길 선생님이 직접 찍어보라고 독려를 해주신 데다 마침 그 해 초여름에 열릴 예정인 '또하나의 문화'에서 주최하는 청소년 문화제에서 작품을 만들어달라는 연락이 왔다. 나는 직접 작업을 해서 그것을 문화제에서 상영해 보려고 했다. '애들이 뭘 할 줄 알거나 하나' '요즘 애들은……' 이라는 식의 기성 세대의 사고 방식에 도전할 수 있을 만한 영상물을.

학교에 가서 내 계획을 이야기했더니 지루한 학교 생활에 지친 아이들은 환호했다. "나도 얘기할래." "나도 얘기할 거야"라며 저마다 뭐든 돕겠다고 나서는 친구들은 참으로 나를 기쁘게 해주었다. 그런데 장영길 선생님께서 혹시 학교에서 촬영하는 장면이 있으면 학교측의 허락을 받아야 한다는 이야기를 지나가는 이야기처럼 하셨다. 내가 제작하려 했던 것은 청소년 다큐멘터리이고, 우리 나라의 청소년들은 학교에 있다. 당연히 교실 신이 조금 필요했고 내가 원했던 장면은 고작 10분 정도였다. 다른 장면은 완료되고, 친구들과 함께 교실에서 생활하는 장면이 필요했다.

더 주저할 수가 없어 일단 큰맘 먹고 교장실을 찾아가 보았다. 그랬다. 나는 멍청하도록 순진했다. 지금 생각해 보면 허락은 무슨 허락, 그냥 학교 끝나고 찍었으면 아무 말도 안 했을 텐데. 하지만 허락을 받아야 한다는 말에 순진하게 교장(나는 그 사람을 선생이라고 부르고 싶지 않다)에게 찾아갔던 것이다. 결코 무리한 요구는 아니라고 생각했으므로 나는 교장을 비롯해 학생주임과 담임에게도 정중하게 허락을 구했으며, 고분고분하게 원하는 촬영 계획서를 제출했다.

그러나 이야기는 이상하게 돌아갔다. 학생주임이 수업이 끝나고 나를 부른 후 낮은 목소리로 "내 주변 성향에 대해 조사해야겠다"라고 말했다. 화가 났다. 영화를 찍으려는 것은 난데 내 주변 성향이라니. "그걸 알고 싶으신 이유가 뭡니까?" 하고 묻자 그는 궁색한 표정으로 대답하지 않았다. "내가 아이들에게 학교에 반항하라고 선동이라도 할 것 같나요"라고 재차 화가 나서 물었더니 "그런 게 아니다"라며 얼버무렸다.

다음날 담임은 나를 불러 시나리오를 내놓으라고 했다. 그걸 왜 보려고 하느냐고 물었더니 대답 한번 창조적이었다. '학교측에서 영화 내용이 좋은지 나쁜지 봐야 되기 때문에'였다. 예술을 좋고 나쁜 것으로 판단하는 그들의 문화 소양이 가엾기도 했지만 소중한 내 시나리오를 그들에게 보여주고 싶지 않았다. 그래서 '내 영화는 내러티브 파괴의 예술'이라며 시나리오 같은 건 없다고 맞받아쳤다. 그 말을 그들이 이해하지 못한 듯해서 다소 불안하기는 했지만. 아무튼 나는 촬영 계획서로 내 영화의 성격은 충분히 알 수 있을 거라고 얘기해 주었다.

며칠 후 그야말로 내게는 '통보'가 내려왔다. 담임이 나를 불러 "무조건 안 된다"라고 했다. 도대체 왜 안 되냐고 물었더니 이유는 말할 수 없고 무조건 안 된다는 것이었다. 그리고 학교측에서 이런 말을 했다고 가서 애들한테 말하면 '혼날 줄 알라'고 했다. 구사하는 언어 한번 화려하군. 그리고 우리 학교 학생을 한 명이라도 출연시키지 말라고 했다. 그 이유는 물어도 대답하지 않았다. '교장 선생님의 결정'이라며 무조건 안 된다는 것이었다. 더 왈가왈부하지도 말고 무슨 일이 있을지 모르니 안 되는 거 해보려고 괜히 애쓰지 말라고 했다. 그럴 때는 무슨 일이 생길지 장담 못한다는 것이었다. 초보 수준의 협박이군. 난 거기서 겁먹고 쫄았어야 하는 걸까. 그들이 원했던 대로.

　믿지 않을지 모르지만 나는 중학교 때 선생님들과 꽤 잘 지낸 학생이었고, 당시까지 아직은 순진했다. 그래서 선생님이 "그거 하지 말고 공부나 열심히 하면 안 되겠니? 하지 말렴." 하고 얘기했더라면 '아 안 되는구나.' 하면서 "네!" 하고 깨끗이 포기했을는지도 모른다. 그러나 그들이 지금까지 써왔던 작전, 즉 겁을 주고 무조건 찍어누르기는 오히려 내게 반작용을 일으켰다.

　그때는 학교를 그만두겠다는 생각은 거의 하지 않았고(내게도 비주류가 된다는 것에 대한 두려움은 있었다) 앞에서 말했듯이 만일 부드럽게 타일렀더라면 내게도 '선생님 말 잘 듣는 애 = 착한 애'라는 등식이 있었기에 졸랑졸랑 교실로 돌아가 자율 학습을 했을지도 모른다. 그러나 그들에게는 미안하게도 나는 납득이 가지 않는 것은 절대 포기하지 않는 성질인 데다가 협박을 참고 받아줄 정도로 착하지도 못하다. 그들이 잘

못 짚었다. 난 교장실을 찾아갔다.

교장은 당황하여 "왜 또 왔냐"라고 말했다. 지시를 못 들었냐며. 이해할 수 없는 지시기에 다시 왔다고 했다. 도대체 안 되는 이유가 무언지나 들어봐야겠다고 얘기했다. 대답은 아주 간단했다. 내가 학생들에게 '나쁜 영향'을 주는 아이이기 때문이란다. 내가 에이즈 환자인가?

그러더니 여기가 어디라고 교장실에 함부로 발을 들여놓느냐는 것이었다. 교장실은 성역인가? 나는 기가 찼다. 교장이 학교를 위해 있는가, 학생이 교장을 위해 있는가? 그러고는 내게 나가라고 말했다. 간단히 대답했다. "납득 갈 때까지 못 나갑니다." 다소 그는 당황하는 듯했다. 그러더니 나를 잡아먹을 듯이 노려보며 "그럼 솔직히 말하겠다"라고 얘기했다. 말씀하시라고 했다. 펼쳐지는 내용은 참으로 화려했다.

내가 니 학적부를 조사해 봤는데 아버지가 목사이면서 넌 왜 그러냐?(난 학교 잘 다닌 거말고는 아무 짓도 한 게 기억나지 않습니다) 나도 교회 장로지만 너 같은 목사 딸은 처음 봤다(나도 선생님 같은 장로는 본 적 없습니다). 내가 보니까 별로 재능도 없어 보이는 게 하긴 뭘 한다고 설치냐?(감식안이 꽤 발달하셨나 보군요. 제가 보기엔 별로 그런 것 같지 않은데) 연예인이 되려면 예고를 갔어야지 왜 인문계에 와서 설치는 거냐?

그 말에 나는 더 참지 못했다. 영화 감독이 연예인? 생전 듣도 보도 못한 희한한 공식이군. 말했다. 나는 연예인이 아니다. 내가 하려는 영화는 딴따라가 아니다. 그 말은 인간 김현진을 건드리는 것이 아니라 인간 김현진이 17년간 살아온 정체성을 건드리는 말이었다. 대답했다. "저는 연예인이 아닙니다. 예술인입니다." 그는 나를 황당하다는 듯이 쳐다보며 대꾸했다. "그게 뭐가 다른가?"(순간 나는 그에 대한 동정이 치밀어올랐다. 굉장히 문화적으로 빈곤한 삶을 살아오셨나 보군요, 선생님) 나는 말해봤자 소용없을 것을 알기에 더 이상 그 문제에 대해서는 대꾸하지 않았다. 그저 한숨만 나올 뿐. 나는 이렇게 교장부터가 문화적 기반이 빈한한 학교에서 3개월이나 허비했구나. 실수했다.

다시 물었다. 교실 사용 허가를 못 내주면 못 내주는 거지 왜 다른 학생들의 참여까지 막느냐고. 대답은 같았다. '너는 다른 학생들에게 나쁜 영향을 주기 때문.' 아직 어리고 예민했던 열일곱 살의 나에게 그 말 한마디마디가 비수가 되어 나를 찌르는 것 같았다. 그리고 다른 사람한테 가서 자기가 이렇게 말했다고 하면 무슨 일이 있을지 모를 것이라는 거였다. 담임과 똑같은 말이었다.

그게 소위 학교의 가장 어른인, 교장이란 사람이, 교육자란 사람이 어린 학생한테 할 소리인가. 교육자로서의 자질이 의심스러웠다. 나는 미성년자의 초상권은 부모에게 귀속되므로 이미 출연 예정인 학생들의 부모들에게 허락을 얻었다고 말해주었다. 그러자 그는 매우 화가 난 표정을 짓더니 선반에서 작은 책을 꺼내들고는 '교칙에 따르면 학교측의 허락이 없는 2인 이상의 단체 행동은 불법'이라며 내게 교칙대로 처벌하겠다고 말했다. '어디 한번 처벌해 봐.' 하는 소리가 목까지 치밀어올랐다. 학교 앞에 모여서 떡볶이 먹으러 가는 애들까지 다 처벌하시지!

교장은 마지막으로 나에게 결정타를 날렸다. "되먹지 못한 영화 따위 저급한 대중 오락 때문에 꼭 이 난리를 쳐야겠어?" 저.급.한.대.중.오.락. 되.먹.지.못.한……. 되먹지 못한 교육, 저급한 교육을 한 건 누군데. 무언가 뜨거운 것이 치밀어올랐고 난 얼굴이 새하얘졌다. 그때 결심했다. 이딴 학교에 더 다닐 가치가 없다. 이 학교는 날 감당할 만한 그릇이 아니다. 건방지다고 생각할지 모르겠지만 그때 그렇게 생각했다. 바로 그 순간 자퇴를 결심했다. 창백한 얼굴로 교장을 쏘아보며 "나는 편견 없는 지성을 믿습니다." 하고 말했다. 그가 그 말을 이해하려고 애쓰고 있는 동안 나는 문을 쾅 닫고 교장실을 나왔다. 빌어먹을. 어디 한번 해보자.

가만 안 두면 어쩌는지 보고 싶었다. 조마조마한 얼굴로 날 기다리고 있던 친구들에게 모조리 다 말해 주었다. 그리고 후환을 기다렸다. 아무 것도 없네, 쳇. 하여간 말만 많은 사람들 정말 싫다니까. 아이들은 긴장된 표정으로 "현진아, 너 이제 어떻게 할 거야? 정말 그만둘 거야?" 하고 물었다. 나는 그 표정들을 배신할 수가 없었다. 학교에서 겁 좀 줬다고, 정학을 먹는 게 두려워 그 눈망울들을 절대 배신할 수가 없었다. 아직도 그 표정들이 생생히 기억난다. 나는 입을 열었다. "그만두긴 왜 그만둬, 해야지." 아이들은 웃으며 좋아했다. "니가 그럴 줄 알았어!"

나의 첫 영화 〈Shut and See〉

다음날부터 당장 작업을 시작했다. 카메라를 검은 보따리에 싸서 준비물인 척하고 등교 시간을 배로 빠르게 했다. 복장 검사를 맡은 교사가 교문을 지키고 있으면 그 이질적인 보따리를 이상하게 여겨 풀어보라고 할 수 있기 때문이었다. 무슨 007 작전 같았다. 모든 일은 능률적이어야 했다. 수첩을 보고 그날 촬영해야 할 분량을 정확히 가늠한 후, 그날 출연할 아이들에게 어떻게 해야 하는지 미리 말했다. 왜냐하면 나에게 주어진 시간은 쉬는 시간마다의 단 10분뿐이었기 때문이다.

수업을 마친 교사가 교실을 나가고 나면 친구들 두 명이 앞문과 뒷문을 하나씩 지키고 서서 망을 봐주었다. "선생님이다!" 그때마다 허겁지겁 감추는 커다란 카메라가 검정 가방에 잘 넣어지지 않아 수업하러 들어온 교사가 문을 여는 순간에야 친구들의 도움으로 간신히 감춘 적이 한두 번이 아니었다. 무섭지 않았냐고? 하나도 무섭지 않았다. 혹시 들켜서 정학당해 봤자 가기 싫은 학교 안 가니 좋다는 생각이었다.

어쨌거나 그런 우여곡절 끝에 작업은 대강 끝났고, 편집 작업 끝에 나의 첫 영화 〈Shut and See〉는 그렇게 완성되었다. 열악한 조건들 때문에 원래 잡았던 30분보다 턱없이 모자란 5분이 조금 넘는 러닝 타임에 그치기는 했지만. 편집 작업은 거의 장영길 선생님의 도움으로 끝냈다. 청소년 문화제에 상영했고, 그 다음날 학교를 그만두었다. 아이들에게 제대로 인사도 하지 않고 나왔다. 그냥 집에 가는 듯이 그렇게 나왔다. 사실은 그 애들과 헤어지고 싶지 않았다. 그 애들과 웃던 그 공간을 떠난다는 것을 나 자신도 믿고 싶지 않았다.

푸른영상에도 더 이상 가지 못했다. 여기서 더 말해 봤자 내 마음만 상할 것 같아서 더 말하지 않겠지만 교장 이하 선생들의 폭언, 그리고 내 상처받은 마음은 의외로 큰 타격이 되었다. 영화는 되먹지 않은 저급한 대중 오락이라는 말은 둘 중 하나를 선택해야만 하는 나를 극한 상황으로 몰아넣었다. 17년간의 삶에 끊임없는 꿈이 되어주었던 영화에 대한 소망과 나는 죽어도 영화인이라는 열일곱만이 가질 수 있는 무모한 열정의 포기, 그리고 내게 그런 말을 하는 학교를 계속 다님으로써 그 말에 무언의 동의를 할 것인지, 아니면 학생이라는 또 하나의 내 정체성을 포기할 것인지.

내가 가진 두 가지 정체성은 서로 맞붙어 싸웠고, 내가 나보다 더 사랑했던 영화가 당연히 승리했다. 그러나 나의 다른 한 부분이던 학생이란 이름을 잃은 것도 타격이 작지는 않았다. 부모님도 그렇게 말씀하시고, 다른 사람들도 왜 전학하지 않느냐고 물었지만, 나는 이미 학교라는 곳에 완전히 정이 떨어져 있었다. 정 떨어질 만도 하지 않겠는가? 누군가가 당신이 가장 소중히 여기는 것을, 자신의 삶만큼 중요하다고 생각하는 것을 모독한다면 그를 용서하고 싶겠는가? 관대한 사람들은 용서할지 몰라도 나는 내 존재 가치를 모욕하는 사람들을 용서하고 그들에게 계속 복종하며 살 정도로 마음이 넓지 않다.

게다가 담임은 나와 제일 친했던 친구의 집에 전화를 걸어 그 애의 어머니께 '김현진이란 애는 사회에 비판적이고 질이 안 좋은 애니까 전화가 오더라도 바꿔주지 말고 교제를 하지 못하도록 하라' 라고 했다고 어느 날 내 친구가 울면서 전화를 해왔다. 담임이 나를 미워한다는 것은 늘 알고 있었지만 그 정도인 줄은 몰랐다. 그래서 나는 친구들에게도 제대로 연락을 하지 못했다.

푸른영상에 더 가지 못했던 까닭도 그러한 상처 때문이었던 것 같다. 내게 너무나 잘해 주신 장영길 선생님께는 너무나 죄송했고, 이해해 달라고 말씀드릴 수도 없었다. 나는 너무나 지쳐 있었다. 정말로 그때 나는 마음 고생이 심했고 그 타격이 얼마나 컸던지 한 1년 동안 그 좋아하는 영화가 보기 싫어서 영화를 보지도 않고 비디오 가게를 지나갈 때도 고개를 돌리고 지나갈 정도였다.

지금은 어느 정도 시간이 지났고 이 책을 빌어 꼭 죄송하다고 말씀드리고 싶은 심정이지만, 그때는 정말로 너무나 힘겨웠다. 선생님이 그립다. 졸린 눈을 비비며 편집실 야전 침대에 앉아 편집기를 들여다보고, 촬영 제대로 못한다고 엄하게 꾸중 듣던 그때가 그립고, 선생님이 뵙고 싶다. 언제나 불성실함은 미안함을 만들고, 미안해서 연락을 하지 못하는 것은 또 부끄러움을 낳는다. 내가 그렇다. 나는 선생님을 생각하면 언제나 부끄럽다. 나는 언제나 용기를 내어 죄송하다고 말할 수가 있을까.

어쨌거나 열일곱 살 나던 그 해 여름, 나는 내가 몸담았고 사랑했던 두 가지 장소에 작별을 고했다. 내가 학교를 떠나던 그날, 날씨는 더할 수 없이 화창했고 거리는 환했지만 내 마음은 상처와 조용한 슬픔으로 가득했다. 결코 한번도 학교를 나오던 그때의 내 결정을 후회해 본 적은 없지만, 교문을 열고 세상으로 나오던 그때는 내가 얼마나 길고 큰 외로움으로 발을 들여놓고 있는지 전혀 알지 못했다.

단 한 번이라도 꽃잎을 만지고 싶다

낫지 않는 병

14살 때부터 저는 천식이라는 병을 앓았어요. 〈요람을 흔드는 손〉이라는 영화 보셨어요? 거기에서 아이들의 엄마로 나오는 여자가 끊임없이 숨을 몰아쉬는 그 병 말이에요. 평소에는 아주 멀쩡하지만 한번 기침이 시작되면 숨이 가쁘고 숨쉬기가 아주 고통스러워요. 호흡 곤란 상태가 계속되면 결국 의식 불명이 되죠. 그때 옆에 아무도 없으면 저는 말 그대로 '끝장' 나는 거구요. 사람 목숨이라는 게 의외로 웃겨요.

저는 후천성이긴 하지만 심한 알레르기성 체질이라 특히 환절기를 너무나 넘기기 어려웠어요. 꽃가루 날리는 봄에는 더더욱 그랬죠. 서울대공원에 가보면 봄철에 벚꽃이 만발하잖아요? 저는 한번이라도 그 예쁜 이파리를 직접 보고, 또 부드러울 것 같은 꽃잎을 손으로 만져보는 게 소원이었어요. 하지만 끊임없이 저를 괴롭히는 병 때문에 단 한 번도 그 소망을 이루지 못했답니다.

낫지 않을 거라 했어요. 병원에서는요. 아마도 죽을 때까지. 지극히 조심하는 수밖에 없다고. 그리고 그들은 제게 약과 호흡 곤란이 일어나려고 할 때 입 안에 뿌리는 스프레이를 주었죠. 이게 진정제 구실을 한대요. 그리고 그들도 더 이상 아무 것도 할 수 없었어요. 사실 천식에는 별다른 약이 없다는군요. 늙은 호박을 끓여먹으면 된다, 뭘 먹으면 된다 등의 민간 요법도 많지만 제게는 그다지 듣지 않았어요. 천식약이라고 지어주는 건 사실 다 진정제거든요. 아예 잠을 재워버려서 기침을 하지 않게 하는 거죠. 처음엔 약을 먹고 한두 시간 정도 자고 일어나면 그나마 나았어요. 하지만 약을 자꾸 쓸수록 점점 더 효과는 떨어져 갔고 더 세게 지을 수밖에 없었죠. 급기야는 약을 한번 먹으면 10시간 이상을 자게 되었어요. 저는 약을 먹지 않으려고 기를 쓰고 버텼죠. 하지만 기절하게 되는 것보다는 잠자는 것이 나았어요. 기절해 보신 적 있으세요?

저는 의식을 잃지 않으려고 너무나 발버둥쳤어요. 하지만 분명히 내 몸인데 내 의지를 전혀 받아들이지 않고 서서히 의식이 가물가물해질 때 얼마나 서글펐는지, 얼마나 내 자신에 대한 경멸감과 분노를 느꼈는지 아마 모르실 거예요. 그리고 흐릿해져 가는 정신의 끈을 붙잡으려 하며 다시 깨어날 수 있을까 하는 생각을 했었어요.

게다가 한창 예민한 사춘기 시절이었죠, 그때는……. 평소에는 아무렇지 않다가도 호흡 곤란이 시작되면 저는 창피해서 죽을 것만 같았어요. 쉽게 지치니까 아이들끼리 놀러가는데도 슬그머니 모른 척 빠질 때의 기분은 말로 설명할 수 없을 만큼 비참했지요. 저는 겉으로는 활달하고 자신 있는 아이였지만 나이를 먹으면서, 또 해가 넘어갈수록 제 병이 점점 더 심해지는 것을 느끼며 끊임없이 우울해졌어요.

물론 암이라던가 백혈병 같은 정말 힘들고 고치기도 어려운 병을 앓는 분들도 계시지만 아직 어렸던 저는 나보다 더한 이의 고통을 생각하고 내 고통을 이겨내려고 하기보다는 먼저 제 눈앞에 있는 건강한 친구들이 보였지요. 너무나 부러웠구요.

천식 때문에 몸이 너무나 약해져 있어 저는 다른 병에도 곧잘 걸렸어요. 찬바람 한번만 쐬면 곧 몸이 떨리고 하루 종일 누워 있어야 했죠. 제 자신이 얼마나 비참하게 느껴졌는지 몰라요. 그러다가 고등학교에 진학하게 되었고 고교 입학 후에도 제 병은 나아지지 않았어요. 오히려 하루 16시간의 수업 때문에 더욱더 건강에 지장이 왔을 뿐이죠.

제가 고등학교를 자퇴한 건, 물론 강압적인 학교의 시스템이 너무나 싫었고 개인 작업을 학교에서 무조건 억압하는 것을 참을 수 없어서이기도 하지만 사실 몸도 너무 안 좋았어요. 고등학교를 그만둔 이유 중에는 사실 몸이 아팠던 것도 있지요. IMF가 터지고 예산이 부족해 그만두게 되고 말았지만 청소년 웹진을 운영할 때도 몸이 아파서 어려움이 너무 컸답니다. 바로 항상 저의 애물단지이기만 하던 제 병이 어쩌면 우리가 사랑하는 데 가장 큰 장애물이 된지도 모른답니다.

나도 열일곱 살인데

그리고 저는 더욱더 악화되는 걸 몸으로 느낄 수가 있었어요. 아실지 모르겠지만 외로움은 참으로 사람을 좀먹는답니다. out of sight, out of mind라는 말을 믿으세요? 저는 이제는 그 말을 믿을 수밖에 없게 되었어요. 고교 재학 시절에는 그래도 친구가 많았는데, 전혀 만날 기회가 없으니 하나둘씩 줄어들고, 급기야 저는 너무도 다른 사람과 이야기하고 싶어 수화기를 들었지만 누를 번호가 없어 뚝, 하고 눈물을 떨어뜨리곤 했죠. 아마 1998년 1월 정도부터 한국예술종합학교의 합격 소식을 들었던 9월까지 쭉 혼자였을 거예요.

저희 아버지는 개척 교회 목사님이시거든요. 그래서 저를 학원에 보내주실 만한 경제적 여유가 없으셨어요. 그래서 저는 수능 준비를 혼자 해야만 했어요. 물론 중간에 학교에 합격해서 수능을 볼 필요가 없어져서 다행스러웠지만요. 하지만 정말 집하고 교회밖에 모르는 생활은 얼마나 외로웠는지 몰라요. 괜히 학교 그만두었다는 생각도 그 시절에 처음 해봤고, 교복 입고 지나가는 애들 보면 무척 부러웠죠. 인생은 어차피 플러스 썸 마이너스 제로라는 생각을 하려고 해도 저는 너무나 친구가 갖고 싶었어요.

게다가 웹진 편집장을 하던 시절부터 제겐 늘 '욕메일'이라는 것이 끊이지 않았어요. "네까짓 게 뭐냐 이 꼴통아!" 하는 내용을 보낸 과학고 사람들, "이 xx년아." 하는 아주 원색적인 욕이 쓰여 있던 또 다른 메일……. 저는 도대체 제가 그들에게 무엇을 잘못했는지 알 수가 없었어요. 그래서 더욱더 외로워졌고, 그러한 고통을 호소할 곳이 아무 데도 없었기에 더 외로워졌죠. 웹진 편집장을 하던 시절에는 저를 '현진아.' 하고 불러주는 사람이 아무도 없었어요. 모두 '김현진 씨'라고 불렀죠. 그곳은 사회였으니까요. 지금까지 제가 살아야 했던 세상과는 달리 돈이 중심축이 되어 돌아가는 어른들의 세상.

저는 마치 그런 나라에 갑자기 떨어진 멍청한 앨리스가 된 기분이었어요. 그리고 아직 17살인데도 17살로 살지 못하는 데에 대해 자조적인 기분을 느끼곤 했죠. 외로웠어요, 정말로. 그래서 잡지가 없어지고 저도 짤리고 나자 그렇게 애쓰고 정열을 쏟았던 결과물이 사라진다는 것에 대해 엄청난 충격을 받기도 했지만 한편으로는 오히려 홀가분했는지도 모르겠어요. 저는 조금은 책임감을 면제받고 싶었는지도 몰라요.

사무실이 압구정동이었는데, 하루 일을 마치고 집으로 돌아올 때, 전화할 사람도 전화가 걸려올 데도 없다는 사실은 저를 참으로 우울하게 했어요. 입으로 나는 이제 겨우 열일곱 살인데, 나도 열일곱 살인데라고 중얼중얼거리며 늘 가는 웨스턴 바에 들렀죠. 그래서 하늘빛의 칵테일을 마시곤 했어요. 술을 좋아했냐구요? 아니요, 지금도 술은 못 마시는 걸요. 다만 그 칵테일 이름을 너무나도 좋아했어요. "I'm so blue but I could smile." 그리고 집으로 올 때는 그 말을 끊임없이 되뇌곤 했어요. "대학 가면 나도 친구가 생길 거야. I'm so blue but I could smile, I'm so blue but I could smile……."

– 나우누리 유머란에 실었던 글

3장

젠장, 좀 이상하면 어때?

귀결이는 권위를 삼킨다

우리 부모님이 개방적이고 이해심이 많을 것 같다고? 미안하지만 천만의 말씀이다. 목사이신 아버님이 가장 복음주의적인 교단에 속해 있다 보니 우리 부모님 두 분은 내가 장난삼아 '보수 반동'이라고 부를 정도로 명확한 기준 속에서 금을 그어놓고 사시는 분들이다. 그런 부모님께 내가 얼마나 이해할 수 없는 존재였을지는 아주 뻔한 일이다. 가끔 내가 부모님에게 너무나 죄송스러울 정도로. 딱 우리 부모님 닮은 얌전하고 순종적인 아이를 낳으셔서 귀엽게 잘 길렀으면 피차 좋았을 텐데 말이다.

부모님이 매일 하시는 말씀도 '어디서 이런 애가 나왔는지 종잡을 수가 없다'이다. 부모님은 조용한, 그야말로 '보통 시민'들이니까. 나와 가까운 사람들이 나를 일컬어 '불과 얼음'이라고 하는데 그야말로 '평범' 그 자체인 우리 부모님에게서 이런 애가 나왔으니 부모님은 얼마나 당황하셨을까. 이래서 인생의 묘미는 반전이다.

'그래도 자퇴를 허락한 것을 보면 개방적인 것이 아니냐.' 하는 사람들이 있는데 학교를 그만둘 때야 내가 목 내놓고 덤비니까 아예 포기하신 거고 자퇴 당시에 얼마나 혼났는지 모른다. 제 고집 하나도 안 꺾는다며 부모 말은 개떡같이 여기냐로부터 시작해서 네가 부모 생각은 요만큼이라도 하느냐로 펄펄 뛰시고 여느 부모처럼 호통을 치셨다. 그러나 나는 하루라도 학교를 더 가면 정신 질환에 걸릴 것 같았기 때문에 정신병원에 입원하면 어차피 학교 못 가는 건 똑같은 데다 우리 집이 병원비 감당할 만한 돈이 있는 것도 아니어서 내 주장을 꺾지 않았다.

마침내 부모님은 '고래 힘줄보다 더 독하다'라며 '네 멋대로 해라!' 라고 포기하신 거지 결코 '학교를 가기 싫다고? 그래 니 말이 옳구나 때려치워라.' 이런 것은 결코 아니었다. 근래에 매스컴에서 아버지를 인터뷰하고 싶다고 했을 때 아버지가 자퇴 당시 매우 협조적이었다는 듯이 말을 하시기에 혼자 속으로 웃기도 했었다. 에~ 하면서.

게다가 우리 집은 애가 나 하나밖에 없어서 형제가 하나라도 더 있는 집 같으면 다른 한 명에게 묻혀서 눈에 안 띌 일도 관찰 대상은 나 하나인데 관찰자는 둘이니 모조리 다 걸려서 무지하게 혼났다. 거기에 부모님의 말을 빌리자면 '애를 키워본 적이 있는 것도 아니고' 처음이니 시행착오가 많았다는 것이다. 설상가상으로 부모님이 딴 집 애들은 어떤가 하고 내가 태어날 때부터 관찰 대상으로 삼았던 이종사촌들을 돌아보면 7명이 모조리 나와는 피가 섞였다고 도저히 믿을 수 없는 선천적인 범생이들이다. 공부 잘해서 명문대 가고 나처럼 '쓸데없는 데' 관심 안 가지고 공부만 열심히 한, 게다가 절대 '왜' 하고 안 물어보고 이유 불문 부모님 말이라면 무조건 잘 들은 착하디착하기 그지없는 애들이다. 그런 애들이 한두 명도 아니고 7명씩이나 주위에 깔렸으니 내 인생이 얼마나 고달펐겠는가.

형제 중에 자기보다 무지하게 잘난 애가 있었던 사람은 내 심정 이해하겠지만 엄청나게 외로운 나그네 인생이다. "저 오빠 봐라, 저 언니 봐라. 동생도 저렇게 하잖아……." 우웨에에에에엑. 그들은 내가 아니고 나도 그들이 아닌데도 부모님들은 쉽사리 포기를 못한다. 나도 '저 아이'가 될 수 있다고 철석같이 믿으시는 것이다. 나는 나밖에 될 수가 없는데도.

게다가 부모님은 워낙 온건파이신 데다가 나는 남의 이목 따위 신경 안 쓰고 내 맘대로 사는 사람이다 보니 아무 생각 없이 한 일인데도 부모님은 "니가 어찌 이럴 수가 있단 말이냐. 고약한 것." 뭐 이런 식으로 나오셔서 황당했던 적도 한두 번이 아니었다. 영상원 합격 소식을 듣고 바로 그날 검정고시 선배이자 서울대 경제학부에 재학중인 친구 전한해원이 축하한다고 얼렁 나오라는 전화에 룰루랄라 나가서 놀다가 선물이라며 귀를 뚫어주길래 별 생각 없이 양쪽 귀를 하나씩 뚫어 귀걸이를 달고 들어온 적이 있었다.

나는 정말 별 생각 없이 한 거였지만 집에 와서 밤 12시까지 잠을 못 잤다. "네가 부모의 권위를 뭘로 아느냐……, 어쩌구……." 세상에 귀 좀 뚫은 걸 가지고 부모의 권위까지 거론될 줄은 정말 몰랐다. "네가 대학 붙자마자 이러면 부모 체면이 뭐가 되느냐." 귀 뚫은 게 마약한 것도 아닌데……. 대학 입학할 때까진 절대 안 돼! 하길래 나도 화가 나서 좀 개겨봤지만 우리 엄마는 자식한테 이렇게 무시당하고 살아야겠냐며 내 귀의 귀걸이를 피가 나거나 말거나 잡아 뽑은 후에야 잠을 주무셨다. 거 참. 3월 2일에 입학하면 한쪽 귀엔 체인을 늘어뜨리고, 다른 귀에는 '언플러그드 보이' 처럼 연습장 귀를 만들어볼 생각이다. 그냥 아무 생각 없이 귀 좀 뚫었다가 귀에서 피 질질 흘리는 엽기적인 모습으로 귀걸이 잡아 뽑혀 도로아미타불 되어 버리고 "부모 권위를 발바닥으로 아느냐" 소리까지 들었으니 이렇게 재수가 더블로 없담.

하여간 다른 사람들도 다 그렇겠지만 제발 오버 좀 하지 말고 있는 그대로 좀 받아들였으면 좋겠다. 귀 뚫은 건 그냥 귀 뚫은 거고 그걸 가지고 "부모의 권위에 도전한다"라고 하면 정말 할말이 없지 않은가. 순진한 우리 부모님과 영악하고 엉큼한(부모님 표현으론) 내가 모여서 한 가족이니 세상은 참 지루하지 않을 수밖에. 보수 반동 부모와 혁명 분자가 한집에서 사는 건 정말 어려워. 정말 어려워, 어려워. 아악! 엄마, 아빠 제발 제가 그냥 한 행동에 '정치적' 색채를 가미하지 말라구요. please!

우울한 날의 독백

이상한 나라의 앨리스

저는 외동딸이구여, 저희 아버지는 목사님이십니다. 저에게 욕메일을 보내는 사람들은 아마도 그런 조건 때문인지 함부로 자신의 추측을 사실인 양 써서 보내곤 하죠. 애가 싸가지가 없을 거다, 목사 집안이면 돈도 많고 빽도 있나 보네, 하면서요. 네, 저는 외동딸이에요. 하지만 외가 쪽 이종 사촌들이 7명이고 어려서부터 쭉 같이 자랐답니다. 게다가 형제 많은 분들은 아시겠지만 자신의 권리를 쟁취하려면 얼마나 많은 투쟁을 해야 하나요. -_- ...게다가 그 한두 살이 밥그릇 몇 개라구 그게 권력의 척도... -_-;; 더구나.. 저는...저는... 그 여덟 명 중에 7번이었습니다... ㅡ;;;

인간들이 많다 보니 번호 순으로 서열이 매겨집니다. 그러니 온갖 불이익을 떠안고 T-T 보통 외동딸인 애들은 보면 외동딸 티 팍팍 나구.. 손에 물 안 묻히려 그러고 엄청 공주가꾸... 그런 거 상상하잖아요. 왜 레이스 치마 같은 거 입구 엄마아빠가 맨날 뽀뽀해 주구... -- 허나 저는 언니 입던 내복 입구 다니구 오빠한테 죽도록 두들겨 맞아서 엑스레이 찍으러 병원 가구 ㅡ;;; 아버님이 목사님이시긴 한데여... 성경 말씀에 보면 매를 아끼면 자식을 망친다라는 구절이 있어요... :;; 저희 부모님은 워낙 그 말씀의 신봉자들이시라 제가 몰 잘못하면 "외동딸이라고 버릇없단 소리 들어선 절대 안 뒤여!" 하며 후둘겨 패셨죠... 매를 넘 안 아끼다가 자식 망친 케이스 --;;; 다행히 맷집은 엄청 좋아지긴 했지만 그래도 여자애를 그렇게 후들겨 패다늬...

글구 저한테 욕메일 같은 거 보내는 사람들은 매스컴 같은 데 보도된 거 보면은... 제가 외동딸인 건 그렇다 치고 목사 딸이니까 아.. 집도 잘 살고 빽도 많겠구나... 그런 생각 하고는 그런 자신들의 추측을 밑바탕에 깔고 그걸 사실처럼 여기면서 저한테 그런 인신 공격을 퍼붓는 사람들이 많은 거 같아요.

근데요... ^^ 목사 집이라고 다 잘사는 거 아니에요. 헌금 걷는 거 다 목사 돈인 거 같죠^^? 교회 운영비나 선교비 같은 게 얼마나 많이 들어가는데요... ^^ 저희 교회는 정말이지 쬐끄만 개척 교회예요. 사람이라봤자 한 15명 정도? 형편도 많이 어렵고... 옛날에도 그랬어요. 옛날에는 미아리 쪽에 살았는데, '닭장집'이라고 아세요^^? 문 열면 바로 부엌, 방 하나... 화장실도 없고... 제가 그런 데를 살았어요. 늘 그런 데가 아니면 여름에 쩌 죽을 것 같은 옥탑이나 지하방.

하지만 한번도 부끄러웠던 적은 없어요. 물론 잘사는 친구들도 많았지만 그런 친구들에게 열등감 느껴본 적이 없구요. 다소 이상하게 들릴지 모르겠지만 저는 어려서부터 '포기하는 법'을 배웠으니까요. 어린 시절에 여자분들은 마론인형, 남자분들은 로봇 같은 장난감 많이들 가지고 놀았죠?^^ 저는 일곱 살 나던 해 엄마를 조르고 졸라서 간신히 갖게 된 3,000원짜리 조그만 토끼 인형 이후로는 한번도 장난감을 가져본 적이 없어요. 그 인형을 얼마나 애지중지했는지 지금까지도 그 인형을 안고 잔답니다^^ 제 손보다 조금 큰 정말로 조그마한 인형인데도 말이에요. 여자 아이인데도 한번도 미미 인형을 가져본 일이 없다니까요.

저도 쇼윈도를 지나칠 때마다 너무나 갖고 싶었지만 미미 인형은 우리 형편에 넘 과했지요^^ 자기 욕망을 절제하는 법을 배우는 것은 어린 꼬마에게는 때론 굉장히 고통스런 일이었지요. 어차피 내것이 될 수 없는 것에 대해서는 일단 관심조차 끊는 게 현실에 적응하는 데 현명한 판단이었답니다. 포도가 시다고 세뇌하는 것을 굉장히 잘한 셈이죠.^^

먼저 경제적인 형편이 별로 좋지 않았던 것으로도 현실에 일찍 눈을 뜬 데다, 11살 나던 해부터 아버지의 임지 관계로 이사를 가야 했어요. 남대문 시장 아시죠? 거기서 100미터도 안 되는 시장 바로 건너편에 살았답니다.

회현동에는 주택가가 흔치 않아요. 동네가 참 ^^;;; 제가 살던 집은 딱 세 종류의 집으로 둘러싸여 있었답니다. 하나는 지붕도 제대로 안 덮혀 희끄무레한 불빛이 그대로 새어나오는, 방글라데시인 시다들이 밤낮으로 누렇게 뜬 얼굴로 드르륵 드르륵 미싱질을 하던 미싱 집... 그리고 남산할머니, 무슨무슨 도사 등의 명패가 써붙여져 있는 점술집. 그리고 새 빨간 입술의 여자들이 싸구려 파운데이션 냄새를 풍기며 서 있던, 여인숙이라는 간판이 붙어 있지만 본업은 분명 다른 것 같던^^ 그런 싸구려 여인숙들...

몇 년 후 아버지가 목회지를 다른 곳으로 옮기시게 되어 그곳을 떠날 수 있게 되었습니다만 아직 어리고 예민했던 저는 학교에서는 '한강의 기적' 을 배우고 집으로 돌아오는 길의 서울역 지하도에서는 수많은 노숙자들이 널부러져 있던 광경을 보았기에 참으로 우울했었답니다. 나이를 먹어서도 그 이질적인 풍경들은 계속 가슴에 남았었죠. 그리고 앞의 잡설에서 말씀드렸듯이 저는 병에 걸렸고, 저 자신에게도 밝히기 어려운 일이지만 저는 몇 년간을 우울증에 시달렸답니다.

아마 가볍든 무겁든 우울증이란 것에 걸려보신 적이 있는 분은 제 마음을 이해해 주실는지도 모르겠어요. 가벼운 정신 질환이라 할 수 있겠죠. 앞서 말씀드렸던 가정 환경이라든가, 몸이 약하다는 열등감, 학교를 그만두고 혼자서 공부를 할 때 친구가 없기에 느끼는 외로움, 웹진을 운영하면서는 일찍 성인들의 세상에서 마치 이상한 나라의 앨리스가 된 듯한 기분... 이런 응어리들이 98년 1월 무렵, IMF 때문에 더 이상 모기업의 서포팅을 받지 못하고 결국 웹진이 깨져버렸을 때 터져 버렸답니다.

1주일에 말 다섯 마디 하면 많이 한 거였어요. 다른 때는 그냥 검정고시 준비 하고 수능 준비 하고, 돈 없어서 학원도 못 다니고 혼자 하려니 미치겠는 거예요^^ 혼자 정석 파보신 분 많겠지만 -- 저 같은 머리 나쁜 아해는 수I 혼자 보려니 미치겠더군여 ―;;;;; 학원 다녀도 알아먹을까 말까 한데.. 흑...

너무 미주알고주알 아무 얘기나 하는 것 같긴 하지만 ^^; 이미 앞에서 제 얘기 많이 해버렸으니 남은 것도 걍 하려고요^^:; 쓸데없는 얘기다 싶어 읽기 싫으신 분 계시면 걍 읽지 마세요^^ 제가 죄송하니까요.

하여간 끝없이 자기 안으로 침몰해 들어가는 것만 같던 그 우울증은 지금은 거의 나아졌다고 생각해요. 어떻게 나았을까요^^?

화가 나면 잠을 자지요

1998년 초가을, 그놈의 천식은 절정에 도달했답니다. 길을 조금 걷다가도 담배 연기만 맡으면 숨이 턱턱 막히고 정신이 혼미해지고, 버스 매연을 맡을 수가 없어서 모든 곳을 자전거를 타고 갔었지요. 자전거도 조금 타다 보면 지치고 해서 가다 쉬고 가다 쉬고 해서 목적지까지 가려면 시간도 무척 많이 걸렸답니다.

그러던 어느 날, 길을 걸어가고 있는데 호흡이 곤란해지고 머리가 어지러웠습니다. 힘들게 한 발자국 한 발자국씩 걸음을 옮기는데 갑자기 땅이 제 얼굴 쪽으로 올라오는 거예요. 눈을 떠보니 응급실이었고, 산소 호흡기를 쓰고 있었답니다.

저는 몸이 약한 것도 콤플렉스지만 산소 호흡기는 더더욱 싫어해요.

기계가 내 숨을 대신 쉬어준다는 느낌이라서 -- 무척 기분이 나빴어요. 그래서 떼어버리려고 애썼더니 의사가 화를 냈습니다. 동맥혈 검사라는 거 아세요? 말 그대로 피 뽑는 건데요, 동맥은 안에 깊숙한 곳에 있잖아요. 그곳의 피를 뽑는 거지요. 그런데 제가 어려서부터 병원에 살다시피 했기 때문에 주사 크기는 참 다양하게 봤거든요^^;

근데 태어나서 그렇게 큰 주사기는 첨 봤더랬답니다. 의사가 다가와서 좀 아픈 거라고 하더군요(병원의 법칙 아시죠? -- '하나도 안 아파' = 아프다, '조금 따끔해' = 무지하게 따끔하다, '좀 따끔하다 말아' = 엉덩이가 계속 얼얼하다, '좀 아프다' = 열라리 아프다!).

손목을 내밀었습니다. 주사 바늘 두께가 1.5mm는 되겠더라구요... 손목이 뚫렸습니다. 그런데... 주사 바늘을 계속 집어넣더군여. 하기야 동맥이 안쪽에 있으니 계속 집어넣었겠지만... 저는 어려서부터 병원 신세 워낙 져서 웬만한 주사는 주사 같지도 않답니다. 근데 그 굵은 바늘이 제 손목 안을 혈관을 찾아서 그런 건지 이리저리 헤집고... 마침내 피를 뽑는데 한꺼번에 뽑으면 위험하니까 조금씩 뽑더라고여. 그 큰 주사기를 채려고.. 그런데, 너무 고통스러웠어요. 제가 소리를 지를 정도로. 피 다 뽑고 나니 완전히 녹초가 되서 응급실 침대에 널부러져 있었답니다.

그런데 얼마 후 의사가 당혹스런 표정으로 다시 돌아왔습니다. 검사 결과 혈중 산소 농도가 지나치게 낮다며, 이런 경우는 있을 수 없다라고 말하는 거였습니다. 이 결과를 믿을 수 없으니 재검사를 해야 한다더군요. 두 번째 뽑을 때는 주사기가 한번 들어갔던 자리를 다시 헤집으니 눈물이 뺨을 타고 줄줄 흐를 정도로 훨씬 더 고통스러웠답니다. 역시나 결과는 마찬가지였고, 혈중 산소 농도가 이렇게 낮을 수는 없다더군요.

모든 검사가 끝나고 의사를 만났지만 잦은 발작의 원인도 의식 불명의 이유도 모르겠다고 하더군요. 의학이란 것이 아직은 요술 지팡이는 아니란 생각을 했답니다. 저는 집으로 돌아왔고, 잠이 들었답니다.

왜 잠이 들었냐구요. 여러분은 마음의 상처를 입거나 화나는 일이 있을 때, 어떻게 그걸 푸세요? 화나게 한 사람에게 따진다거나, 음악을 크게 튼다거나, 뭐 좋아하는 일을 한다거나.. 대부분이 그렇다고들 하시더군요. 저는, 그냥 잠이 들어버립니다. 일종의 기면 증세라고 하던데요--_, 남들은 화가 나면 막 화를 내지만 저는 화가 나면 갑자기 미친 듯이 잠이 쏟아집니다. 그러고는 그 자리에 푹 누워서 10시간이고 20시간이고 자는 거예요. 먹지도 않고 화장실에 가지도 않고... 그동안은 물론 누가 깨워도 일어나지도 못합니다. 거의 의식 불명 상태에 가까운 잠이지요. 제가 평소에 5~6시간 자는데, 슬픈 일이 있거나 하면 마음의 상처가 조금이라도 나을 시간 동안 고치 속에 든 것처럼 잠이 들곤 했어요. 그날도, 내 병은 나을 수 없나 봐... 이렇게 평생 숨 몰아 쉬며 고통스러워하다 죽으려나봐... -_-; 하는 청승맞은 생각이 들어서 집에 오자마자 한 17시간 정도를 잤습니다.

언제까지.. 언제까지 나는 이럴까.. 언제까지.. 하고 생각하면서...

　　　　　　　　　　　　　　　　　　　　　－ 나우누리 유머란에 올렸던 글

외로운 시절의 피난처 J.D

　내 청춘을 생각한다. 물론 지금도 청춘이 아니라고는 말 못하겠지만. 지금까지의 내 인생에서 가장 예민했던 시절, 나는 남대문 시장 바로 맞은편 남창동 골목에 살았다. 그 즐비했던 지저분한 여인숙, 점술집, 여관(특정 사업장을 모독할 의도는 전혀 없지만)…… 골목마다 연탄 냄새 매캐한 지은 지 20년쯤 된, 시퍼렇게 페인트칠된 아파트에서 여전히 지금과 같은 무표정한 얼굴로 살면서 1990년대 초기의 서울을 봤었다.

　획 고개를 돌리면 저마다의 사연을 지니고 서울역으로 밀려들고 밀려나가는 수많은 사람들이 있었고, 남대문 시장의 악다구니와 롯데 백화점의 우아한 호객 행위가 공존하는 광경이 있었다. 나는 무표정한 얼굴로 그들을 바라보며 명동을 가로질러 지하도 구석에 있는 서점에 콕 처박힌 채 칼처럼 예민했던 열두 살, 열세 살을 보냈다. 다른 아이들이 동화책을 읽고 엄지공주를 꿈꾸며 살 때, 나는 여관 골목의 입술이 새빨간 여자들과 나날이 누렇게 말라가는 방글라데시 시다들을 보며 '인생이 아름답다는 놈이 있으면 내 손으로 없애주지.' 하고 생각했다.

학교 가는 길에 보면 닭장집처럼 지어놓은 판자에 개구멍 만한 창문이 뚫려 있고 50촉도 안 되어 보이는 희멀건 전구빛 아래 얼굴이 누렇게 뜬 시다들이 낮이나 밤이나 드륵 드르륵 미싱질을 하고 있었다. 내가 기억하고 있는 한 그들은 언제나 거기 똑같은 얼굴로 그 자리에 있었다. 그 옆의 벽에 붙어 누렇게 바랜 얼굴로 웃고 있던 손바닥만한 최진실 사진은 왜 그리도 내게는 우울했던지.

내가 그들을 이다지도 생생하게 기억하는 이유는, 우리 집 주위에는 여인숙, 점술집, 미싱사밖에 없었기 때문이다. 여인숙의 여인들은 내가 잠든 후에 활동 개시를 했으며 점술집의 사람들은 결코 그들의 아지트에서 나오지 않았기에 아침에 학교에 갈 때, 집에 올 때 변함없이 들리는 드르륵 소리만이 내 예민한 청춘기에 익숙했던 단 하나의 풍경이었다. 하지만 결코 그들의 누렇게 뜬 얼굴에는 아직도 익숙해지지 못했다. 암울했던 청춘이었다.

그런 나의 우울함은 '이상한 애' 라는 꼬리표를 이 나이까지 달고 다니는 데 일등 공신 역할을 했다. 이상한 애. 나는 웃을 수가 없었다. 그들과 내가 아무 관계도 있는 것이 아닌데. 그 누렇게 뜬 얼굴, 얼굴들……. 세상에 생판 모르는 남의 나라에 와서 죽도록 미싱질만 하다가 끝나라고 태어난 사람이 어디 있단 말인가. 그리고 그들을 보다 집에 와서 TV를 켜면 새로 들어선 문민 정부, 신한국, 새로운 질서, 변화. 그리고 밖에는 여전히 낯모르는 청춘들이 전구 빛에 바래가고……. 그 지겨웠던 드르륵 드륵…….

왜 그런지 이유도 모른 채 그 시대들의 너덜너덜할 때까지 빨아댄 걸레 같던 얼굴빛에 끊임없이 괴로웠던 나의 열두 살. 가끔 아이들은 어쩌면 진실에서 보호받아야 할 권리가 있는지도 모른다. 그리고 나는 어쩌면 너무 일찍 모든 모순에 노출되었는지도 모른다. 바른 생활 교과서에 우리 나라 좋은 나라니까 누구나 열심히 하면 잘살 수 있어요 하고 배우고. 아 그렇구나 하면서 학교에서 집에 오는 길에 보이는 서울역 지하도에는 그딴 거랑은 상관없이 사는 듯한 행려들. 그 노숙자들의 모포에서 나던 퀴퀴한 냄새는 어쩌면 진실의 냄새였는지도……. 그 모순들, 시청 앞 지하도와 입술 빨간 여자들에게서 풍기는 싸구려 파운데이션 냄새……. 극단적인 리얼리즘. 나는 거짓을 싫어한다. 적어도 내 앞에는 1990년대 초기의 '진실'들이 있었다. 그러나 참으로 구차한 진실이었다. 너덜, 너덜, 너덜거리는 현실…….

〈헤더스〉를 내 청춘도 같이 너덜거리던 그때 봤다. 이날 이때까지 '나는 왜 이렇게밖에 못 살지?'라는 질문은 끊임없이 나를 들볶는다. 왜 나는 아무도 고민 안 하는 쓸데없는 생각 때문에 아파하지? 왜, 왜 나는 이상하지?라는 그 자문에 드디어 '젠장, 좀 이상하면 어때?'라는 너무나 기분 좋고 막가는 대답을 남기게 한 영화. 좀 이상하면 어떤가. 좀 사이코 같으면 어때. 누구나 자기 몫의 인생이 있다. 자기 몫의 아픔이 있고. 사람은 상처를 통해 그렇게 성장하는 것이다. 좀 이상하면 어때.

J. D는 정말 나랑은 비교도 안 되게 더 이상했다. 맨날 이상한 옷만 입고 다니고 이상한 말만 하고 이상한 술만 마시고. 이상한 여자 친구랑 사

귀고 이상한 짓만 하고 이상한 사람만 죽이고 자기도 이상하게 죽어버리고. 이상한 나라의 J. D. 나는 아주 만족스러웠다.

나보다 더 이상한 애가 저기 있는 것이다. 바로 이거였어. 왜 이상하면 안 되냐고. 그래, 나 이상한데 니가 어쩔 거야. 그리고 자라가면서 나는 그렇게 사랑하고 싶었다. 그게 사랑이야? 하고 놀라 나에게 묻는 사람들도 많았지만 장미꽃에 커피 한 잔 따위는 너무 흔해서 재미없다. '나 저거 갖고 싶어.' 했을 때 사주는 남자랑 '나 쟤 싫어.' 했을 때 걔 죽여버리는 남자랑 뭐가 다르지? 하고 태연히 반문했을 때 나는 역시 또 그 말을 들었다. '넌 이. 상. 해.' 그래 나 이.상. 해. 이대로 살다 가련다.

나는 정말 그렇게 사랑하고 싶었다. 내 청춘이 구차하게 너덜거릴 때, 나는 날려버리고 싶었다. 나를, 세상을…… 미쳐서 사랑하고 싶었다. 이봐, 마지막 가는 길에 담뱃불이나 붙여주고 싶은걸 하고 말하는 남자, 그리고 상큼하게(?) 사라질 줄 아는 남자를 사랑하고 싶었다. 왜 안 되지? 왜? 하고 말할 수 있는 사람. 사랑하면 무조건 커플링이나 맞추고 분위기 좋은 커피숍에서 닭살이나 뜯고 있어야 되나? 저 하늘의 별이 질 때까지 영원하자고? 우리 사랑 변치 말자고?

세상에 영원한 것은 '영원한 것은 없다' 라는 그 사실 하나뿐이다. 오늘 사랑해도 내일 떠날 수 있고, 내일 떠나도, 못 잊을 것 같아도, 웃기지 마라, 닭살 뜯는 사랑은 결국엔 또 만나게 되어 있는 것이다. 사랑해, 너뿐이야 하고 말하면 그게 정말 사랑인가. 손잡고 놀러다니고 같이 스티커 사진이나 찍으면 그게 사랑인가. 나는 사랑이 아니다라고 말하고 있는 것이 아니다. 그저 당신은 믿을 수 있는가, 그게 궁금할 따름이다. 세상엔 사랑한다고 '생각'하고 있는 사람이 너무 많기 때문에……. 나는 사랑이라고, 어떻게 확신하지?

확신이 없는 시대, 믿음이 없는 시대. 90년대는 살아가기에도, 사랑하기에도 힘든 시대다. 그래서 어쩌면 나는 사랑할 용기가 나지 않는지도 모른다. 모순, 그 모순들. 그 모순된 감정의 물결에 휘말리고 싶지 않은지도 모른다. 아마도 그래서 나는 아직도 은밀히 J. D를 꿈꾸는 것인지도. 사랑이 무언지도 확실하지 않은 시대. 무엇을 위해 싸워야 하는지조차 모르는 시대를 살아가는 내게 좀 암울하면 안 돼? 왜 우울하면 안 되지? 왜 이상하면 안 돼? 하고 J. D는 쉬지 않고 내게 속삭이고, 나는 끊임없이 그런 사랑을 꿈꾼다. 왜 안 되지?라고 말할 수 있는 사랑.

5년이 지난 지금도 나는 그들의 희미한 전구 불빛 아래 튀어나온 광대뼈 위로 퍼석하던 그 낯빛을 기억한다. 그리고 그때의 아픔을 기억하면 J. D의 까마귀 같은 롱코트가 그 누런 얼굴들 위로 겹쳐진다. 왜 이상하면 안 되지? 그리고 아직도 열두 살의 내가 건조한 얼굴로 나타나 무심히 나를 바라볼 때, 내 버석거리는 청춘의 그림자, 이상한 아이라는 이름 속에서 내내 헤매이던 외로운 유년기의 피난처였던 그 이름을 홀로 불러본다. J. D, 나의 J. D…….

내 청춘의 키워드 네가진

새로운 출발

〈네가진〉. 네가진이란 내 청춘의 한 부분을 차지했고 나를 그만큼 힘들게도 했던 시절의 키워드 같은 이름이다. 처음의 의도와는 달리 IMF 등의 사정이 겹쳐 그리 잘 되지는 않았지만 지금 생각해도 너무 안타까울 정도로 많은 시간을 들였기에 아쉬운 기억이다. 그리고 내가 매스컴에 처음으로 알려지기 시작한 동기도 바로 여기에 있다. 신문이나 YV 등에 '국내 최연소 편집장'이라는 머릿글자로 보도되곤 했지만 정작 나는 그 뒤에서 너무나 외로웠던 시절.

자퇴를 심각하게 생각하고 있던 1997년, 그러니까 고등학교 1학년의 늦은 봄, 조혜정 선생님은 집에서 가든 파티를 열 예정이라며 오라고 하셨다. 가든 파티가 뭔지 모르겠지만 그때 이미 나보다 앞서 몇 개월 전 잘 다니던 고등학교를 자퇴하고 집에서 재미있게 지낸다, 선생님의 아들인 해원이 오빠가 있을 거라고 해서 여러 가지 것들을 좀 물어보고 싶었고, 또 맛있는 음식이 많다는 이야기에 주저하지 않고 공휴일에 열린 그 모임에 참석했다. 그래서 여러 사람들도 만나보고, 해원이 오빠를 보았다.

자퇴를 생각하고 있던 나로서도 '자진 퇴학'이라는 단어가 그리 상큼하거나 행복한 단어로 느껴지지는 않았다. 그래서 혼자 막연히 오빠는 어떻게 뭐하고 살고 있을까? 암울하게 집에 틀어박혀 있지는 않을까? 하는 말도 안 되는 상상들을 열심히 하고 있었다. 그러나 선생님 댁에 도착해서 해원이 오빠를 보자마자 그게 정말로 말도 안 되는 상상이었다는 것을 알게 되었다.

그는 행복해 보였다. 딸기를 씻고 별채에 따로 있는 자기 방을 보여주면서 환하게 웃는 오빠의 모습은 아주 즐거워 보였다. 나는 그 웃음에 고무되어 자퇴를 감행하고도 결코 그만큼 행복하지는 못했지만, 그것은 오빠가 나보다 더 가진 플러스 요소들을 내가 잘 계산하지 못했기 때문이라고 본다. 나같이 평범한 아이처럼 학교 이외에는 시야가 고정되어 있을 정도로 견문이 좁지 않았고, 그래서 친구도 많았을 뿐만 아니라 자퇴하겠다고 말했을 때 눈물을 흘리며 화를 내시는 부모님을 두지도 않았다. 사람은 다 다르게 마련인데도 나는 그때 철없이 오빠가 가진 것들이 너무나 부러웠다. 정말이지 어린 마음에 얼마나 부러웠는지 모른다. 지금이야 사람은 다 다르다는 생각을 하지만.

아무튼 내가 오빠의 그 밝은 미소에 고무되어 자퇴를 결심한 것을 결코 후회하지는 않는다. 왜냐하면 나는 그대로 학교에 남아 있었으면 더 행복하지 못했을 것임을 알기 때문이다. 이후로도 전화를 걸면 어떻게 공부하라고 조언해 주고 서점에 가서 문제집을 골라주는 등 도움을 많이 주었다. 어쨌든 해원이 오빠와 얘기하면서 내 상황에서 자퇴가 고통스러운 학교 생활에서 벗어나는 유력한 대안으로 떠오르고 있었다.

그런데 뒤에서 누군가 나를 부르는 사람이 있었다. 나를 부른 사람은 강렬한 인상의 젊은 여자였는데, 이후에 나와 반 년을 함께 하면서 내 가장 힘든 시절에 못난 모습을 다 보여주고 만 사람이다. 바로 이후 〈네가 진〉의 모기업이 된 회사의 컨텐트 기획팀에서 일하고 있던 홍지영이라는 언니였다. 나와 나이 차이는 좀 났지만 내가 인간적으로 너무나 좋아했고 내가 힘들어할 때 위로도 많이 해주었던 언니.

회사의 프로젝트가 청소년 웹진을 만드는 것인데, 괜찮은 학생을 영입하려고 알아보다가 개인적으로 친분이 있던 조혜정 선생님께 연락을 드려서 소개시켜 달라고 부탁했던 모양이다. 그러자 선생님께서는 집에서 가든 파티가 있어 애들이 좀 올 테니까 와서 직접 살펴보라고 하셨던 듯하다. 하기야 해원 오빠도 있었고 음악을 좋아하는 진홍이라는 아이도 왔으니.

나는 별 생각 없이 지나쳤는데 나중에 그 언니에게서 전화가 왔다. 회사를 한번 방문해 달라고. 밥 사준다는 얘기에(나한테는 아무래도 밥이 쥐약인 모양이다) 쫄랑쫄랑 가봤더니 '웹진 프로젝트'의 계획서를 건네주면서 자신들과 함께 일해볼 생각이 없느냐고 물었다. 인적, 물적 자원을 전적으로 제공할 테니 크리에이티브와 교환하자는 조건이었다. 원고에 상응하는 고료가 물론 지급될 것이고 원한다면 대학에 가기 위해 공부도 해야 할 테니까 계열 학원에서 원하는 과목을 얼마든지 수강해도 좋다, 뭐 이런 거였다.

뭐 그렇게 화려한 조건이라고는 할 수 없지만 재미있을 것 같았고 학교를 그만두면 당장 무엇을 해야 할지 몰라 무료함을 견디지 못할 것 같아서 손을 대보고 싶었다. 지금이야 손 대지 말 걸 그랬나 하는 생각도 들지만 활달하고 시원시원한 지영 언니가 너무 좋아서 웬걸, 덜컥 승낙하고 말았다. 회사측에서 눈여겨보고 선정한 병권이라는 친구와 다른 친구가 있었고 내가 같이 일하고 싶어 팀을 짠 사람은 클럽밴드 중에서는 꽤 알려진 '내 귀에 도청장치'라는 밴드에서 기타를 치면서 미대에 다니던 유화 오빠와 백영애 선생님의 아드님이기도 한, 글 잘 쓰고 섬세한 관찰력을 가진 세일이었다.

〈네가진〉과 함께 한 시간

창간호가 인터넷에 뜬 6월 경에는 마침 청소년 보호법의 출범과 함께 소위 '빨간 마후라' 때문에 사회적으로 못된 청소년들 죽이기 바람이 한창 불 때였다. 어차피 거기 모인 우리들은 바른 생활 소년소녀들도 아니었고 그런 사회 풍조에 대해서 불만이 컸다. 그래서 창간사 대신 '청소년 독립 선언서'를 집어넣었는데 내용이 워낙 좀 도발적인 데다 과격해서 호응이 컸던 만큼 욕도 많이 먹었다.

지금 생각해 보면 그때는 나이가 어려서 그런지(지금도 많이 먹었다는 것은 아니지만) 그야말로 혈기방장했던 것 같다. 다들 필력은 괜찮은 편이었고 신나서 열심히 했다. 나는 외부 취재도 꽤 열심히 나갔고 학교를 금방 그만두고 우왕좌왕하는 것보다 한동안은 이렇게 할일이 있는 것이 좋겠다는 생각을 했다.

〈네가진〉의 이름은 지영이 언니와 함께 웹진 이름을 생각하다가 퍼뜩 내가 생각해 낸 이름이다. 처음에 회사에서 원했던 이름은 'teen zine'이었지만 편집진들은 모두 그 이름에 '우엑!' 하며 소리를 질렀기 때문에 다른 이름이 필요했다. 열아홉 살에서 스무 살 되면 번쩍 어른이 된다는 식의 미성년자 = 청소년이라는 사고 방식을 모두가 질색했기 때문에 그렇게 싫어했던 것이다.

회의실에서 뭐가 좋을까 머리를 또르르 굴리다가 혼잣말로 "내가 만들고 네가 만드는 잡지……." 하다가 "앗! 네가진 어때 언니?" 하고 소리를 질렀다. 영어로 하면 negative zine, 우리가 원하던 웹진의 저항적인 이미지에 꼭 맞는 이름이라고 생각되었다. 네임메이킹 회사라도 차려볼까 심각하게 고민하다가 첫호가 나가고 다들 그런대로 열심히 했는데, 내 생각에는 운이 좋지 않았던 것 같다. 내 능력도 그렇게 뛰어나지 않았지만.

가장 힘든 점은 인력이 부족했던 것이다. 나는 웹에서 테크니컬한 작업을 직접 할 수 있을 정도로 컴퓨터에 대해 많이 알지 못했고, 어차피 컴맹인데도 픽업되었으니 기술면에서는 엔지니어가 따로 배정되기로

되어 있었다. 그러나 회사 사정도 해야 할 작업은 많고 인력은 부족해서
곤란한 실정이었다. 일단 웹진에 있어서 필수적인 웹디자이너가 없어
인터페이스가 썩 좋지 못했고, 웹페이지에서 가장 큰 메리트가 될 수 있
는 깔끔한 비주얼의 인터페이스도 갖추지 못한 우리의 걱정은 컸다. 일
단 여러 매스컴에 보도되어 화제를 일으켜 페이지 방문 횟수를 늘려놓
기는 했지만 언제까지 그렇게 갈 수는 없는 것이니까.

　네가진의 출범과 더불어 회사 홍보부에서는 홍보 자료를 작성하여 각
일간지에 보냈다. 그 홍보 자료를 읽어보며 나는 마음 한구석이 쓸쓸해
져 오는 것을 느꼈다. 젊은이들이 만드는 웹진, 그리고 언제나 편집장은
고등학교 자퇴생이라는 말이 빠지지 않았다. 고등학교 자퇴생……, 고
등학교 자퇴생이 이끄는 웹진……. 한숨을 쉬었다. 언론의 관심을 끌려
면 자극적이지 않으면 안 되니까. 그리고 홍보부에서는 몇 군데를 고르
며 인터뷰를 하라고 했다. 〈네가진〉 홍보도 할 겸. 그러다가 왜인지는 모
르겠지만 '네까짓 게 뭐냐, 고등학교 때려친 게 자랑이냐' 등등의 메일
이 한참 올 때 너무 힘들어 더 이상 인터뷰는 하지 않겠다고 밝혔다. 그
때 홍보부에서 별로 좋은 소리는 하지 않았던 것이 기억난다. 그때 나는
처음으로 쓸쓸했다.

상처뿐인 영광

우리 팀이 모 방송국의 9시 뉴스 특집으로 보도되었던 적이 있었다.

청소년으로 구성된 〈네가진〉 편집팀이 청소년들과 함께 하고자 하는 일, 뭐 이런 대강 괜찮은 내용으로 보도되었다고 기억하는데, 홍보부에서 호출이 왔다. 무슨 일인가 싶어 어슬렁어슬렁 가보니 방영된 뉴스에서 왜 우리 회사 상호가 한번도 거론되지 않았느냐고 따지듯이 물었다. 순간 굉장히 당황했다. 머리를 둔기로 얻어맞은 것 같았다. 그랬나, 이쪽에서 원했던 것은 그거였겠지…… . 이곳은 기업이니까. 생존 논리만이 지배되는 곳이니까.

우리 부서가 있는 곳으로 올라가는데, 복도에서 얼굴 몇 번 마주쳤던 아래층 부서 부장님이 '김현진 씨.' 하고 불러세워서는 다그쳤다. "왜 그렇게 큰 뉴스에 보도되면서 회사 상호 한번 말 안 한 거야? 상호가 나와야 될 거 아니야, 상호가. 그럴려면 뉴스 왜 찍었어." 나는 그때 죄송합니다, 말하고 다소곳이 고개를 숙여야 했던 걸까. 난 겨우 열일곱 살이었다. 속으로 그럴려면 회사에서 탤런트 하나 키우시죠라는 말이 목까지 울컥 치밀어 올라왔지만 아무 말도 하지 않고 그냥 우리 부서로 올라와버렸다. 퇴근해서 집으로 가는 길이 왜 그리도 멀고 길기만 하던지. 참으로 쓸쓸했다. 그리고 외로웠다.

어쨌거나 잘해보고자 하는 마음은 우리 모두 컸지만 앞에서 말했듯이 원활한 지원이 이루어지지 않아 걱정이 앞섰다. 처음에야 할 수 있는 모든 지원을 다 해줄 것처럼 이야기했지만 97년 상반기를 넘어서자 회사가 술렁거리기 시작했다. IMF의 그림자가 덮이기 시작한 것이었다. 경제 동향에는 그리 민감하지 못한 나도 회사 사람들의 술렁거림을 피부로 느낄 수가 있었고, 급기야 1997년이 저물어갈 무렵 전체 사원이 600

명이던 회사에서 200명이 나가고 말았다. 다음 호를 올리려 해도 인력과 지원이 부족해 올리지 못하고 있는 실정이었다.

창간 기념 이벤트로 예산을 신청했지만 우리 〈네가진〉이 사라질 때까지 예산이 나오지 않았고, 우여곡절 끝에 회사를 설득해서 외부 디자이너를 영입해 새로운 인터페이스의 디자인을 맡겼지만 다 완성될 무렵, 우리 〈네가진〉을 담당하고 있던 부서 전체가 정리되고 말았다. 자연히 우리도 공중 분해되어 버린 것이다. 지금 생각해도 실컷 작업을 하고도 아무런 보상을 받지 못한 디자이너 김명진 씨에게 정말로 미안한 마음뿐이다. 열심히 했던 우리 팀에 대한 미안함도 크고. 지금 생각하면 나는 상업 논리를 버텨내기에는 너무 어리고 철이 없었고, 성실하지도 못했기에 지금까지도 죄책감을 느낀다.

지영이 언니는 지금 뭘 하고 있을까. 그만둔 후 언니에게 왔던 삐삐 호출은 내 실수로 그만 지워지고 말았고, 집 전화 번호는 결번이라고 나왔다. 언니가 보고 싶다. 내 쓸쓸함을 잘 다독거려 주었던 다정했던 지영이 언니. 아직도 〈네가진〉을 기억하는 사람을 만날 때마다 나는 그것을 끝까지 지키지 못한 나의 약함에 끊임없이 죄책감을 느낀다. 열일곱 살의 내가 팔짝팔짝 뛰어봐야 어쩔 수 없었겠지만. '국내 최연소 편집장'은 그야말로 상처뿐인 영광이었다.

게임에 풍 빠져서

일상의 무료함을 달래는 도구

상도동에 살던 중학교 시절 노량진에 있는 학원에서 단과수업을 들었는데, 강의가 끝나고 나면 꼭 참새 방앗간처럼 20분 정도는 종종걸음으로 오락실로 향했다. 아르바이트생말고 오락실 주인 아저씨가 계실 때에는 꼭 동전을 2000원쯤 넣어주시며 많이 하고 가라고 했기 때문에 공짜 오락을 하는 맛도 있었지만, 건블레이드라든가 버츄얼 캅 같은 슈팅게임이 너무 재미있어서 자리를 뜰 수 없었다. 그러니 컴퓨터가 없어 pc게임을 할 수 없을 때는 얼마나 통탄할 만큼 서러웠는지.

97년 말경에는 갑자기 집에 들어앉아 있으니 머리가 이상해질 것 같아서 부모님께는 대강 핑계를 대고 전화국에서 단말기를 하나 빌려왔다. 지금 내가 쓰는 모뎀이 57600인데 그 단말기의 속도는 9600이었으니 얼마나 가공할 만큼 속도가 느렸는지. 그래도 무료한 일상을 한동안 채워주던 그 단말기에 얼마나 매달렸는지 모른다. 물론 일할 때 업무상 통신을 하기도 했지만 그때처럼 순전히 재미로 할 때는 다르니까.

통신을 하다가 머드게임을 알게 되었다. 우리 나라 최초의 상용화 프로그램인 '단군의 땅'이라는 프로그램이었는데, 그 게임은 참으로 매력적이라서 밥 먹고 자는 시간 이외에는 다 게임에 매달렸다. 그 느린 모뎀 속도를 가지고! 아침 9시에 자서 저녁 6시에 일어나는 규칙적인 생활(?)을 한 달 동안이나 계속했으니 부모님이 곱게 보실 리가 없었고, 엎친 데 덮친 격으로 전화비도 수억 나와서 부모님의 분노의 화살에 숨을 죽여야 했다.

새해가 되어 나도 맘을 독하게 먹고 단말기를 전화국에 반납하며 통신 아이디도 유보해 버렸다. 그러고 나서 계속 수능이랑 검정고시 준비를 하는데 눈앞에 단말기 화면이 계속 아른아른하는 것이었다. 으으……, 이러면 안 돼, 하면서 우습게도 내게 열심히 공부할 마음을 먹게 한 것은 바로 그 머드게임이었다. 공부 열심히 해서 대학 가면 그때 실컷 하자, 그때 실컷 하자라고 자신에게 주문을 걸면서 공부했다. 공부가 잘 안 돼서 짜증날 때도 대학 붙으면 게임 실컷 할 수 있잖아, 하면서 자신을 구슬렸다.

그런데 수능 시험을 반영하지 않는 곳에 붙었을 땐 그동안 열내면서 공부했던 게 너무 아깝다라는 생각에 억울하긴 했지만 머드게임을 다시 할 생각에 얼른 컴퓨터를 구입하자마자 '단군의 땅'에 접속했다. 그런데 으잉? 접속이 안 되는 것이었다. 흥분해서 회사로 전화를 걸었더니 경제

사정이 안 좋은 이유로 서비스를 중단했다는 것이었다. 인생은 아이러니다.

1년간을 철저하게 혼자 보내면서 너무나 무료해서 견딜 수가 없었다. 아침에 쓰윽 하고 일어나면 아이들이 떠들며 학교 가고, 나에게 남은 건 내가 나왔던 신문이나 잡지 쪼가리 몇 장과 불확실한 미래뿐이었다. 하루에도 열댓 번씩 그때 나는 남아 있어야만 했던 걸까, 그들이 나에게 무슨 소리를 해도 쥐죽은 듯이 잠자코 있었어야 했던 걸까, 나는 이제 어디로 가야 하나 고민하고 괴로워했다. 그렇지만 여러 가지로 힘들던 기간에 유일하게 나를 잡아주었던 건, 나는 내 소신에 따라 행동했다는 확신뿐이었다. 결코 그들에게 굽히지는 않았다는 생각과 내가 옳았다는 믿음밖에는 가진 것이 없었다. 그나마 시간이 조금씩 지나고 외로움이 더욱더 극심해질 때는 내 그런 믿음조차도 있는 대로 초라해지고 얇아져서 금방이라도 툭, 끊어질 것 같았다. 사람은 누구나 군중 속의 고독을 느낀다지만 약 1년여 동안 주위에 군중도 없이 물리적으로도 철저하게 혼자 지낸 경험은 견뎌내기 쉽지 않았다.

게다가 98년 초여름 나는 심한 정신적 고통에 시달렸다. 늘 우울했고 마음의 위로가 되어주던 신앙도 흔들렸고 아예 모든 일에 무감각해지는 마음의 황폐함. 제멋대로 삐죽삐죽 자라난 마음의 숲을 다스리기보다도 더 힘든 것은 아무런 싹도 움트지 않는 마음의 황폐함이다. 그때 내 마음은 얼마나 버석버석거리고 끝없이 외롭던지. 우습게도 날 그때 지탱해주었던 건 KBS에서 방영했던 만화 영화, 세일러문이었다.

세일러문, 너 때문에 산다

내가 이 이야기를 하면 남들은 농담인 줄 알고 다 웃지만 나는 진지하다. 나는 옛날부터 TV를 전혀 보지 않는 편이라 부모님이 내가 그렇게 애니메이션을 열심히 보자 '쟤가 좀 이상해진 게 아닌가.' 하고 의아하게 쳐다보셨을 정도였다.

만화가 워낙 재미있는 탓도 있지만 무엇보다 나는 단순하게 살고 싶었다. 내가 좀 자신 없어하는 점은 실제 나이보다 적어도 4~5살은 더 들어 보인다는 것이다. 언젠가 한 친구녀석에게 그 고민을 토로하자 그 애의 답변은 이러했다. "야, 연예인들 봐. 걔네가 왜 그렇게 어리게 보이는 줄 알아? 걔네가 뭐 꼭 잘생기고 이뻐서 그러는 줄 아냐? 다 아무 생각 안 하고 살아서 그런 거야. 생각이 없으면 안 삭아."

하긴 일리가 있었다. 학교를 그만둘 때까지만 해도 내 사진을 보면 그럭저럭 통통하고 귀여운 여고생의 모습이다. 열일곱 살에서 한 살도 더 먹어보이지 않는. 그러나 약 2년여 사이에 내 모습은 적어도 서너 살은 더 먹어보인다. 2년여의 기간 동안 나를 짓눌렀던 근심과 슬픔과 외로움의 무게들을 대충 셈해보면 충분히 그 말이 맞을지도 모른다.

내가 늘 심각하거나 슬픈 표정을 짓게 되었던 건 생각이 너무 많아서였다. '이제 어디로 가야 하나.' 하는 막연한 생각, 투병중이었던 사랑하는 할머니를 생각하면 생기는 고통, 아무 곳에도 소속되지 않은 자가 필연적으로 갖게 되는 불안감, 무너진 〈네가진〉과 떠나온 푸른영상에 대한 죄책감과 그리움이 뒤섞인 야릇한 감정들. 그것들이 얼마나 나를 들볶

아댔는지.

사람은 극한 상황에 처하면 자기 자신이 자각하지 못하는 사이에 무의식적으로 어떤 방안을 강구하게 된다. 내 경우에는 무의식이, 내가 알지 못하는 사이에 조금씩 천천히 움직여 나를 아무 생각도 못하게 했다. 지금 생각하면 그때 그렇게 사고를 중지하지 않았다면 고민의 무게에 견디지 못하고 머리가 이상해졌을 것 같다.

학교를 안 가니까 공부를 혼자 하기는 해도 시간이 많이 남았고 부모님은 교회 일이 바빠 자주 나가셨다. 집에 혼자 남아 공부를 하다가 너무 지겨워질 때 가끔씩 TV를 켜보았는데 어떤 유선 채널에서 만화만 재방송해 주었다. 가요 프로나 연속극 같은 것은 그다지 좋아하지 않는 나였지만 우연히 본 유치하기 그지없는(물론 유치하지 않은 것도 있었지만) 만화가 미치도록 재미있었다. 열심히 보던 〈들장미 소녀 린〉, 〈캡틴테일러〉, 〈지구 경비대 K캅스〉 등은 뭐 다 재미있었지만 그 중에서도 특히 〈세일러문〉이 너무나 재미있었다.

부모님은 매일 심각한 얼굴을 하고 집안에 틀어박혀 있던 딸의 얼굴이 좀 펴진 것을 보고는 기뻐하시는 표정이었다. 그러나 그것도 잠시, 날마다 "우직 쾅쾅 나타났다~ 우주 외계인 그는 무서운 악의 대왕 ~ 싸워라 물리쳐라" 뭐 그런 〈지구 용사 선가드〉 따위의 만화 영화 노래나 날마다 외어 부르자 기겁을 하셨다.

영어를 하다가도 "미지의 세계로 날아가자~", 수학 정석을 풀다가도 "장미 장미는 화려하게 피고~"를 흥얼댔다. 그러던 어느 날 밤에 그런 광경을 여러 차례 목격하신 아버지께서 어머니께 "저 애가 고민이 너무 많아서 정신 상태가 퇴화하는 것 아니냐'라고 심각하게 말씀하시는 것을 우연히 듣고는 키득키득 혼자 웃었다.

하기야 그렇게 말씀하시기 딱 좋았던 것도, 주일날 교회에 나오는 다섯 살, 여섯 살 난 꼬마 형제들이랑 "주영아, 너 지난 주에 〈지구용사 선가드〉 봤니? 재밌지! 으하하!" 하면서 그 애들이 가져온 변신합체 로봇을 가지고 논 데다가 셋이서 "로보트 로보트 지구용사 선가드 ~" 하면서 우렁차게 노래나 불렀으니 부모님이 걱정하기 충분했던 것 같다.

그래도 부모님은 얼마나 힘든 게 많았으면 저럴꼬 하시면서 아침에 일어나서 〈뽀뽀뽀〉 안 보는 걸 다행으로 여기셨다. 아무튼 수요일엔 무슨 만화가 방영되고 월요일엔 무슨 만화가 방영되고 어쩌고 하면서 공부하는 시간 빼고는 무슨 만화를 봐야지 하는 생각에 단순하게 행복했던 나는 지금도 '무의식의 힘은 참 크군.' 하고 생각한다. 엔진도 너무 돌아가면 열을 식혀주어야 하듯 한없이 고민하고 힘들어하던 내 머리와 마음에도 완충 지대가 필요했다. 그 완충 지대를 TV 만화가 해주었던 셈인데, 특히 그 중에서도 〈세일러문〉은 내 최고의 친구였다.

선정적이니 뭐니 하는 말도 많았지만 그런 거야 신경도 안 썼고, 그저 재미있어서 열심히 봤다. 수요일, 목요일에 방영되는 〈세일러문〉이 시작되는 여섯 시 반부터 일곱 시까지는 TV가 있는 안방을 점령하고 앉아서 "으하하하! 저렇게 재밌을 수가." 하며 입을 헤벌리고 누가 업어가도 모를 정도로 얼마나 만화에 심취(?)해 있었는지 모른다. 아예 부모님께서는 내가 〈세일러문〉을 보고 있을 때는 전화도 바꿔주지 않으시고, 다 큰 게 앉아서 만화 보고 헤헤거리는 게 꼴 보기 싫다며 안방 문을 쾅! 하고 닫고 7시까지는 절대 방 안을 들여다보지도 않는 대단한 배려(?)를 아끼지 않으셨다.

점차 세일러문이 내 머리를 차지하고, 불확실한 미래와 잃을지 모르는 꿈들은 문 크리스탈 파워(세일러문의 주문) 앞에 멀리 쫓겨났다. 나는 주중에는 항상 '세일러 주피터가 잡혀갔는데 어떻게 될까?' 하고 생각하고 '세일러문이 과연 악당들을 물리칠까?' 걱정하며 공부하는 일만이 내 하루 일과가 되어 그렇게도 원하던 단순한 삶을 영위할 수 있었다. 그러다 보니 머릿속에서 미래에 대한 걱정 따위는 탈탈 털리고 날마다 손가락으로 셈을 하며 '음, 〈세일러문〉 하려면 며칠 남았네' 하고 세고, 수요일과 목요일이 되면 좀 있다가 〈세일러문〉 볼 생각에 하루 종일 즐거웠다.

〈세일러문〉의 패턴은 아주 간단했다. 악당이 나타나면 세일러문이 "거기 서라! 이 나쁜 악당! 귀여운 달의 요정, 세일러문! 내가 정의의 이름으로 널, 용서하지 않겠다!"라고 말하고 열심히 정의와 사랑의 이름으로 후둘겨 패면 끝이었다. 가끔 디테일이 복잡해지기도 하지만 플롯은 그대로다. 엄마가 한사코 〈세일러문〉을 녹화해 보는 일만은 허락하지 않으셨기 때문에 아쉽긴 했지만 수요일과 목요일의 축제로도 나는 충분히 행복했다. 나는 정말이지 단순하고 행복했다. 거기서 일단 머릿속의 고민들을 내보내고 단순하게 내 삶의 패턴을 바꿀 수 있었기에 외모의 노화(?)도 이 정도에서 끝난 것 같다.

그러나 곧 그 행복이 마감되었다. 〈세일러문〉이 종영된 것이다. 그것도 할머니가 돌아가신 바로 다음날 종영되었다. 마지막회를 보면서 얼마나 울었는지 모른다. 마치 할머니와 세일러문을 동시에 잃은 것만 같았다. 사실 그랬다. 내 평생에 계속 나를 붙잡아주던 한 존재와 가장 힘든 시절을 행복하게 만들어주던 한 존재를 동시에 잃었으니.

컴퓨터 게임의 유혹

나는 다시 격심한 우울에 시달렸고, 그 후 어떤 만화도 날 채워주지 못했다. 다행히 한국예술종합학교에 합격하여 미래에 대한 극심한 부담감은 조금 덜어졌고, 거의 학교 합격과 맞먹는 사건이 일어났다. 바로 컴.퓨.터가 우리 집에 온 것이다. 나는 승리의 미소를 지었다. 이놈을 갖기 위해 몇 년을 열망했던가, 하면서. 내가 초등학교 때 어머니께서는 고등학교에 가면 컴퓨터를 사주마고 하셨는데, 그 약속을 잊지 않았던 내가 컴퓨터를 사달라고 말씀드리자 "너 이제 그만뒀으니 고등학생 아니잖아." 하고 아픈 곳을 찌르셨다. 으…… 어머니. 그리고 어머니는 그만뒀으니 고등학교 안 간 거라며 안 사주셨고 나는 속으로 칼을 갈 수밖에 없었다.

그러니 내가 컴퓨터를 샀을 때 얼마나 기뻐했을까. 컴퓨터가 배달되어 온 날 본체를 살포시 끌어안으며 "나의 유희 활동에 많은 도움이 되어주렴." 하고 다정하게 속삭였으니 내 기쁨이 얼마나 컸는지 이해할 수 있을 것이다. 하여간 정말 기뻤다. 아, 컴퓨터가 생겼다. '동네 게임방 아저씨의 총애를 받던 나의 전산 생활은 이제 새로운 국면을 맞는구나.'

하고 생각하며 그동안 게임방에 날린 수억과 배틀넷의 추억에 작별을 고하고, ID를 다시 신청했다. 그리고 한 푼 두 푼 모아서 그동안 해보고 싶었던 게임 시디를 장만했다.

지금도 가장 좋아하는 게임 중의 하나인 '디아블로'와 미션팩 헬파이어. 이제 학교도 붙었고 할일도 없겠다 싶어 눈 벌개져라 하며 게임을 열심히 해댔다. 출시 후 한참 지났으니 다소 때늦은 감이 있긴 했지만 그래도 너무 재미있어서 열심히 했다. 싱글모드는 몇 번 했더니 재미가 없어서 게임방에 가서 배틀넷(전세계의 여러 사용자들이 함께 플레이할 수 있는 서비스)을 자주 했다. 보통 스타크래프트 배틀넷을 하지만 이기는 것에만 눈이 벌개져서 디스커넥트(자기가 질 것 같으면 접속을 아예 끊어버리는, 배틀넷에서 악명높은 일부 한국인 유저들의 작태)하는 짓들은 정말 마음에 들지 않았다.

우리 나라 게임방 먹여살리는 게임이라 할 만큼 인기 있는 이 게임은 머리가 아주 좋아야 잘할 것 같았다. 그래서 나는 잘 못한다. 잘 못해도 동맹 맺고 쳐부수고 하니까 얼마나 재미있는지 낮과 밤이 뒤바뀔 정도였다. 골수 팬들이야 게임방에서 밤을 새기에 나도 그럴 마음이야 굴뚝같지만 부모님이 워낙 엄하셔서 집에서 열심히 컴퓨터 옆에 붙어 모뎀 플레이(컴퓨터끼리 전화를 걸어 게임하는 것)를 하면서 즐거워했다. 하도 게임에 정신이 팔려 노는 나를 감당할 수가 없어서 어머니에게 게임 시디를 모조리 싸서 안겨드리고는 이것 좀 감춰달라고 부탁했다.

나흘이 지났다. 머릿속에 스타크래프트의 유닛들이 왔다갔다했다. 어머니가 외출하셨을 때 안방을 열심히 뒤져서 마침내 반짇고리 안에서 시디들을 찾아냈다. 결국 씁쓸한 기분으로 게임을 하고야 말았고 그러면서 계속 바보처럼 "작심사일이로고, 작심사일이로고"를 중얼거리며 내 머리를 쿵쿵 쥐어박았다. 아, 가엾은 중생이여.

또 좋아하는 게임 장르는 말하기 좀 그렇지만 연애 시뮬레이션인데, 블리자드사의 스타크래프트와 디아블로 + 미션팩을 정품으로 구입했더니 몇 달 동안 걸인(?)이 되어서 게임은 너무나 하고 싶은데 도저히 시디를 구입할 돈이 없었다.

그래서 저작권……, 그건 범죄……, 걸리면 형사 입건……, 뭐 그런 경고문들이 눈과 귀에 아른아른하기는 했지만 몽유병자처럼 '게임을 하고 싶어……, 게임을 하고 싶단 말이야…….' 하다가 결국 아는 사람을 통해 일명 '빽시디' 즉 복제 게임을 사고야 말았다. 나쁜 것은 알지만……, 너무 하고 싶어서. 이제 안 그래야겠다는 반성의 마음과 함께 열심히 플레이했는데 아무리 생각해 봐도 나한테 게임은 쥐약인 것 같다. 한번 손에 잡으면 눈에 초점 풀릴 때까지 하니 이 어찌 쥐약이 아니라고 말할 수 있으리.

글을 쓰는 지금도 자꾸 '두근두근 메모리얼' 시디에 손이 가서 그야말로 은장도라도 가져다가 허벅지라도 찌르며 글을 써야 할 지경이다. 도대체 컴퓨터를 발명한 사람이 누구야?라고 괜히 어쩌고저쩌고 욕을 하면서도 내심 게임 시나리오도 써보고 싶고 연출도 해보고 싶다고 생각하는 걸 보니 나는 참 여기저기 손대다 망하는 타입 같다.

게임에 빠진 진짜 이유

그런데 내가 연애 시뮬레이션 게임을 좋아하는 이유를 스스로 분석해 봤더니 꽤 묘했다. 예쁜 여자(뭐 미모야 남자 여자 가리지 않고 아름다운 거니까)가 나오는 게임은 게임말고도 만화, 영화 많으니까 예쁜 여자 때문은 아닌 것 같고.

일단은 연애 시뮬레이션 게임은 무척 간단하다. 사랑(연애)이라는 것이 얼마나 어렵고 힘겨운가. 그런데 게임을 하면 그냥 선물이나 팍팍 주고 데이트 신청이나 자주 하고 그러면 그렇게도 쉽게 '사랑'을 이룰 수 있으니 너무나도 인생이 간단해 보인다.

그러나 인생이 얼마나 복잡하고 사랑은 얼마나 손에 잡히지 않는가? 게임을 하는 잠시만이라도 그 달콤한 거짓말을 뻔히 알면서도 속아 넘어가고 싶었다. 인생은 간단해, 사랑도 쉬워. '시스템 종료'를 누르는 그 순간 환상은 산산이 부서질 것을 알면서도……. 하기야 그런 류의 게임들이 꾸준히 인기 있는 이유가 아마 그래서일 것이라고 생각해 본다.

또 하나 그것보다 좀더 절실하고 조금 서글픈 이유. 그런 연애 시뮬레이션 게임은 거의가 일본에서 제작된 것인데, 비주얼한 환경을 봐도 교실이나 복도, 교복 등 학교에 대한 묘사는 정말 우리 나라라고 착각할 만큼 흡사하다. 난…… 아마도 떠나온 학교에 대한 그리움이 마음속에 꽤 컸던 모양이다. 한심하게도 그 나이에 가질 수 있는 정감이 꽤나 그리웠나 보다. 물론 그만큼 얻은 것도 많지만……, 그토록 오랫동안 보지 못한 친구들이 그리웠고, 잃어버린 시절에 대한 아쉬움이 컸나 보다. 긴 시간 동안 아닌 척해왔지만 사실은 사실이다.

나는, 그립다……. 책상 위에 엎어져 침흘리고 쿨쿨 자고 있을 때 톡톡 치며 깨워주던 친구 지혜, 주말이면 같이 대학 밴드 공연 보러 많이 다녔던 현경이, "으이구 기집애"라는 말을 잘 하던 지영이, 그리고 얌전하고 예쁜 또 다른 지영이, 학교 그만두는 날 꽉 끌어안아 주던 윤순이, 동그란 눈이 귀엽던 가연이, 키 크고 시원시원 하던 경화…….

지금은 나를 잊었을까? 떠난 지 오래되어 이름은 잘 기억나지 않지만 또 다른 친구들……. 1학년 9반 그 애들은 지금 다 나를 잊었니? 나는 있잖아, 너희들이 보고 싶은데……. 내가 그 게임을 했던 것은, 단지 게임을 즐기기 위한 것이 아니었다. 나는, 학교가 보고 싶었다. 자기 자신을 가엾게 생각한다는 것은 그 자체로 아주 불쌍한 일이다.

그러나 컴퓨터 앞에서 게임의 교실 캡처 화면을 보며 내가 사실 찾고 있었던 건 게임의 재미가 아니라 잃어버린 학교 생활이었다는 것을 알아버린 날, 애써 부정하려 하던 '나·는·학·교·가·그·립·다'라는 것을 인정해 버린 그날, 그 교실 화면 앞에서 지혜야, 경화야, 지영아, 현경아, 윤순아……, 부르며 울어버렸던 그날에…….

아주 오랫동안 허락하지 않았던 감정, 나는 나에게 연민을 느꼈다. 아무 것도 아닌, 그냥 작은 여자애가 교실 그림 앞에서 친구들을 부르며 울고 있었다. 눈을 감고 생각해 본다. 친구들이, 그립다…….

편지들

지금 이 생활도 힘들어하는 네가 사회에 맞닥뜨렸을 때 그걸 어떻게 견딜까 싶어. 그래, 네겐 이런 말을 하는 내가 구식이구 고정 관념에 파 묻힌 선생님들하구 똑같다고 생각될지도 몰라. 하지만 현진아 솔직히 나는 걱정이 돼.

하지만 너의 생각대로 하겠지. 네 앞길에 좋은 일이 생기기만을 기도 할게. 어려운 일 생기면 연락하구 항상 너의 뒤에는 든든한 우리들이 있 다는 걸 잊지 마!

97. 6 진희

…… 물론 너에겐 그 길이 훨씬 더 편할 수도 있겠지만 보통 사람들의 눈으로 볼 때엔 평탄하지 않은 길로 가는 네가 어떤 일이 있어도 좌절하

지 않았으면 해, 알았지?

 걱정이 많이 앞서지만 넌 잘할 거라, 해낼 수 있을 거라 생각해. 그리고 힘이 들면 언제라도 연락해 줘…….

from 희영

 ps 주위에서 뭐라고 그러던 네 길로 그 길만 보면서 가.

 지영이가 쓰는 말

 넌 행복한 애야. 우린 너 같은 용기도 없잖아. 꼭 성공해서 고등학교 때 선생들이 했던 말 매스컴에 불어버려!

 너한테 꼭 하고 싶은 말이 있어. 너 학교 그만두면 우린 누굴 믿고 선생한테 개기지?

 난 네가 떠나는데 안 좋은 소리 안 할래. "미쳤어!" "제정신이야?" 따위. 남들과 좀 다르다고 그런 소리 하는 건 공평하지 못하잖아. 아마 평생 널 잊진 못할 거야. 너두 알다시피 너 좀 특이하잖아. 그래서 내 평범한 일상에 니 인상이 찍혀졌거든.

 니가 떠나면 많이 보구 싶겠지만…….

 솔직히 지금이라두 너 잡구 늘어지고 싶지만……. 너도 많이 고민해서 결정한 일이고……. 넌 새장에 갇혀 하염없이 목 늘이구 하늘만 바라보는 우리 같은 새들하고는 달라. 넌 날아도 아주 높이 날아야 할 거야.

널 보내면서 마지막으로 부탁할 건, 제발 몸조심해라.

니가 바라는 일 해서 꼭 큰 사람 되서 언젠가 예쁜 미소로 다시 만날 수 있을 거야.

그럼, 안녕.

6. 9 가연

너희들이 얼마나 보고 싶은지 모를 거야…….

4장

나, 그리고 나의 사랑

나라는 아이는

나는 지금 18살이고 보편적인 기준에서 본다면 흔히 말하는 사춘기일 것이다. 그러나 나는 사춘기라는 말을 좋아하지 않는다. 일시적인 방황, 이유 없는 반항 등이 사춘기의 특징이라면, 나는 세상을 인식하기 시작한 순간부터 늘 방황해 왔고, 나의 반항에는 언제나 이유가 있었기 때문이다.

나는 흔히 말하는 옆 학교 남학생에 대한 연정을 품은 적이 없고 얼굴 같은 것으로 고민하지는 않았다. 철들기 시작한 이후로 나를 그렇게 괴롭힌 것은 내 안에서 생성되어 나를 부대끼게 하는 의문들이었다. 어떻게 살 거니로 시작되는 의문들. 그 뒤로 줄줄이 꼬리를 물고 이어져 나오던 나 자신에 대한 강렬하고 아픈 물음들. 내 젊은날의 방황은 언제나 그 물음들로 시작되었고 그 물음으로 종결되리라.

흔히들 매스컴에서 나를 거론할 때 부록처럼 이름 앞에 딸려 나오는 거추장스러운 이름들이 우연히 얻어진 것은 아니었다. 그런 것들을 보고 사람들이 생각하듯 나는 처음부터 그렇게 눈에 확 튀는 유니크한 아이는 아니었다. 나는 내가 사는 순간마다 내 자신과 의논해 내가 옳다고 여긴 길을 갔고, 그 순간의 선택들이 나의 인생 전체를 바꾸어놓았다.

언제부터 시작되었을까. 14살 때, 교과서에 틀어박히는 것이나 가수를 보고 소리지르는 것으로는 서슬 퍼런 젊음의 에너지를 감당할 수 없어 미친 듯이 영화를 보았고 영화평을 휘갈겨 써 내려가기 시작했다. 그 에너지를 버텨내어 보려 학교 방송반의 8mm 카메라의 뷰파인더로 세상을 보기 시작했고, 나의 인생은 그 자그마한 선택들이 모여 서서히 달라지기 시작했다.

그 순간들부터 나는 김현진이 되기 위한 길을 걷기 시작했던 것이다. 그리고 작은 선택을 나름대로 결정하기 시작하는 것은 자기 스스로의 인생을 경영하는 첫 발자국이 된다.

내 경우에 그 최초의 족적은 아마도 고등학교 때 그야말로 '자발적 퇴학'을 감행했을 때일 것이다. 그렇지 않아도 한국의 제도 교육은 복지는 커녕 인권도 찾아보기 어렵다는 생각을 하던 즈음에 그 지겨운 학교 생활을 견디는 데 조그만 위로가 될까 싶어 개인 비디오 작업을 해보려던 내게 학교측에서는 지레 견제하기 시작했다. 아마도 학생들을 '현혹' 하지 않을까 하는 우려와 함께 시사 프로 같은 분위기로 학교에 메스처럼 카메라를 들이댈까 봐 심기들이 매우 불편했던 듯했다.

영화는 내가 사는 이유였다. 그러나 진정한 아카데미즘이라는 것이 학교라는 이 회색 공간에 어디 있는가. 이제 차임벨 소리에 맞춰 남이

하라는 대로 하는 생활 따위는 하지 않으리라. 내가 스스로 택해 간 학교라면 몰라도 주소지에 따른 무조건적 배정, 소위 '뺑뺑이'에 의한 선택에까지 내가 책임질 필요는 없다고 여겼다.

세상은 내가 스스로 한 선택을 책임지기에도 너무 버거워보였다. 자퇴를 결심했다. 부모님의 완강한 반대, 주위 사람들의 '그거 하나 못 참으면 사회 생활을 어떻게 하려느냐'라는 비난, 예상했지만 많은 말들이 내게 쏟아졌다.

자신을 지탱하기가 그렇게 힘겹게 느껴졌던 일은 흔하지 않았다. 지나치게 고집세다는 탓을 들으면서도 나는 결국 자퇴했다. '중심을 잃지 말자, 중심을 잃지 말자.' 하고 나는 되뇌었고, 내가 옳다고 여긴 대로 했다. 중심을 잃지 말자라는 스스로에 대한 다짐들, 그리고 작은 선택들이 모여 지금의 김현진을 만든 것이다.

날아오르고 싶었다. 나의 부족함, 나의 실수들, 나의 나약함을 딛고. 언제까지 나 자신에게 너그러울 수 있을까라는 의문을 안고. 그때가 다가오기까지는 나는 그저 순간에 충실하고 내 자신에게 정직하리라. 내가 해온 모든 일들, 내가 품었던 모든 기억들을 결산해야 할 때가 오기 전까지는 나는 그저 진실하리라고 다짐할 따름이다. 아팠지만 소중했던 17살의 방황을 안고 나는 그렇게 날아오를 것이다. 단 하나 내가 알 수 있는 것은, 나는 어리석었고, 어리석고, 어리석을 것이다.

그럼에도 불구하고 내가 나 자신을 탓하지 않는 이유는, 내가 열심히 살았다고 말할 수 있는 단 하나의 이유는, 나는, 아파했다는 데 있다. 모든 나의 행동들, 타인에게 짐스러웠을지 모르는 나의 행동의 편린들과 순간순간 느끼는 감정의 파편들을 철저하고 곱씹고 오래 기억했다. 부대끼는 아픔들에 직면해 깊이 마음에 새겼다.

그것이, 바로 그것이 나의 방황이다.

남자를 밝힌다?

후훗. 소문만 무성하지 별일도 없었다가 아마 맞는 일일 듯하다. 하고 싶지 않아서 안 벌인 것이 아니고 내가 능력이 없어서 일을 못 벌였다. 요즘 애들 다 옛날보다 똑똑해져서 중고등학생 때 남자 친구 한 명 없는 애가 없고 그렇다고 해서 어른들이 걱정하는 대로 공부고 뭐고 다 팽개 치고 남자 친구 여자 친구랑 놀러다니는 데 정신 다 나가지는 않는다.

그런데 나는 뭐 얼굴이 그렇게 예쁜 편도 아니고 몸매가 날씬한 것도 아니고 심각병에다가 TV도 잘 안 보니 같은 또래하고 얘기하다 보면 왕 따되기 십상이고 맨날 소설책 같은 것만 붙들고 있으니 재미도 없는 매력 없는 소녀였다. 그러니 로맨스 사건을 벌여보고 싶은 마음은 굴뚝같 았는데 한마디로 능력이 없으니 벌이지도 못한 것이다. 게다가 여중, 고를 다녔으니 여학교나 남학교를 다닌 분들은 아시겠지만 얼마나 이성을 만날 기회가 없는가? 내가 형제가 없고 워낙 외로움을 잘 타는 성격이다 보니 남자 친구를 한번 만들어보고 싶었다. 열심히 여러 루트를 통해 애를 써봤지만 외모가 워낙 안 받쳐주다 보니 씨앗만 무성하고 싹이 틀 토양이 안 되어 열매도 못 맺었다.

1998년 후반에야 주위에 남자 친구라고 소개했던 친구를 처음으로 사귀어보았는데, 그 친구는 내가 이런(?) 사람인지 전혀 몰랐다. 학원에서 만났으므로 그저 내신 때문에 자퇴하고 수능 준비하는 아이일 것이다라고 생각했는데 본색(?)을 드러내는 것을 보고 굉장히 실망하고 또 내심 싫어하는 것 같은 모습을 내가 보았다.

그저 평범하게 옷 잘 입고 키하고 얼굴도 적당히 받쳐주고 놀기 좋아하는 아주 평범한 친구였는데, 그러다 보니 항상 내가 예쁘지 않고 패션 감각도 별로 없는 것이 참 미안했다. 게다가 내가 평범하게 살지 않는 것에 대해 내심 불만이 많았던 것 같았고……. 그럴 수밖에 없었으리란 생각이 든다. 내심 나를 '감당하기 힘든 애'라고 생각했던 것도 어쩔 수 없었다. 내가 감당하기 힘든 애였던 것은 사실이니까.

사회 문제에 대한 생각도 그냥 그렇고, 주위에서 보기 쉬운 적당히 잘 생기고 놀기 좋아하는 소탈하고 평범한 친구였다. 나와 전혀 닮은 점이 없는. 얼마 만나지 못했지만 만나는 동안 '그만 만나'라는 소리를 굉장히 많이 들었다. 그 친구도 인정한 일이지만 공감대를 형성할 만한 기반이 전혀 없는 사이였기 때문이다. 그런데 내가 그 친구를 많이 좋아했었다. 왜 그랬을까? 나는 그때 천식이 최절정에 도달해 응급실에 실려가고 하루에도 몇 번씩 의식이 가물가물해지는 등 굉장히 몸이 안 좋아서 날마다 온갖 청승맞은 생각을 다 했다. 의식이 가물가물 할 때는 정말 이러다 죽는 것이 아닐까 하는 생각에 두렵기도 했고.

그 친구는 굉장히 소탈하고 활발했다. 한마디로 파워가 넘치는 친구였다. 나는 그것이 너무나 부러웠고, 그 생명력을 선호했다. 하지만 지금은 더 이상 만나지 않는다. 글쎄……. 나는 몸이 아파서 그런지 감정이 굉장히 예민한 편이다. 그런데 그 친구는 그렇게 예민한 편이 못 되어 자주 나의 마음을 무심코 아프게 하곤 했다. 물론 나도 잘못한 것이 많지만, 나는 그럴 때마다 너무나 속상해 다시 나도 모르게 심하게 기침이 나곤 했다.

게다가 나는 내가 그 친구를 괴롭히는 것이 너무나 싫었다. 나는 아프고 초라해 보이고, 그 친구는 건강하고 활발하고. 그래서 자주 아무 이유 없이 화를 내고, 그 친구는 그런 섬세한 것까지는 이해 못하니까 같이 화를 내고 싶은 기색이 역력했지만 그래도 참고 받아주고 나는 또 티도 못 내고 너무 미안해 하고. 한동안 잦아졌던 기침이 본격적인 겨울이 시작되면서 함께 찾아왔다. 나는 겁이 덜컥 났다. 분명히 나는 또 슬픈 마음에 신경질을 내고 그 친구는 이해 못하고 스트레스받고 '또 그런 악순환이 계속되겠구나, 또 내가 괴롭히겠구나.' 하는 생각이 드니까 미칠 것 같았다. 그래서 그 친구를 포기해 버렸다.

게다가 내가 받고 싶은 것은 이해였다. 나라는 초라한 한 존재에 대한 진심 어린 이해. 그러나 그 친구는 내가 답답한 감정을 실토하고, 이해해 주기 바라면 너무 이상하다는 듯이 나를 대해 그때마다 내 마음을 너무 아프게 했다. 그래서 내가 그 친구를 잠시 많이 좋아했는데도 그냥 마음속에 묻어둬야 하는 기억이 됐는지도 모르겠다. 내가 부린 신경질, 섬세한 감정을 이해 못하고 그 친구가 준 상처들, 이런 것도 먼 훗날 생각해 보면 아마 귀여운 기억들이 되어 있겠지. 그랬으면 좋겠다.

지금은 뭐 그렇게 딱 남자 친구를 갖고 싶다는 생각은 안 한다. 물론 나도 크리스마스라든가 무슨 데이라든가 그런 날에 히스테리 증상을 보이기는 한다. 하지만 어차피 나 같은 인간을 감당할 수 있는 인물이 그리 흔치 않다는 것에서부터 게임 오버이고, 나를 이해해 주는 사람, 내가 좋아하는 사람이라고 나와 어떤 특별한 관계를 형성할 수 있는 일도 아니고. 이성애가 꼭 외로움을 가시게 해주는 것은 아니니까.

누구나 사랑이 모든 고통을 해결해 주리라 하는 환상을 가지게 마련이다. 그러나 나는 그 환상을 어쩌면 일찍 깨달았는지도 모르겠다. 사랑은, 사랑 그 자체이며, 또한 사랑도 생활이며 인생의 일부일 뿐이다. 자신의 선택에 책임져야 하는 생활.

아버지의 생일에 부쳐…

태백산맥의 푸른 정기와

낙동강 상류의 맑은 정기에서 만들어진 투명한 영혼을 받아서

그는 이 세상에 태어났습니다.

태백산맥을 닮아 곧고 서늘한 의지, 강물의 고고함과 청순함을 닮아

선하고 맑은 심성을 타고난 그는 세상의 영광을 꿈꾸었으며

흐트러짐 없는 젊은 시절을 보내었습니다.

그러나 그를 누구보다 사랑한 주님은

그를 세상으로 보내시는 대신 자신의 종으로 삼으셨습니다.

나는 압니다.

주님은 날아가고 싶었던 그의 날개를 접으신 것이 아니라

언제나 매의 눈을 하고 있는 그의 날개를 더 크고 빛나게 하셨음을.

어느새 그는 주님이 정해준 이를 만났고

너무나 부족한 자녀도 갖게 되었습니다.

세월이 그를 피곤케 하였고

그의 머리색을 곤고함으로 희게 하였지만

그의 환하고 맑은 눈빛을 손댈 수는 없었습니다.

지금 그는 철없고 말 많은 양들을 돌보느라 지쳐 있지만

오직 주님만은 그의 눈동자에 변함없는 광채를 주십니다.

기도의 사람.

철저한 하나님의 사람.

미소가 빛나는 휴머니스트.

언제나 내가 아닌 우리를 먼저 생각하고

지나친 곧은 성격으로 때론 아내의 맘을 쓰리게도 하지만

나이가 들어도 퇴색치 않는 그 미소로 모두의 마음에 등불을 밝히는

그는 주님의 열세 번째 제자.

가끔 난 사랑에 넘친 그가 만만한 나머지 심통을 부리기도 하지만 그
는 너그럽고 올바른 마음의 사람.

뼛속까지 철저한 하나님의 사람.

세상의 가장들처럼 그의 뒷모습은 작아지는 것이 아니라

주님을 힘입어 날로 당당해집니다.

언젠가 그의 양들이 이 세상을 가득 채울

가장 성실한 목자.

나는 그를 아버지라 부릅니다.

나의 사랑하는 아버지.

그 마음 말하기는 어렵지만
지금은 눈물이 넘쳐 말하기 쉽지 않은 이름.
나는 그분을 아버지라 부릅니다.

할머니, 사랑해요!

세상에서 누가 제일 좋아?

보통 어린 아이들에게 사람들이 짓궂게 던지는 질문들이 있다. 더 이상 그런 질문들을 받지 않을 만큼 나이를 먹은 요즈음에도 내가 기억하는 질문은 "세상에서 누가 제일 좋아?" 하는 질문이다.

보통 다른 아이들은 "엄마요." "아빠요." 이렇게 대답했던 것으로 기억한다. 그러나 나에게 그런 질문을 던지면 나는 한치도 망설이지 않고 (속으로 아주 시시한 질문이라고 생각하면서) "할머니요." 하고 대답했다. 심지어 나는 아주 어릴 적부터 놀다가 어디를 다치기라도 하면 먼저 "엄마……." 하며 울음을 터뜨리던 다른 아이들과 달리 "할머니……." 하며 울어버리곤 했다. 지금도 힘든 일이 있으면 '할머니…….' 하는 말이 먼저 나온다.

이런 말을 들으면 부모님이 맞벌이하셔서 할머니가 나를 키우셨나 보구나 하고 생각하는 사람들이 많은데 그건 천만의 말씀이다. 내가 일생을 통틀어 할머니와 보낸 시간은 얼마 되지 않는다. 부모님 중 아버지를 일찍 여의고 딸 넷을 다 힘겨운 바느질로 고등학교까지 졸업시킨 분. 할머니는 경북 경산에서 태어나셔서 고된 일생의 대부분을 대구에서 보내셨고, 나는 대구에서 태어났지만 5살 때 아버지를 따라 서울로 거주지를 옮겼다.

그래서 초등학교 입학 이후에는 방학 때라야 할머니를 뵐 수 있었기 때문에 나는 늘 방학만을 손꼽아 기다렸다. 이모할머니도 서울에 사셨기에 여느 분들 같으면 여동생과 딸 내외를 방문하러 상경하실 수도 있겠지만, 할머니는 만성적인 허리 디스크 때문에 일상적인 거동조차 꽤 불편하셨다. 그리고 그 사실은 그분의 생전 내내 나의 마음을 아프게 했다.

대여섯 살 때부터 나는 틈만 나면 할머니에게 편지를 썼다. 그때 나의 소원은 인형이나 자전거를 갖고 싶은 것이 아니라 '대구에서 살고 싶다'는 것이었다. 정말 나는 그때 얼마나 간절히 대구에서 할머니와 살고 싶었던지. 결국 그것은 이루어질 수 없는 소망이었고 나는 어린 마음에 할머니를 향한 절절한 그리움들을 서툰 글씨로 종이에 적어 대구로 보냈다. 항상 '할머니 보고 싶어요'로 시작해 '할머니 허리 낫게 하나님께 기도하고 있어요'로 끝나는 애처로우면서도 귀여운 마음들이었다.

보통 할아버지, 할머니들의 손자들을 향한 사랑은 일방적인 경우가 많다. 손자들의 입장에서 조부모님들의 사랑을 이해하기까지는 조금은 나이를 먹을 때까지 기다려야 하고 그때가 오기 전에 연로하신 분들은 돌아가신다. 그러나 우리 할머니와 나의 사랑은 말 그대로 쌍방향 통신이었다고 나는 자부한다. 왜냐하면 할머니는 대화하는 법, 사랑하는 법을 아시는 분이었고, 나는 사랑받을 준비가 되어 있었기 때문이다.

내 부모님들은 엄하셨다. 특히 어머니는. 자식이 외동딸에 성직자의 자녀이다 보니 어디 가서 버릇없이 굴기라도 하면 "외동딸이라서 저런다"라는 소리를 듣기도 해서 아버지 하시는 일에 누가 될까 하는 염려에 나를 굉장히 엄격하게 키우셨다. 게다가 아버지는 공부를 좋아하셨는지 갓 결혼했던 신학교 시절부터 최근 석사 과정을 밟기까지 계속 공부를 해오셨다.

경제적 환경이 여유로웠던 것도 아니고, 신학생이라는 사람들의 살림이라야 다 빤하지 않은가. 그 바람에 아버지의 꿈인 공부의 몫만큼 어깨에 짊어져야 할 짐이 많았던 어머니는 극심한 생활고에 시달렸고 내가 태어난 후에도 지나치게 예민했던 나에게 세심할 만큼 다감하시지는 못했다. 어머니의 말을 빌리면 '애는 생전 처음 키워보는 데다' 나 같은 애는 처음 봤기 때문에 도대체 이해가 안 갔다는 것이었다. 하긴 나는 어머니의 표현대로 '키우기 아주 당혹스런 아이'였다. 내가 봐도 나 같은 애를 키우기는 정말 힘들었을 것 같다.

나는 항상 몸의 성장 속도와 머리의 성장 속도가 일치하지 않아 스스로도 고생스러웠는데, 무슨 일이든 납득이 가지 않는 일이면 이해가 될 때까지 누가 때려죽여도 꼼짝도 하지 않는 고집스런 꼬마였기에 얼마나 어머니의 힘든 생활에 골칫거리가 되었을까. 게다가 나는 부당하게 여겨지는 일이면 누구 앞에서건 망설이지 않고 즉각적으로 항의하는 성격이었다. 지금도 타협이 쉽지 않은 성격으로 상대가 손위 언니, 오빠이든 부모님이든 정당치 않아 보이면 절대로 굽히지 않던 나는 순수했지만 아주 피곤한 아이였으리라.

지금이야 대여섯 살 때보다 성장해서 세상엔 그렇게 정당한 것들만 있는 것도 아니고, 내가 받아들이지 않는다고 해서 고쳐지는 것도 아니고, 그냥 본 척, 못 본 척 살아야 인생이 편하다는 것을 안다. 하지만 책에서 습득한 지식들만을 가지고 세상을 바라보던 꼬마에게는 세상은, 어른들은 너무나 모순으로 가득 차 있었다. 지금이야 그때보다 10년쯤 더 살았으니 얄팍한 경험이나마 뒷받침되어 대여섯 살 시절보다는 훨씬 살기가 수월하지만.

내가 세상을 인식하기 시작하던 때는 문자 매체를 완벽하게 이해하던 때와 시점이 일치하여 정말이지 내가 늘 들여다보던 책 속 세상과 내가 살아가는 세상이 틀린 것이 조숙한 나에게는 견디기 힘들었다. 그러니 주위의 온갖 사람들에게 질문을 퍼부었고 따지고 들었고 이해하려 애썼다. 동시에 이해하지 않으려 애썼다. '5공이 뭐야' 등의 질문을 던지고 납득이 될 때까지 꼼짝도 하지 않던 일곱 살짜리 꼬마는 얼마나 당돌해 보였을까. 아마도 그 당시 내가 가장 많이 들었던 대답은 '넌 몰라도 돼'였다고 기억한다. 그리고 나에게 그런 말을 한마디도 하지 않았던 유일한 분이 바로 내 할머니셨다.

아름다운 만남을 위한 기다림

어려운 살림에 지쳐 내 질문에 일일이 대답해 줄 여유도 없을 뿐더러 생전 처음 키워보는 자식이 황당한 성격이라 당황했던 엄마는 무심코 나에게 상처를 많이 입혔다. 지금이야 가장 서로를 이해하는 다정스런 모녀 사이가 되었으니 담담히 이야기할 수 있지만 그 당시 나에게는 가장 무서운 사람이 엄마였다. 내가 어떤 일이 도무지 납득이 안 가 꼼짝도 하지 않으면 당황스럽고 화가 났을 엄마는 나에게 매를 대곤 했고 나는 뭔지 모르지만 내가 잘못했나 보다 생각하면서도 매가 너무 싫었다.

나에 대한 주위 사람들의 평가는 '똑똑하지만 이상한 애' 또는 '너무 똑똑해서 이상한 애'였다. 그러니 나는 아무 것도 모른 채 생활에 찌든 어머니의 속을 뒤집었고, 더 나빴던 것은 내가 어머니의 속을 뒤집고 있다는 사실을 그때 몰랐다는 것이다. 이유도 모른 채 어머니에게 매를 맞는 어린 아이의 심정이 어땠을까. '못된 아이'라는 주위의 평가와 함께. 어릴 때를 생각해 보라. 얼마나 많은 사람들이 아이들을 '착한 어린이'와 '나쁜 어린이'로 갈라놓았던가. 게다가 으레 아이들이 착한 행동을 하도록 어느 정도 겁을 주기도 한다. 가령 나쁜 아이는 하나님이 벌준다 등등으로.

그래서 나는 늘 엄마를 두려워했던 데다 죄책감에 항상 시달렸다. 그 후유증은 지금까지 계속 남아 있다. 심지어 나는 할머니가 내가 태어나던 해에 디스크에 걸리셨다는 것을 안 뒤, 어린 마음에 '내가 나쁜 아이이기 때문에 벌주려고 하나님이 내가 사랑하는 사람을 아프게 했을 거다. 할머니가 편찮은 것은 나 때문이야'라는 생각에 수년을 괴로워했다. 게다가 늘 '착한 아이가 될 테니 제발 할머니를 낫게 해주세요.' 하고 하나님께 열심히 기도해도 할머니는 낫지 않으셨기 때문에 나는 또 '내가 나쁜 아이라서 하나님이 기도를 안 들어주시는 것이다'라는 자책에 시달렸다. 주변에서는 산타클로스 일화처럼 하나님도 나쁜 아이 기도는 들지 않으신다고 가르쳤으니까.

내가 조금 철이 들어 그런 죄책감에서 어느 정도 벗어날 때까지 나는 끊임없이 괴로워했다. 주위 사람들도 다 내가 잘못했다는 표정으로 맞든 말든 말리지 않았고, 나는 내가 왜 잘못했는지 모르고. 내 어린 시절이 힘들었다면 이런 것 때문이다. 머리와 몸의 성장 그래프가 지나치게 일치하지 않았다는 것. 그런 나를 이해해 준 사람은 할머니였다. 늘 평온한 표정에 감정을 잘 드러내지 않으시던 할머니가 감정을 드러내는 것을 나는 꼭 세 번인가 보았다. 한 번은 할머니의 남동생이 교통 사고로 돌아가셨을 때. 그리고 나머지는 모두 나 때문이었다.

다른 사촌들은 다 대구에 살아서 보고 싶을 때 할머니를 볼 수 있는데 왜 나만 서울에 살까, 하며 나는 서울에서 목회하시는 아버지를 얼마나 원망했는지 모른다. 아버지도 대구에서 목회하시면 난 보고 싶은 할머니를 자주 볼 수 있을 텐데……. 훗날 아버지는 결정적으로 할머니가 돌아가셨을 때 나에게 씻지 못할 원망을 듣기도 했지만, 그 어린 마음에 나는 아버지가 얼마나 원망스럽고 서울에 사는 것이 얼마나 싫었는지 몰랐다. 서울역에 다달았을 때 기차에서 나오는 "아름다운 서울에서, 서울에서 살렵니다." 하는 노래가 소름끼치도록 싫었다.

열한 살 때인가 개학식 이틀 전 일이었다. 다음날이면 서울에 올라가야 하고, 그때는 또 겨울 방학이었기에 다시 할머니를 보려면 반 년 정도를 기다려야 한다는 사실이 도저히 가늠할 수 없을 정도로 막막하게 느껴졌다. 할머니와 둘이 문간방에서 자는데 나는 도저히 잠이 오지 않았다. 내가 잠을 못 이루고 뒤척이는 것을 아신 할머니는 왜 그러느냐고 물으셨고 나는 울먹이면서 또 오려면 반 년 넘게 기다려야 하는데 어떡하냐며 울어버렸다. 할머니는 나를 안아주시며 나직하게 말씀하셨다. 헤어짐이 없고 계속 만남만 있다면 사람 사이의 정은 아무 의미가 없는 거라고. 지금 헤어지는 것이 너무나 속상하고 할머니도 슬프지만 그만큼 기다려서 얻는 여름의 만남은 더욱 아름다운 거라고.

그리고 나를 달래시며 할머니도 눈물을 보이셨다. 내가 본 할머니의 눈물은 그것이 최초이자 최후였다. 그리고 할머니의 죽음 후 나는 계속 그 말을 기억했다. 헤어짐은 없고 만남만 있다면……. 할머니, 지금 슬픈 만큼 죽음 후 우리의 만남은 그만큼 더 아름다울까요? 그럴까요?

나를 믿어준 유일한 분

내가 외갓집에서 또 말썽을 일으켜 골방에서 어머니에게 열심히 맞고 있을 때였다. 이렇게 생겨먹다 보니 내가 얻어맞는 것을 아무도 말리지 않았고 그런 중에 교회 일로 외출하셨던 할머니께서 집에 돌아오셨다. 들어오자마자 소리지르는 엄마 목소리와 화가 나서 울어대는 나의 울음

소리를 들으신 할머니는 가방을 아무렇게나 던져버리시고 어머니가 잠가버린 골방 문을 쾅쾅 두드리셨다. 어머니는 잔뜩 화가 난 채로 "엄마는 가만 계세요!" 하고 소리쳤고 할머니는 계속 문을 두드리시며 정말 언짢으신 목소리로 "가만 못 있는다. 이 문 열어!" 하고 언성을 높이셨다.

내가 태어나서 처음 들어본 할머니의 노성이었다. 어머니도 내심 놀란 나머지 문을 열었고 늘 평온하던 할머니의 표정은 화난 표정으로 바뀌어 있었다. 문이 열리자마자 울어서 퉁퉁 부은 내 얼굴과 여기저기 빨갛게 부푼 상처와 멍들을 보시고 할머니는 굳은 얼굴로 엄마에게 "도대체 왜 이렇게 애를 때리는 거냐." 하고 따지셨다. 엄마도 흥분해 있었던 터라 "말을 안 들으니까 때리죠!" 하고 같이 언성을 높이셨고 할머니는 조용한 목소리로 "나는 네가 어렸을 때 애보다 더 말을 안 들어도 너한테 손 댄 적 없다." 하고 대꾸하셨다. 어머니는 그 말에 잠깐 머뭇거리더니 문을 닫고 나가버렸다.

할머니는 길게 한숨을 쉬시더니 나를 안아주며 달래셨다. 나는 속상해서 계속 울었고 할머니는 내 어깨를 잡으시며 "현진아, 엄마가 밉지?" 하고 말씀하셨다. 나는 물론 망설이지 않고 울먹거리며 고개를 끄덕였다. 할머니는 내 상처들을 들여다보셨다. 그러고는 한숨을 쉬시더니 나직한 소리로 '니 엄마도 아직 철이 덜 들었다.' 하고 혼잣말을 하셨다. 하기야 어머니도 아직 30대 초반이었으니. 그러고는 내게 엄마가 미워서 엄마 말을 듣고 싶지 않으냐고 물으셨다. 나는 물론 고개를 끄덕였다. 할머니는 다시 한숨을 쉬시고는 내 눈을 들여다보시며 "너 할머니를 사랑하니?" 하고 물으셨다. 나는 망설이지 않고 "네." 하고 대답했다. 할머니는 말을 이으셨다.

"할머니도 널 많이 사랑한다. 네 엄마가 아직 부모 노릇하기에 부족한 점이 있는 건 사실이지만 할머니가 낳은 딸이라 할머니는 네 엄마도 사랑해. 엄마가 미워도 할머니 딸이니까 사랑해 주면 안 되겠니? 말을 듣기 싫어도 할머니 딸이니까 니가 엄마 말 좀 잘 들어줄 수 있겠니?"

나는 아무 말도 할 수가 없었다. 사랑하는 할머니의 부탁인데 내가 어떻게 못한다고 말할 수 있을까. 나는 고개를 끄덕였고, 정말 그 후로부터는 어머니 말씀을 잘 들어보려고 '최소한' 노력은 했다. 정말로.

나는 그리 까다로운 성격은 아니지만 한번 마음먹으면 아무도 못 말린다. 귀찮은 것을 워낙 싫어하다 보니 잘 마음을 먹지 않지만. 고등학교 자퇴 문제가 내게는 그랬다. 말리지 않는 사람이 없었다. 부모님께도 험한 소리 꽤 들었고 하루에도 몇 번씩 혼자 고민하기도 했다.

보다 못한 부모님은 할머니에게 SOS를 쳤다. 얘가 한번 이렇게 폭주하면 말릴 수 있는 건 엄마밖에 없다고. 잘 설득해 달라고 어머니는 할머니에게 부탁을 드렸던 모양이었다. 하긴 날 다룰 줄 아는 사람은 할머니밖에 없었으니까. 부모님은 그 점을 믿고 내가 학교를 그만두지 않으리라 철석같이 믿으셨다.

나를 찾는 할머니의 전화가 걸려왔다. 나는 침을 꿀꺽 삼켰다. 할머니가 계획을 철회하라고 하면 나는 미치든 돌아버리든 그대로 따를 것이라는 사실을 알았기에. 할머니가 그때 자퇴하지 말라고 했으면 나는 아마 지금 그냥 고등학생이었을 것이다. 할머니의 첫마디는 의외로 "왜 그만두려 하느냐"였다. 대부분의 사람들은 무조건 학교를 그만두는 것이 말이 되냐고, 그 결심 꺾으라고만 나를 설득했는데. 나는 긴장해서 설명했다. 학교에 하루만 더 다녀도 나는 미칠 것만 같다고. 어차피 그들이 말하는 대로 대학가는 게 고등학교의 존재 이유라면 나는 이런 데서 상처받지 않게 차라리 나 혼자 대학 가는 게 낫다고.

할머니는 묵묵히 내 이야기를 들으셨다. 그러고는 단 한마디, "해라"라고만 하셨다. 어머니는 깜짝 놀라 할머니께 "설득해 달라고 하는데 그러면 어떡해요"라고 원망을 했지만 할머니는 태도를 바꾸시지 않았다. "애 하겠다는 대로 놔두고, 믿어라"라는 말씀만 하셨다고 한다. 아무도 나를 믿지 않을 때, 내 결심을 모두가 부정했을 때, 그리고 나조차도 주변에 떠밀려 나에 대해 확신을 갖지 못했을 때 나를 믿어준 유일한 분이었다.

1997년 학교를 그만두고 어디에도 소속되지 않게 되면서 나는 꽤 방황했다. 10년간의 제도 교육 시스템에서 갑자기 이탈(탈출)하고 나니 스스로를 어떻게 컨트롤해야 할지 방법론적인 면에서의 갈등도 많았다. 게다가 〈네가진(negazine)〉의 편집장 책무를 제대로 수행할 수 있을지 몰랐고, 또 갑자기 쏟아지는 매스컴과 타인들의 시선을 열일곱의 나이로는 감당하기가 버거웠다. 게다가 그것만 해도 너무나 갑작스런 일들이라 배겨내기 힘들었는데, 나를 완전히 K.O시킨 것은 아이러니컬하게도 늘 나를 잡아주던 할머니의 일이었다. 할머니는 위암 말기였다.

사람이 죽는다는 것은, 그리고 그것을 지켜본다는 것은 쉬운 일이 아니었다. 할머니는 8개월간 의연히 투병했고, 나는 사람은 금방 죽지 않는다는 것을 뼈저리게 느껴야만 했다. 나는 이 세상에서 가장 사랑하는 사람의 몸에서 모닥불처럼 생명이 꺼져가는 것을 무기력하게 지켜보아야만 했다. 그리고 나는 정말 미친 듯이 기도했다. 살려달라고, 우리 할머니를……

그 한 목숨을 조금만 더 잡아주시면 내것도 당신께 드리겠습니다……. 본래 당신에게서 온 생명인지 알지만 그 목숨을 조금만 더 늘려주시면 내 목숨에도 내 권리 요만큼도 주장하지 않고 당신이 원하시는 대로 다 드리겠습니다……. 그때가 수능 공부하면서 검정 고시 준비할 때인데, 새벽까지 책 붙잡고 있다가도 할머니, 하고 생각만 나면 눈물이 뚝뚝 떨어져 어지러웠다. 할머니, 할머니……. 그리고 붙잡고 있던 책을 도저히 더 들여다보지 못하고 기도했다. 할머니……. 조금만 더 곁에 있게 해달라고……. 검정 고시가 코앞에 닥쳤는데 나는 어지러웠다. 할머니, 할머니……. 이름만 불러도 어찌나 서럽던지.

평화로운 죽음

초여름쯤 할머니를 보러 갔었다. 꼼짝도 못하고 너무나 작아진 채 방에 누워 있는 할머니를 정말 떠날 수 없었다. 누워만 있어 부어오른 다리와 발을 하염없이 주무르며 할머니 앞에서는 눈물을 참았다. 당시에 부모님과 함께 갔는데 수요 예배 때문에 화요일에 집으로 돌아가야 했다. 사람에겐 정말 예감이라는 것이 있는 걸까. 내가 단과 학원 수업에 빠져

서는 안 된다며 아버지는 어서 올라가자고 했다. 내가 왜 그렇게 악착같
았는지 잘 모르겠지만 하여간 난 하루만 더 있다 가겠다고, 이유는 모르
겠지만 하루만 더 있다 가겠다고 악을 썼다.

하지만 우리 아버지 고집도 보통이 아니라서 공부하는 놈이 웃기는
소리, 하면서 억지로 올라가자고 했다. 옛날부터 한번 마음먹으면 누가
때려죽여도 제 맘대로 하는 성격이라 계속 악을 썼으면 가지 않을 수 있
었는데, 왜 악을 계속 쓰지 못했을까. 엄마도 아픈 할머니 곁에 조금이나
마 더 있고 싶어했기 때문에 아버지와 나 사이에서 마음이 우왕좌왕했
다.

한참 악을 쓰는 나에게 할머니는 힘없는 목소리로 "현진아." 하고 부
르셨다. "할머니 왜?" 하고 곁에 앉자 할머니는 힘겹게 입술을 달싹여
"가거라." 하고 말씀하셨다. 그 목소리에 나는 뭐라 더 할말이 없었다.
그리고 할머니 곁을 떠나기 전날 밤, 할머니는 나를 부르셨다. 그리고 자
리에서 일어나지도 못한 채 부들부들 떨리는 손을 들어 구겨진 만 원짜
리 지폐를 내미셨다.

다음날 "할머니, 갈게, 또 올게." 하면서 할머니의 차가운 뺨에 입맞추
고 나는 자꾸 돌아봤다. 나는 힐끗 돌아봤을 때 할머니의 그 텅 빈 눈동
자를 아직도 잊지 못한다. 왜냐하면 그게 내가 본 할머니, 내 사랑하는
할머니의 마지막 모습이었기 때문이다. 사람에겐 분명히 예감이란 게
있다. 나는 그날 웬지 하루만, 딱 하루만 더 있기를 간절히 원했고, 내가
서울로 돌아온 정확히 하루 뒤, 할머니는, 내 사랑하는 할머니는 돌아가
셨다.

그 사실을 듣고 아버지에게 얼마나 화가 났는지 몰랐다. 어차피 장례식 때문에 빠질 거 그까짓 학원이 중요한가…… . 사람이 그토록 진지하게 말할 때 안 듣고 왜…… . 엄마도 내 말대로 하루만 더 있을 걸 하고 통곡했고 아버지는 나와 엄마에게 미안해 어쩔 줄을 몰라했다.

할머니, 할머니…… . 불과 만 하루 만에 무거운 마음으로 상경했던 그 길을 다시 가는 나는 제정신이 아니었다. 도저히 믿어지지가 않았다. 할머니…… . 그 자리를 지켰던 큰이모에게서 들은 할머니의 임종은, 정말 잠자듯이 평안한 것이라고 했다. 유언 한마디 남기지 않고, 고요한 표정으로 조용히 하늘로 가셨다, 나의 할머니는…… . 지금도 나는 할머니, 하고 소리내어 부르기만 하면 눈물 때문에 제대로 말을 할 수가 없다.

입관을 하는 삼 일 내내 나는 빈소를 떠날 수가 없었다. 할머니가 저 상자에 담겨 안에 누워 있는데 내가 어떻게 떠날 수가 있을까…… . 영정 사진은 보기만 해도 끔찍했고, 나는 끊임없이 울었다. 이모부들과 아버지가 "하늘 나라에서 다시 만날 소망이 있는데 그렇게 울면 믿지 않는 사람들에게 흉이 된다." 하고 꾸중을 했지만 그런 건 상관이 없었다. 그렇게 삼 일 내내 울다가 이제 할머니를 땅에 묻으러 가야 했다. 관에 담긴 할머니가 집에서 들려나가는 것을 보며 또 얼마나 울었는지…… . 할머니, 할머니 계속 부르면서 미칠 것만 같았다. 차라리 미쳐버렸으면 했다.

할머니는 영구차 안에 실리고, 장례 행렬은 할머니가 삶을 헌신했던 대구 동신교회 앞을 한 바퀴 돌았다. 다시 못 올 길을 한 바퀴만 돌아버리고 그렇게 갔다. 영구차 안에서 얼마나 울었는지 할머니 친구분들인 권사님들도 연신 달래시다가 같이 울어버리시고 말았다. 이종 큰오빠가 영정을 가슴에 안고 산에 오르고, 할머니는 누워서 안식처로 향했다. 그리고 나는 울면서 그 뒤를 따라갔다. 할머니, 할머니……

일꾼들이 땅을 파기 시작했다. 퍽, 퍽 하는 흙 소리가 얼마나 끔찍하게 들리던지. 계속 땅을 파서 구덩이는 커져 가는데 나는 믿어지지가 않았다. 내 사랑하는 할머니, 할머니를 어떻게 저 흙구덩이 안에 넣어두고 이곳을 떠나야 된단 말인가. 관 뚜껑이 열리고 종이에 싸인 할머니를 그들이 꺼냈다. 할머니……. 뭐라고 말하고 싶었지만 아무 말도 나오지 않았다. 그들이 할머니를 흙구덩이 가운데에 놓았다. 사람이 흰 종이에 둘둘 싸여 흙 속에 놓여지는 것을 보는 것은 아주 끔찍한 일이다. 특별히 그 사람이 자신의 생명보다 더 사랑했던 사람일 경우는 더욱더. 안 돼, 안 돼……

어린 시절 이종사촌들과 함께 놀이터에서 흙장난을 하고 제대로 씻지도 않고 방안으로 들어오면 할머니는 약간 얼굴을 찡그리며 꾸중을 했다. "흙은 깨끗이 닦고 와라. 할머니는 흙 냄새 풀풀 나는 게 제일 싫어." 하고……. 할머니는 항상 흙 냄새가 제일 싫다고 했어. 근데 할머니를, 할머니를 흙 속에 눕혀놓고 다 그냥 가버리겠다니, 말도 안 된다. 할머니, 흙 냄새 싫어하잖아……. 할머니를 계속 흙 냄새만 맡게 놔두겠다니……. 나는 미칠 것만 같았다.

그럴 수는 없다. 할머니를 얼마가 될지도 모르는 시간 동안 흙 냄새 속에 놔둘 수는 없어. 미친 듯이 그렇게 중얼거리며 구덩이로 다가갔다. 할머니, 거기 있으면 안 되는데……. 이모들과 엄마가 나를 붙들었다. 나는 무슨 말을 하고 있는지도 모른 채 계속 중얼거렸다. 할머니, 거기 있으면 안 돼, 흙 냄새가 싫다고 했잖아……. 내가 미치든 말든 할머니는 거기 그냥 누워 있었고 그들은 삽으로 흙을 퍼서 퍽, 퍽 소리와 함께 종이에 싸인 할머니를 냄새 나는 흙으로 덮어버렸다. 나의 할머니를, 나의 할머니를…….

할머니가 그렇게 사랑했던 하나님도 할머니를 사랑했던 것일까. 6월 초, 그렇게 덥지도 않고 아름다웠던 초여름, 할머니는 그렇게 햇살이 시작되는 평화 속에 떠났다. 그리고 할머니를 땅 속에 혼자 놓아두고 돌아섰던 다음날, 비가 내렸다. 나는 홀로 누웠을 할머니에 대한 걱정에다 비까지 내려 한숨도 잠을 자지 못했지만 그 비는 할머니 무덤에 새로 깔아둔 잔디가 흙 속에 앉아 파랗게 피어나기 꼭 알맞을 정도로만 촉촉이 내렸다. 그분이 그렇게 사랑했던 하나님은, 그 무덤을 손수 돌봐주었던 걸까. 그랬던 걸까.

사랑해요, 할머니

할머니가 죽어버리면, 나도 더 이상 살 수 없을 것 같았다. 그러나 나는 할머니가 죽은 후 반 년이 다 되어가도록 이렇게 살고 있다. 하지만 할머니의 죽음 후 나는 달라졌다. 확연히. 차라리 이게 죽어버리는 것보다 더 무서운 것인지도 모른다는 생각이 든다. 나는 눈물 흘리는 법을 잊어버렸다. 그저 감정의 분출구로서 체액을 몸 밖으로 내보내는 작용말고 나는 진정 눈물을 흘리는 법을 잊어버렸다. 이제 나는 더 잃을 것이 없다. 그것이 어쩌면 가장 무서운 것인지도. 별로 잃을 것도 없고, 내가 뭘 잘해 봤자 말해 주고 싶은 사람이 없다.

할머니가 살아 계실 때 할머니가 좋아하시겠지, 하고 모든 일을 했던 나는 이제는 별로 사는 재미가 없다. 할머니는 그 정도로 내게 소중했다. 물론 그렇다고 막 살지는 않을 것이다. 내가 죽어 하늘 나라에 갔을 때 (갈 수 있을 것이라고 굳게 믿고 있다) 할머니의 표정을 생각하고 싶지 않으니까. 하지만 할머니의 생전과는 확연히 달라졌다. 아마도 나의 니힐리즘은 할머니의 죽음 이후로 더욱 분명해졌는지도 모르겠다. 잃을 것은 없다. 이제 두려울 것도 없다. 그러나 살아내야 한다. 후회 없는 삶을……. 훗날 할머니가 있는 곳으로 가서 사랑하는 할머니를 보았을 때, 그분의 얼굴에서 미소를 보고 싶다. 단지 그 이유 하나로 나는 살아내야 한다.

기독교인들은 껍질일 뿐인 육체는 아무 의미가 없다고 하지만 그런 관점에서라면 나는 지극히 비신앙적인지도 모르겠다. 물론 나도 할머니가 천국에서 쉬신다는 사실을 철저하게 믿는다. 하지만 나는, 할머니가 지금 누워 계신 대구의 일기 예보에조차 자꾸 마음이 쓰인다. 어쩌다가 비가 왔다. 날씨가 춥다 하는 소리만 들어도 가슴이 철렁, 하고 내려앉는다. 하늘에서 편히 있는 할머니를 위해 더 이상은 울지 않으려 했는데, 날씨가 조금만 이상하면 자꾸 눈물이 난다. 할머니, 안 추워? 할머니……. 거기 누워서 안 추워? 겨울인데……. 자꾸 추워질 텐데 할머니 어떡해……. 할머니는 하늘에 있다는 거 알면서도 나는 자꾸 할머니 누운 자리에 너무나 마음이 쓰인다. 내가 너무나 사랑했고, 안기고 의지했던 그 육신이 누운 곳에…….

　오늘도 바람이 불면 내 심장도 같이 덜컹거린다. 할머니, 안 추워? 그리고 어김없이 눈물이 난다. 그리고 가끔은 너무 바보같이 걱정이 된다. 평생 앓아왔던 할머니의 허리 디스크. 천국은 아무 고통 없는 나라라는 것을 믿으면서도 갑자기 바보같이 걱정이 된다. 그래서 정말 하늘을 쳐다보며 미친 듯이 혼자 묻기도 한다. 할머니, 인제 허리 안 아파? 할머니, 거기 있으니까 좋아? 허리 안 아파? 정말 안 아파? 물론, 대답은 없다…….

　모든 눈물을 그 눈에서 씻기시매 다시 사망이 없고 애통하는 것이나 곡하는 것이나 아픈 것이 다시 있지 아니하리니 처음 것들이 다 지나갔음이러라 (계 21:4).

　할머니를 조금만 더 곁에 있게 해달라는 나의 기도는 이루어지지 않았다. 그러나 어쩌면 나의 기도는 이루어진 것인지도 모른다. 나는, 철이 들던 시절부터 언제나 할머니의 허리 디스크 때문에 너무나 마음이 아파 늘 기도했다. 할머니에게 아픔이 없게 해달라고. 내 사랑하는 할머니에게 아픔을 제해달라고.

　그분은 이제 고통 없는 곳에 있다. 나는 할머니를 한동안 다시 만날 수 없다는 슬픔보다는 할머니가 이제 허리 아프지 않을 거라는 사실이 훨씬 더 기쁘다. 이제 할머니가 허리를 두드리며 얼굴을 찌푸리지 않아도 되겠구나, 이제 할머니는 약을 드시지 않아도 되겠구나……. 그것을 생각하면 내 슬픔 정도는 참을 수 있다. 아주 어렸을 때부터 할머니가 허리 아프지 않을 수 있다면 내가 죽어도 좋다고 생각했으니까. 할머니의 죽음은 나 자신의 죽음보다 더 견디기 힘들었지만 할머니는 이제 아프지 않을 테니 나는 견딜 수 있다.

할머니.

내가 너무나 사랑한 것 아시죠? 정말 사랑했어요. 나는 열심히 살다 그리로 갈게요. 아주 잠시만 기다리세요. 내게 허락된 시간 지나고, 다시 아픔이 없고 다시 헤어짐이 없는 그곳에서 가장 아름다운 모습으로 다시 만나요. 다시 눈물이 없고 다시는 이별하지 않을 곳에서, 우리 영원히 행복하게 다시 만나요. 할머니, 정말로 사랑해요…….

마인드가 문제다

자퇴 청소년 대표

1998년 9월, 10여 년 만에 청소년 헌장이 개정되면서 청소년 헌장 개정 공청회가 열렸다. 문화관광부와 청소년개발원이 개최하고 연세대 조혜정 교수님이 사회를 맡아서 진행된 이 행사에 나도 참여하게 되었다. 한국예술종합학교 합격 소식도 들은 지 얼마 되지 않아 시간도 많았고 어찌어찌하다 보니 패널이 되어 머리를 긁적긁적하며 행사 장소인 세종문화회관을 향했다. 도착해 보니 패널의 숫자는 성인 6명, 청소년 6명이었다. 주최측은 이 공청회가 지금까지 한번도 이루어지지 않았던 새로운 시도라며 흥분을 감추지 못했다.

정부측에는 미안한 소리지만 나는 내심 기가 찼다. 물론 지금까지 없었던 일이라는 것은 맞다. 그러나 당연히 청소년이 중심이 되어야 할 청소년 헌장에 관련된 일인데 당사자인 청소년의 참여 기회가 지금까지 전혀 주어지지 않았던 것이 비정상적이다. 그러므로 '이제서야' 참여시켰다는 것은 자랑스러워할 일이 아니라 사실 부끄러운 일이다. 오히려 당연히 참여 기회가 보장되었어야 했음에도 불구하고 시기가 많이 늦어졌다는 사실에 대한 반성이 우선되었어야 한다고 나는 생각한다.

어쨌든 공청회는 진행되었고, 소위 '청소년 전문가' 6명과 학생들이 원탁 토론을 시작했다. 평등한 토론을 위해 일체 존칭을 생략하고 'XX 님' 이란 호칭만을 사용하자는 조혜정 교수님의 제안은 독특했다. 그런데 토론에 앞서 힐끗 행사 안내 팜플렛을 본 나는 기절초풍했다. 김현진이라는 내 이름 옆에 '무직. 자퇴 청소년 대표' 라는 수식어가 붙어 있는 것이었다. 내심 불쾌했지만 뭐 어쩔 수 없기에 '백수 청소년 대표' 로서 '인문계 청소년', '실업계 청소년' 대표들 옆에 조용히 앉아 있을 수밖에 없었다.

패널들에게 골고루 발언권이 돌아가도록 하기 위해 이야기를 시작한 지 4분이 지나면 문화부 사무관님이 종을 쳤는데 청소년들은 종이 울리면 찔끔 하고는 곧 발언을 마무리했지만 성인 패널들은, 특히 교육계 종사자들은 워낙 여러 사람 앞에 놓고 이야기하는 것이 익숙한 까닭인지, 종소리를 무시하며 발언을 계속하는 경우도 있어 보기에 별로 좋지는 않았다. 게다가 경험이 없는 탓이겠지만 '토론' 을 하는 자리에 집에서 써가지고 온 원고를 국어책 읽듯 읽는 학생들도 있었다. 문화관광부의 말대로 어디까지나 '첫 시도' 인 만큼 완벽하기를 바랄 수는 없었지만 이렇게 조금 실망스러운 구석도 보였다.

내 차례가 왔을 때, 나는 '이 땅에서 학교를 다니지 않고 살아간다는 것'에 대한 고충과 '학생증이 없고 주민등록증은 아직 나오지 않은' 시민들의 인권 역시 이 청소년 헌장을 통해 공정하고 평등하게 존중받아야 한다고 말했다.

대학가 앞을 지나가다가 검문이라도 당하면 정말이지 학생증이야 반납한 지 오래고 주민등록증은 아직 발급되지 않았을 때니 나라는 존재가 대한민국에 살고 있다는 것을 그들에게 보여줄 아무런 종이 조각 하나 없었다. 한번은 전경이 셋이나 따라붙어서 '그런 게 어디 있냐' 어쩌고저쩌고 해대기에 자존심이 팍 상해 '공권력이 선량한 시민을 유린한다'며 길바닥에서 한바탕했던 일이 기억났다. 그놈의 '신분'이 뭐길래.

각 패널들마다 돌아가면서 헌장에 대한 의견을 이야기하는 시간이 끝나고 자유로운 원탁 토론이 시작되었다. 그런데 성인 패널 중 한 사람이 갑자기 '이 청소년 헌장에는 지나치게 권리가 많다. 권리를 줄여야 한다. 의무를 더 넣어도 모자랄 판에.' 뭐 이런 식의 발언을 하는 것이다. 다른 패널도 '자유가 너무 많다. 자유권을 제한하여야 한다'라는 식의 비슷한 이야기를 했다.

어느 권리와 자유가 그렇게 많은지 권리 부문을 요약해 보면, (정신적, 신체적) 성장의 권리, 차별받지 않을 권리, 폭력으로부터 보호받을 권리, 사적인 삶을 침해받지 않을 권리, 올바른 신념에 따라 활동할 권리, 배울 권리, 일할 권리, 문화예술 활동에 참여할 권리, 매체를 통하여 자기 삶에 관련된 정보를 가질 권리, 자신과 관련된 정책 결정 과정에 참여할 권리 등이 있다. 이런 권리는 민주 국가의 시민이라면 모두 당연히 가져야 하며 또 가질 수 있는 권리들이다. 그러나 이러한 권리를 가지는 사람이 성인이면 아무 이의 없는 것이고 청소년이면 권리가 '지나치게' 많은 것인가?

사람은 누구나 천부 인권을 가진다. 그리고 어떤 이유에서든 타인에게 간섭받을 수 없는 자유권을 지닌다. 그러나 그 자유권을 가진 사람이 청소년이라는 이유만으로 자유를 제한받아야 한단 말인가? 게다가 청소년에게 어떤 자유와 권리가 그렇게도 많이 주어졌단 말인가?

토론이 진전되자 두 패널의 논지가 매우 흡사하다는 것을 곧 알 수 있었다. 그리고 나로서는 도저히 그 '논지'라는 것을 이해할 수가 없었다. '이미 청소년은 무분별할 정도로 권리를 누리고 있다. 마음대로 담배를 피우는 등 권리를 너무 많이 누리고 있으니 책임을 부과하자'라는 것이었다. 소위 '청소년 전문가'라는 사람들의 발언 치고는 실망이었다.

화가 나서 발언권을 신청해 '도대체 청소년들이 무슨 권리를 그렇게 많이 누리고 있느냐. '담배를 피우는 등의 권리'를 누리고 있다고 하셨는데 그렇다면 지금 청소년에게 '흡연권'이라는 권리가 있다는 말씀인가. 그렇지 않은 상황에서 "요즘 애들이 담배를 마음대로 피우는 등 권리가 너무 많다"라는 말씀은 청소년의 흡연권을 인정하겠다는 말이나 다름없지 않느냐. 명시된 권리가 아닌 일부 층의 독자적인 행동을 청소년 전체의 무단 권리 행사쯤으로 보는 비약은 해서는 안 된다. 청소년이 뭐가 그리 권리가 많고 제한당할 만한 자유권이 과연 존재하는가. 그런 논리로 보자면 청소년은 헌법에 명시된 '신체의 자유'까지도 하위법인 교칙에 의해서 제한당하고 있다. 간단한 예를 들어 소풍이나 수학 여행의 장소와 기간 같은, 마땅히 자신들이 원하는 곳으로 가야 할 그런 일 하나 자율적으로 결정할 자유도 주어지지 않는 상황에서 자유권을 오히려 확대해야 할 때가 아니냐'라고 뭐 대강 이렇게 속사포처럼 이야기했다.

사실 겉으로 그런 표시야 내지 않았지만 속으로는 꽤 화가 나 있었다. 토론이 계속되었지만 그다지 설득력이 없는, '청소년은 판단 능력이 미비하므로 보호를 받아야 한다'라는 등의 청소년을 오직 '보호, 관리, 선도'의 대상으로만 여기는 전근대적인 가치관에 입각한 반론만이 전개되었다. 그것보다 더 답답했던 것은, 막상 토론을 위해 패널이라고 선정되어 원탁에 앉아 있는 청소년들이 꿀먹은 벙어리처럼 단 한마디도 하지 않았다는 것이다. 행사가 끝난 자리에서 '왜 그렇게 한마디도 하지들 않았느냐'라고 묻자 대부분의 대답은 "좀, 용기가 없어서……"였다.

누구를 위한 개정이며 누구를 위한 공청회인가? 결국 성인 패널들 중 몇몇의 전근대적인 사고 방식은 결국 청중 중 발언권을 신청한 한 청소년에 의해 '연령 차별주의'라는 날카로운 지적을 당했다. 그렇지만 '권리가 너무 많다. 의무가 많아야 한다'라는 주장은 좀처럼 수그러들 줄 몰랐다. 나는 한참 떠들다 도무지 더 떠들 기운이 없어져 버렸다. 같은 자리의 다른 청소년 패널들은 발언권을 얻기도 힘들고 앞에서 말했듯이 '용기도' 없어서 모두 침묵을 지키고 있었다. 발언권을 얻기가 힘들었던 이유는 전근대적 사고 방식을 열심히 주입받아야 했기 때문이었다. 예의 "권리가 너무 많다. 의무를 보태야 한다"라는.

그때 휠체어를 타고 조용히 앉아 있던 한 청소년 패널이 입을 열었다.

솔직히 개인의 감정을 고려하지 않고 그 친구에게 '장애 청소년 대표'라는 이름을 붙여놓은 것도 몹시 마음에 들지 않았다. 어쨌든 '우리 나라에는 계단과 거리에 수많은 턱이 있다. 여기까지 오는 데 너무 힘들었다'로 말을 시작한 그 친구는 '우리 장애 청소년들은 일반 학교에서 공부할 학습의 권리는커녕 이동의 권리조차 없다. 그런데 지금이 이렇게 무분별한 사적인 권리 운운하며 의무를 논할 때냐. 가장 기본적인 권리조차 누리지 못하고 있는 상황에서 이러한 논지는 도저히 받아들일 수 없다'라고 차분하게 말을 맺었고 그 친구의 말에 장내는 쥐 죽은 듯이 조용해졌다. 가까스로 토론은 다른 방향으로 진행되었고, 나는 더 이상 토론할 의욕을 잃은 채 청중에게로 마이크가 넘겨져 자유롭게 발언하는 모습을 멍하니 보고 있었다.

갑자기 내가 헛 떠든 것 같다는 생각이 들었다. 왜인지는 모르겠지만 내가 18년 동안 산 삶에 대한 죄책감이 불쑥 일어났다. 나는 건강하게 잘 살면서, 그 친구 같은 사람들의 고통에 대해서는 한번도 생각해 본 적이 없다는 사실을 퍼뜩 깨달았던 것이다. 뭐 내가 생각한다고 해서 그들에게 당장 나아지는 것이 있을 리야 없겠지만 그래도 나는 내가 너무 미워졌다. 내 몸 편하다고 해서 남 생각 안 하고 사는 건 좋은 일은 아닌 것 같았다.

청소년 위원회 위원

　그렇게 공청회가 끝나고 나서 패널을 맡았던 몇몇 선생님들께서 와서 악수를 청하시며 이야기를 듣다 보니 속이 시원했다고 말씀하셔서 내심 놀랐다. 지금까지 내가 이야기하는 것을 듣고 좋아한 어른들은 조혜정 선생님이나 백영애 선생님 정도밖에 안 계셨는데. 역시 넓은 세상에 나와봐야 돼. 그중에서도 악수를 나눌 때 손을 꽉 잡으시고 "자네 같은 학생을 만나게 되어 정말로 반갑네! 기분도 너무 좋고! 꼭 한번 전화해 주게나. 저녁을 한번 사고 싶으니. 농담이 아니고 기다릴 테니 꼭 전화해 줘야 되네"라며 명함을 주시고 웃으시던 유네스코 본부장 강대근 선생님이 지금 생각이 난다. 연락드려야겠다고 생각해 놓고 별로 바쁘지도 않은 주제에 벌여놓은 일만 많아서 한번도 전화를 드리지 못했다. 며칠 굶었다가 꼭 한번 연락을 드려야겠다는 생각이 든다.

　어쨌거나 본의 아니게 '무직, 자퇴' 청소년 대표 격이 되어 참석했던 그 공청회에서, 아직도 사실 순진했던 내게 소위 청소년 '전문가'라고 일컬어지는 이들 중에 일반인들과 하나도 별다르게 나을 것이 없는 사람도 있다는 것은 꽤 큰 충격이었다. 그리고 내가 지금으로서 할 수 있는 일은 없다 해도 그 이후로 나는 거리에서 보도 등을 걸어갈 때 높은 턱과 계단 등을 전보다는 주의 깊게 살피게 되었으니 그래도 얻은 것이 두 가지는 되는 모양이다.

　그런데 공청회가 끝나고 신세대 가요제에서 장관님이 직접 가요제에 참여하거나 관람을 위해 온 젊은이들 앞에서 새로운 청소년 헌장 선포

식을 가졌다는 소식도 들려왔다.

　나는 아르바이트를 하고, 영화평을 기고하는 새로운 직업이 생겼지만 계속 학비가 걱정되고, 여전히 몸이 좋지 않아서 조금 고생도 하면서 이럭저럭 살아가고 있는데 정부에서 전화가 왔다. 간단하게 동사무소 가는 일도 미적거리며 어떻게 안 갈 방법 없을까 연구할 정도로 웬지 관을 별로 좋아하지 않는 나로서는 그것도 '정부'의 전화였으니 연락을 받자마자 깜짝 놀라 내가 뭐 잘못한 게 있나 열심히 기억만 더듬지 않을 수 없었다. 그러다가 정부 기관 중 문화관광부에는 딱지를 떼는 업무가 없다는 것을 생각하고는 겨우 안심하고 무슨 일이냐고 물어볼 수 있었다.

　수화기 속에서는 과장인지 사무관인지 잘 기억이 나지 않지만 아주 근엄한 목소리가 정중하게 '청소년 위원회의 위원으로 선정되었으니 수락해 주실 것'을 부탁하고 있었다. 집안에서 워낙 엉덩이만 뺑뺑 걷어차이며 살다보니 그런 정중한 목소리를 들자 웬지 머리가 가려워 긁적긁적하면서 무슨 위원회? 그게 뭐지 하고 기억을 더듬다 보니 머릿속에서 반짝 기억이 났다. 지난번 공청회가 끝나고 최충옥 청소년개발원장님이 내 어깨를 퍽 하고 내리치시면서 "지금 문화부에서 청소년 위원회를 구성하고 있는데 자네는 꼭 해야 돼! 싫다고 해도 내가 넣어놓겠네!"라고 하셨다. 그땐 무슨 말씀인지 잘 몰라 그냥 웃기만 했는데 아마 그 얘기인 모양이었다. 그 흔한 반장도 몇 번 안 해본 내가 무슨 위원? 게다가 죄송한 얘기지만 관에서 하는 일은 추진력이 없어서 별로 좋아하지 않았다.

　그래서 위촉해 주신 일에는 진심으로 감사드리지만 하는 일도 바쁘고 (바쁜 일 따위는 없었다) 임기가 정해진 그런 책임을 맡기에는 능력이 부족하다며 정중하게 사양의 뜻을 밝혔다. 그러나 문화관광부측에서는 "최원장님이 거절하면 안 된다고 하셨습니다. 꼭 승낙받으라고 하셨습니다"라며 쉽게 포기하지 않았다.

아, 그때 원장님이 싫다고 해도 넣어놓겠다고 하시더니 정말로 그러셨나 보다 하고는 곤란하게 됐다 싶어 정부측에서 불쾌하다고 느껴도 할 수 없다는 생각으로 그냥 솔직하게 이야기했다. "사실 관측에서 하는 일은 추진력이 부족하다고 생각해서 매력을 별로 느끼지 못하기 때문에 하고 싶지가 않습니다. 그리고 제가 그런 쪽에서 별로 좋아하는 인간형도 아니고, 그래서 안 했으면 합니다." 그러자 문화관광부에서는 '지금 정부가 많이 달라지고 있다. 청소년국에도 새 바람을 넣어서 바꾸어보려고 이런 기관을 따로 설치하는 것이다. 아무쪼록 우리 의도를 이해하고 승낙해 달라'라고 설득했다. 그래서 "전 말밖에 없는 거 싫습니다. 실무적인 활동이 보장돼야만 승낙할 겁니다"라고 하자 "지금 달라지고 있다고 하지 않았습니까. 여러분이 내시는 안이 정책이 될 거니까 일단 와주십시오"라고 설득력 있게 얘기해서 일단 승낙했다. 그때부터 우리 집에는 근사한 정부 도장이 찍힌 봉투가 날아오기 시작했고 처음으로 날아온 봉투 안에는 '청소년 위원회 위원 위촉식 참석 요망'의 공문이 들어 있었다.

원래 규정되어 있는 '청소년'은 우리가 흔히 알고 있는 '미성년자'와는 다르다. 우리 나라에서 청소년이란 만 9세부터 24세까지로 정해져 있다. 말하자면 자기 스스로를 자각하는 나이에서 생활을 자력으로 해결할 수 있는 나이까지라고 할 수 있다. 어려운 나라 경제 때문에 취업률이

극히 저조한 지금은 31세까지로 다시 규정하자는 이야기도 일간에서는 나오고 있다고 한다. 즉 미성년자 = 청소년은 아니라는 이야기이다.

하기야 그런 이분법적 논리는 꽤 문제가 있다. 오랫동안 이슈가 되어 왔던 청소년 보호법 같은 경우에도, 흡연과 음주가 허용되고 유흥업소 출입이 허용된 나이는 대체로 만 20세 정도이다. 그 이전의 미성년자에게 그런 것들이 허용되지 않는 건 미성년자는 판단력이 미비하여 성인의 선도가 필요하기 때문이라는 등의 이유가 있는데, 그렇다면 열아홉 살에서 스무 살이 되는 순간 뿅! 하고 어른이 되고, 아니! 판단력이 생겼군! 뭐 이런 거라는 이야기인가. 나는 모든 규제를 철폐하자고 이야기하고 있는 것이 아니다. 이러한 법은 필요악이다. 그러나 좀더 설득력 있는 필요악이 있어야만 한다.

어쨌거나 행사장에 가보니 나라에서 규정한 청소년의 연령을 충분히 수용하겠다는 의도에서인지 각지에서 선정된 위원들은 12살의 초등학생에서 23살의 대학생까지 다양했다. 서로 이름을 소개하는 등 간단한 시간을 가진 후 본 행사에 들어갔다. 신낙균 문화관광부 장관님이 오셔서 위촉장 수여식을 한 후 사진 촬영을 하고, 위원들과 일일이 악수를 하고 이야기를 나눈 후 한동안 전체 위원들과 이야기를 하고 나서 본 행사가 끝났다.

이 위원회에 대해선 지금도 걱정이 많은데, 벌써 생긴 지 3개월이 넘어가는데도 그저 '문화부에는 청소년들로만 구성된 위원회가 있다' 라는 이름뿐이고 한 일은 아무 것도 없기 때문이다. 이것은 정부측과 선정된 청소년들의 능력 부족이라기보다는 처음에 생긴 것이 다 그렇듯이, 시행 착오도 많고 무엇을 해야 할지 모른다는 것이 문제이다. 정부측에서도 이 위원회가 무슨 일을 해야 하느냐에 대해서는 의견이 분분한 편이라고 들었다. 정책 전반에 걸쳐 청소년들의 대표로서 영향력을 행사해야 한다는 적극적인 의견과, 그저 문화부에서 내는 청소년 대상의 정책을 검토하는 역할만을 해야 한다는 소극적인 의견이 팽팽하다는 것이다.

나는 어쩌다가 부위원장이라는 직책을 맡기는 했지만 마음이 계속 무겁다. 무엇을 해야 할지 모르겠다고 해서 아무 일도 하지 않고 1년의 임기를 보낼 수는 없고, 또 무언가를 해보자니 도대체 무엇을 해야 할지 모르겠고. 게다가 선정된 위원들 중 열심히 하려는 사람들도 있긴 하지만 정부 부처가 각 기관에 의뢰해 선정을 부탁해 추천받아 온 사람들이니 아무래도 자발성 면에서 참여가 뒤떨어지는 면이 없잖아 있다. 물론 나도 그렇게 열성파는 못 되는 편이다. 이 점에 대해서는 현재도 고민중이다.

처음 위촉장 수여식 날, 나는 '전시 행정'이 되어서는 안 된다라고 이야기했는데, 무언가 획기적인 계기가 있지 않으면 이렇게 어영부영하다가 끝나고 말 것 같다. 그랬다가는 차라리 맡지 않은 것만 못하니까 무언가를 해봐야겠다는 생각은 하는데, 의견 하나 냈다가는 관료 피라미드에서 돌고 돌 일이 끔찍해서. 아이디어 부재에 대해서는 물론이고, 진정 청소년의 손과 발이 되려면 무언가 방책이 필요하다고 생각한다.

이렇게 관계 기관을 설치하는 등 국민 정부를 맞아 달라지려는 정부의 노력은 바람직하지만 실무진의 마인드가 바뀌지 않으면 이러한 노력은 모두 허사가 되고 말 것이다.

나라 일은 정말 힘들어

바로 얼마 전, 나는 문화관광부의 호출로 정부에서 2000년이라는 새로운 세기를 맞이하여 개최하려 하는 젊은이의 축제 기획 회의에 위원 자격으로 참석했다. 신문사 논설 위원 등 문화, 교육계에서 활발한 활동을 하고 있는 인사들이 꽤 많이 참석했다. 내 발언 차례가 돌아와서 나는 '진정 젊은이의 축제가 되려면 젊은이들, 특히 중고생의 경우에는 철저하게 자발적인 참여가 중요하다. 그렇지 않으면 이러한 축제는 즐기기 위해 여는 것인데 의미를 잃고 만다'라고 이야기했다.

그런데 실무과장이라는 사람이 매우 불만스런 표정으로 '왜 애들이 자발적으로 참여하게 해야 하느냐. 다 좋은 거 하자고 하는 건데 자기네가 참여를 안 하려고 하면 강제로라도 좀 참여하게 하는 게 뭐가 나쁘냐'는 식으로 이야기하는 것이었다. 나는 정말 놀랐다. 청소년국의 실무진의 마인드는 모두 저렇단 말인가? 나는 그렇다고 생각하지도 않고 그렇게 믿고 싶지도 않지만 그 몰지각한 발언을 듣고는 정말 경악을 금치 못했다.

축제가 좋은 것을 하자는 의도인 것은 충분히 이해할 수 있다. 그러나 축제의 원래 목적은 무엇인가? 다 함께 즐기고 즐거워하자는 의도가 아닌가. 그 안에서 또 새로운 화합을 찾고. 그러나 그것을 위해 '강제 동원'을 한다면 축제라는 것을 열어서 무엇한단 말인가.

나는 학창 시절의 소위 '애국 조회'를 기억한다. 날씨가 좋은 봄이나 가을에는 할 만했지만 날씨가 너무 덥고 햇볕이 쨍쨍 비치는 여름이나 살을 에일 정도의 영하의 추위가 불어닥치는 겨울에 아이들을 운동장에 세워놓고 하는 그 '훈화'가 무슨 의미가 있단 말인가. 물론 다 좋은 말 하자는 의도는 이해한다. 그러나 그 말이 하나도 아이들의 귀에 들어가지 않을 환경을 조성해 놓고 '다 좋은 게 좋은 것'이라고 우기는 태도는 넌센스 이외의 그 무엇도 아니다.

그래서 '효율적으로 일을 하시고자 하는 의도는 충분히 이해하지만 애들은 예비군이 아니다. '좋은 게 좋은 것 아니냐'라는 식의 그런 태도는 다소 위험하다'라고 지적했다. 물론 나는 그 과장이 실무에 임할 때의 고충이 짐작 가지 않는 바는 아니다. 그러나 어느 경우에도 효율이 목적에 우선시될 수는 없다. 그리고 어디까지나 청소년국은 청소년을 위해 있는 것이다. 어느 경우에도 청소년을 중심으로 놓고 업무에 임해야 한다. 청소년이 없으면 청소년국이 더 이상 존재할 수 있는가?

내가 그렇게 지적하며 다른 의견을 내려 말을 계속하고 있는데 갑자기 그 과장이 손가락짓을 하며 "아니 이것 봐!" 하며 반말을 하기 시작했다. 나라와 국민의 손발인 공무원은 지성인이어야 한다. 그 자리는 청소년국의 최고 책임자인 국장님도 참석해 계신 자리였고, 모두 상대방을 존중해 가며 가장 좋은 방책을 나오게 하기 위해 토론하는 자리였다. 내가 예의 없는 태도로 지적했다면 어느 정도 이해할 만한 행동이다. 그러나 나는 전혀 예의에 어긋나게 발언하지 않았고 내 이야기를 계속 하던 중이었다. 내가 그 자리에 참석한 다른 분들처럼 교수였다 해도 내게 그런 식으로 이야기를 했을까? 그는 나에게 열심히 손가락질까지 해가며 말을 이었다. "애들이 어떻게 문화 행사 같은 데 참여한단 말이야! 그런 데 가는 애들은 다 발랑 까졌거나 날라리들이야! 좀 좋은 거 하겠다는데 강제 동원 좀 하면 어때!"

나는 어안이 벙벙해졌다. 전혀 전문적 지식이 없는 일반인들에게도 나오지 않을 만한 저렇게 무지한 언사가 공무원, 그것도 가장 청소년을 잘 알고 이해해야 할 청소년국의 공무원의 입에서 나올 말이란 말인가? 우리 나라의 관료 수준은 거의 그 정도인가?

나는 공무원 시험의 면접 기준이 궁금해졌다. 내 나이가 어린 것은 사실이지만 국장님이나 장관님께서도 공석에서는 우리 청소년 위원 중 초등학생에게도 경어를 쓰신다.

뭐라고 금방 더 말해주려 했지만 거의 회의가 끝나갈 시간이었고 국장님이 '이과장의 의도는 그런 게 아니다' 라고 당황하며 무마하시려 들어서 거기에 대고 더 말하는 건 예의가 아닌 것 같고 국장님께서 곤란해 하실까 싶어 참고 그만두었다. 끝나고 집에 가려 하는데 국장님이 '아까 일은 마음에 두지 말라' 라고 하셨다. 물론 마음에 두지야 않는다. 다만 잊지 않을 뿐이다. 청소년을 가장 잘 알아야 할 청소년국의 일부 관리들까지도 저런 식의 마인드를 가지고 있다는 점은 또 한번 내게 충격이었다.

바뀌어야 한다. 그것도 실무진부터. 아직까지 한국에서는 그 점이 아쉽다. 동사무소에서 사소한 사무 하나 처리하기도 번거로운 이판에 실무진의 개혁이란 시급한 문제가 아닐까. 그리고 공무원은 지성인이어야 한다는 내 평소의 생각이 이번 기회를 통해 더 뚜렷해졌다. 어쨌거나 나라일은 힘들다.

5장

자퇴, 영화, 그리고 인생

네가 갈 길은 영화가 아니니?

〈낮은 목소리〉라는 독립 영화를 아는가. 훤칠한 키에 서글서글한 눈매의 변영주라는 감독이 만든, 정신대 할머니들에게 카메라를 갖다대어 불편할 정도로 보는 이를 현실에 직면하게 만드는 다큐멘터리 영화. 중학교 때 부담임 선생님과 가장 친한 친구와 동숭동에서 그 영화를 보았고 그 치열함에 매혹되었다. 물론 그 정신대 할머니들의 처절함에 가슴이 떨렸지만 나는 보기만 해도 두려워 손도 댈 수 없는 그러한 주제에 그것도 다큐라는, 진실로 양날이 서지 않으면 절대 베어지지 않는 칼날을 갖다댄 그 감독의 용기에 놀랐으며 마음속으로 동경했다.

3년 후, 자퇴 이후 내 룸펜 생활을 책임지던 페미니스트 카페 '고마'에서 우연히 그분과 마주쳤다. 변. 영. 주. 대학원생들이나 페미니즘에 관심 있는 사람들이 드나들던, 도서관과 사랑방을 합쳐놓은 곳 같은 그곳에서, 힘이 부쳤어도 내 모든 에너지를 갖다바쳤던 청소년 웹진 〈네가진〉이 폐간되어 마음의 갈피를 잡지 못하고 있던 1997년 말엽, 그 헤매던 시점에 하나의 이상향처럼 바라보던 그 감독을 마주친 것이었다. 나는 당시 힘을 쏟아넣었던 〈네가진〉에서의 좌절, 무적자라는 자괴감, 이러다가 실패자가 되는 것이 아닐까 하는 두려움으로 몹시 방황하고 있었다.

도대체 무슨 마음으로 나는 아무 것도 하지 않고 있다고, 아니 아무 것도 하지 못하고 있다고, 몹시 선망했지만 나와 아무 관계도 없었던 그분에게 그 답답하고 암울했던 열일곱의 심정을 털어놓았던 걸까. 영화를 사랑하지만, 내 삶을 잡고 싶지만, 모든 게 허공에 떠다니는 것 같다고……. 진공 상태에서 소리를 쳐도 아무 목소리도 나지 않는 답답함에 미칠 것만 같다고……. 나이보다 앞서 살아야 했던, 오래 감추어두었던 아픔이 그날 터져나와 버렸던 것이었다. 그리고 그때 감독님이 해주었던 얘기는 이후 내게 쭉 힘이 되었다.

"지금 너의 초조한 마음 다 이해한다, 물론 그렇겠지. 하지만, 네가 갈 길은 어차피 영화가 아니니?"

어차피 영화가 아니니? 어차피 영화가 아니니? 어차피 영화가 아니니?

나는 분명하게 고개를 끄덕였다. 모든 것이 혼란이고 모든 것이 분명치 않던 그때 유일하게 내가 알고 있던 사실이었으니까. 모든 것이 흐릿하던 때에 내 혼 안에 깊이 자리하고 있던 영화에 대한 사랑, 그것이 네가 갈 길은 어차피 영화가 아니니? 하는 질문에 상처로 움츠렸던 고개를 들었다. 그렇다. 어차피 영화였다.

"그렇다면, 네가 갈 길이 어차피 영화라면 좀 돌아가도 상관없다. 좀 방황해도 상관없는 거다. 지금 영화를 하고 있지 않으면 어때, 어차피 그거 할 건데. 인생에서 항상 직선 코스가 좋은 건 아니다. 피치 못해 돌아가야 될 때가 온다면 기꺼이 돌아가면서 네 안에 많은 것들을 넣어둬라. 그게 나중에 네 예술에 도움이 될 거다. 뭐 언제나 치열하게 살 수는 없는 거야, 알아둬라."

이후 나는 한시도 그 말을 잊지 않았다. 아니, 잊을 수 없었다. 직선 코스가 늘 좋은 것은 아니라는 것.

"네 영혼 안에 많은 것들을 넣어두면 나중에 네 영화에 도움이 될 거다."

그리고 나는 이후 모든 나의 아픔들, 열일곱을 뛰어 넘어가 살아야 했던 인생의 버거움들, 잊고 싶었고 그냥 덮어두고 싶었던 나의 모든 상처들을 향해 똑바로 고개를 들었다. 영화는 인생이다. 내가 세상을 바라보는 텍스트로 선택한 영화. 나는 더 이상 고개를 숙이지 않았다. 지금의 이 아픔들도 언젠가는 나의 예술이 될 거라는 것은 얼마나 큰 깨달음이었던가.

그리고 감독님은 연영과 갈 거냐? 하셨다. 나는 아주 불만스런 목소리로 "아뇨." 하고 대답했다. 비난할 생각은 없지만 나는 한국의 예술 교육 현실에 반감이 없지 않다. 연영과는 거의 실용 음악과 같고, 연극영화과라니, 그 두 가지를 뭉뚱그려 놓는 이유를 알 수가 없었다. 게다가 국내 유수 연영과의 강사가 내 뒤통수를 친 일이 있었다.

나는 학교측의 회유(얌전히 공부하고 3년 있다 연영과 가렴. 우리 학교에서 xx대 연영과 간 애들 중에 니 성적이 제일 좋단다)에 지쳐 에잇 정말 얌전히 살다가 연영과나 가버릴까 하는 생각을 했다. 그때 우연히 내가 고려하고 있던 학교의 강사를 만날 기회가 있었다. 그래서 나는 그 대학의 현황 등에 대해 질문 세례를 퍼부었고, 그분은 나의 수많은 질문에 단 한마디로 대답했다.

"너 정말 영화를 하고 싶냐?"

"(현진, 눈을 반짝반짝 거리며) 네."

"그럼 우리 학교 오지 마."

더 할말이 없었다.

그래서 나는 진로 문제로도 상당히 고민을 했다. 영화를 하고 싶지만 한국 실정에서 여타의 이유로 별로 연영과를 가고 싶지는 않았으니까. 그래서 영화는 인생이고, 인생을 깊이 있게 알아야 영화를 잘할 수 있다, 그러니까 인문학을 공부해서 깊이 있는 영화를 만들어야지 하는 생각에 일반 대학을 가서 인문사회학 공부를 하리라는 차선책을 생각해 보고 있었다.

사실 유학을 가고 싶다고 생각했지만 우리 집 형편을 봐서 불가능한 꿈이란 것은 진작에 아는 사실이었고. 게다가 부모님은 내가 영화를 평생 일로 삼겠다는 생각을 결코 받아들이려 하지 않으셨고, 어렸을 때 잠깐 취미로 해보는 일이라 생각하셨다. 아니 그렇게 생각하려 애쓰셨다. 그래서 대놓고 부모님께 의논할 수도 없는 일이었고. 그 이후로도 부모님이 내가 택한 길을 인정하기까지는 시간이 꽤 걸렸다.

감독님의 질문에 온갖 가지 단상이 내 머릿속에서 휘몰아치는 가운데 감독님은 역시 씩 웃으면서 "잘 생각했다. 유학 가라." 하셨다. 불가능한 꿈이지……. 내가 대답하지 못하고 머뭇거리는 모습을 힐끗 본 감독님은 "아참 넌 돈 없게 생겼다"라는 충격적인 말씀을 던지셨다. 내가 그렇게 빈티나게 생겼나? 그러나 미처 내가 항의도 하기 전에 변감독님은 또툭, 하고 말을 던졌다. "너 영상원 가라."

국립영화학교라는 데 거기 말인가? 한국예술종합학교는 아직 일반인에게 그리 잘 알려져 있지는 않다. 유일한 국립예술학교인데도. 영화를하겠다고 마음먹고 있던 나조차도 그냥 국립학교인가 보다 그 정도의정보만을 가지고 있었으니 말이다. 좀 자세히 여쭤볼까 생각하고 있었는데 감독님은 일어나시며 말했다. "우리 나라에서 영화 하려면 유학 가던가 영상원 가는 수밖에 없어. 잘 생각해라."

그리고 그 이후로는 감독님을 뵐 기회가 없었지만 그 말들은 내 가슴안에 쭉 남아 있었다. 유학과 비견되는 한국 내에서의 대안이라. 그날 이후 나는 국립 영상원이라는 단어를 꼭꼭 접어 내 마음속에 잘 넣어두고, 〈네가진〉의 패망을 서두로 삼아 완전 백수가 된 기념으로 수능과 검정고시 준비에 박차를 가하기 시작했다. 영상원 시험은 아직 1년여나 남아있고, 그것만 목 빼고 바라볼 수는 없었다.

그러나 나는 변감독님의 말을 한시도 잊지 않았고, 이후로도 잊지 않을 것이다. 돌아간다고 나쁜 것은 아니다. 나는 내가 살아왔던 날들 중모든 고통도 빼놓지 않고 내 가슴 속에 넣어둘 것이다. 언젠가 고통스런모래조각들은 내 영화 안에서 귀한 진주로 거듭날 것을 믿는다.

무비 디렉터의 꿈

마음대로 하세요

할머니의 죽음과 수능 대비 등으로 정신 없던 내게 영상원이라는 단어가 다시 찾아온 것은 다음해 8월경이었다. 그것도 원서 접수 마감 하루 전. 전해 시험이 12월에 있었다는 말만 듣고는 그런가 보다, 올해도 그때 치겠지 뭐 하고 까마귀 고기 먹은 듯이 생활한 나의 게으름 탓에 하마터면 기간을 놓칠 뻔했다. 지금 생각하면 정말 아찔하다.

어머니께서 아는 목사님 댁을 방문하셨다가 우연히 그 집의 고등학생 딸이 영상원인가 하는 데가 내일 마감이라는 공문이 학교에 붙었더라고 지나가는 말로 한 것이다. 어머니는 내가 그 전에 영상원이라는 데가 있는데 무지 좋은 데가 어쩌고저쩌고 하는 말을 들으신 기억이 나셔서 그 말을 집에 와서 해주셨다. 나는 그때 학원 종합반을 다니던 때라 아버지가 원서를 사오셨다.

감독할 거니까 연출과에 지원할 생각으로 망설이지 않고 지원란에 연출과를 쓰자 아버지는 나를 회유하기 시작하셨다. 내가 영화 감독이 되겠다는 생각을 별로 환영하지 않으시던 아버지는 학교를 그쪽으로 택한 지금까지도 유학 갔다와서 예술대 교수가 되면 된다라고 애써 자위하신다.

그런 아버지는 영상 이론과 커리큘럼을 보시고 우아하게 글쓰다가 유학 갔다와서 교수가 될 수 있겠군! 하고 생각하셨던 것 같다. 게다가 연출과 경쟁률이 꽤 높았던 까닭에 아버지의 목소리에는 더욱 힘이 들어갔다. 나는 한번 하겠다고 마음먹은 거 못하게 하면 더 삐딱선을 타는 탓에 죽어도 내 고집을 굽히지 않았고 아버지는 "너 떨어져도 책임 안 질 거다." 하시며 소리를 높이셨다. 나도 '영상 이론과 치면 100% 합격인가 쳇!' 하고 생각하면서도 내심 겁이 덜컥 났다. 이러다가 떨어지면 아버지는 쌍수를 들고 '거봐라!' 하실 테고, 게다가 전형료 8만 5,000원 아까워서 어떡하나 싶어 무지하게 긴장했다. 밥 먹을 때도 눈앞에 '8만 5,000'이라는 숫자가 왔다갔다했다. 물론 돈 많은 애들이야 한 시간 안에 휙휙 날릴 수 있는 금액이겠지만 개척 교회 목사 집에는 큰돈이었다.

아무 생각 안 하고 예비 소집일에 갔더니 벽에 붙은 지원자 명단이 개미 떼처럼 새까맸다. 세상에 15명 달랑 뽑는다는데 웬 사람이 이렇게 많은지…… 엄청나게 얼어서 집에 돌아왔고 아버지는 '으하하 내가 뭐라더냐!' 하시며 의기양양해 하셨다(물론 이후에는 '으하하, 제가 뭐랬어요! 소신 지원의 승립니다!' 하며 내가 웃을 수 있었지만, 하여간 그땐 엄청나게 떨었다).

벌벌 떨면서 1차 시험을 치는 영상원 인근 고등학교로 향하는 발걸음은 왜 그리 무겁던지. 게다가 시험을 치려고 앉아 있는 연출과 경쟁자 모두가 너무나 쟁쟁해 보이고 똑똑해 보여 주눅이 들었다. 게다가 3차 시험까지 치루는 동안 한번도 나는 누구 같이 가줄 사람이 없었다. 다른 응시자들을 보니 부모 또는 친구가 와서 시험 다 칠 동안 기다려주기도 하기에 나는 부러워서 너무너무 속이 상했다. 검정 고시 때도 나 혼자였지만. 주제에 자존심은 있어서 떨어질까 봐 주위 사람들에게 시험 친다는 얘기를 안 해서 그 흔한 떡이니 엿 같은 거 한번 못 얻어먹어 봤는데, 그땐 그 사소한 것까지 왜 그렇게 속이 상했을까. 사실 시험 친다고 말해봤자 별로 챙겨줄 사람이 없었기에 일부러 주위에 말하지 않았던 것이었다.

뾰로통해서 나는 왕따인가 봐 어쩌고 하는 등속의 말을 중얼중얼거리며 끼익 하고 책상을 당겨 앉았다. 그런데 영어 시험은 그렇다 치고 서술형 시험이 왜 그리 황당하던지. 민화를 한 장씩 나누어주고 거기에 나오는 것들을 등장 인물로 하여 한 장면을 연출한다 생각하고 자세히 쓰라는 것이나, 이와 같은 민화가 한국 영화 고유 이미지 형성에 도움이 된다고 가정하고 그 이유를 서술하라는 것이나, 그 그림을 바탕으로 하여 전체 스토리를 쓰라는 것이나……

시험지와 답안지를 받아들고 책상에 앉아서 한참 동안이나 손도 대지 못했다. 떨어졌구나. 무슨 놈의 이런 문제가 다 있담. 한참 한숨만 폭폭 쉬고 감독관 얼굴이나 빤히 쳐다봐서 당황하게 만들고 괜히 옆 사람 째려보다가 펜을 대기는 댔다. 어차피 떨어질 거 백지는 안 내야지. 오기로 황당한 스토리 설정해서 '떨어질 바에야 발버둥이나 치고 떨어지리라!' 하고는 이를 악물었다.

한국예술종합학교의 시험 중 가장 황당한 것은 바로 이것이다. 아무런 형식이 없다는 것. 전체 학생 중 소위 현역, 즉 고등학교 졸업하고 바로 진학한 학생들이 10퍼센트도 안 된다는 사실은 이러한 이유 때문이 아닐까 한다. 고교 재학생들이 시험을 적게 치는 것은 아니다. 그러나 당혹스럽게도 영상원의 입학 시험에는 아무런 '형식'이 없다. 중고교의 서술형 고사는 '~과 ~과 ~중에서 하나를 골라, …자 이내로 ~한 내용을 담아 서술하시오.' 하고 아주 친절하게 안내해 준다. 그런데 이 시험에는 '우리는 창의력을 중시함. 니맘대로 하시오'인 것이다.

다른 응시자들도 황당했는지 질문을 받는다고 각 시험실을 도는 영상원측 사람들에게 질문을 많이 했다. 그러나 그때마다의 대답은 모두 한마디. '마음대로 하세요.' 세상에, 마음대로 하라니. 좋아 까짓 거. 나는 정말로 마음대로 했다. 그러고는 마음을 비웠다. 마음을 비웠다고는 해도 얼마나 합격자 발표 날이 마음에 쓰이던지.

열병 같은 영화 사랑

ARS로 1차 합격자를 알아보는 날이었다. 신호가 들리고, 찰칵, 수험 번호를 누르고, 잠시 후 문의하신 번호의 이름은 김현진이며(ARS를 이

용해 본 사람들은 알 것이다. 이 순간이 얼마나 심장 떨리는지) ……합격하
셨습니다. 우와! 좋아서 팔짝팔짝 뛴 것도 잠시, 나는 또 걱정에 빠져들
었다. 2차 3차는 어떡하란 말이야…….

2차 시험도 서술형 문제였고, 1차의 세 배쯤 더 황당했던 것으로 기억
한다. 나는 정신이 하나도 없었고 울음이 터질 것 같았다. 그러려면 1차
에서 떨어뜨리지 그랬어! 하며 정말로 눈물이 그렁그렁해서 펜을 들었
다. 사실 영상원에 정말로 가고 싶었다라고 하면 솔직히 그건 거짓말이
고(물론 가고 싶었지만) 아주 현실적인 이유는 떨어지면 부모님한테 전
형료 8만 5,000원을 물어내야 한다는 생각에 하늘이 노랗게 보였다.

빙빙 도는 머리를 추스르며 시험 마감 시간이 약 30분 남아 슥슥슥 미
친 듯이 펜을 종이 위에 굴려대는데, 아니 이럴 수가! 사람들이 다 썼는
지 하나둘씩 나가버리는 것이다. 순간 전신을 엄습해 오는 절망감. 머리
를 움켜쥐고 구상했던 생각아 빠져나가지 말아라 하고 애원하며 간신히
답안지를 다 채웠다. 쳇! 될 대로 되라. 평소의 말버릇이 또 튀어나왔다.
SO BE IT! 이 시험 떨어진다고 죽나? 뭐 28:1의 경쟁률이었다는데 여
기까지 올라온 것도 용하지, 에라! 영상원 시험은 재수는 기본이고 삼
수는 당삼이라더라 쳇! 그만 평소의 버릇이 하나 더 튀어나와 손톱을 잘
근잘근 씹으며 집으로 갔다.

시험 잘 봤어? 하는 부모님의 물음에 인상 팍팍 쓰는 것으로 대신하고
이불 속에 드러누워서 무조건 잤다. 쳇! 하면서. 그리고 ARS로 발표나
는 날까지 손을 달달달 떨었다. 8만 5,000원, 8만 5,000원 하며 얼굴이
노래진 채. 드디어 발표가 나던 날 온몸을 덜덜 떨며 수화기를 들어 확인

했다. 김… 현… 진…이며, …… 합격하셨습니다.

우와! 좋아하기도 잠시, 이제 면접을 위해 자기 소개서를 A4용지 5장 이내로 작성하여 다음날까지 학교에 제출해야 한다! 그리고 그 다음날 바로 시험! 번갯불에 콩 구워먹을 이놈의 학교가 어떻고 저떻고 궁시렁 궁시렁 욕을 하며 아버지 교회로 향했다. 우리 집에는 컴퓨터가 없었기 때문에. 도대체 할말이 없어서 머리를 쥐어 짜가며 자기 소개서란 것을 썼다. 밤 8시부터 쓰기 시작해서 그 다음날 5시까지 썼는데 도대체가 할 말이 없어서 빙 돌 것 같았다.

드디어 면접날……. 면접실에서 나오려고 문 손잡이를 잡았다가 다시 박차고 들어갔다. 엄청 돈 밝힌다고 생각할지 몰라도 미성년자라 아르 바이트 자리도 제대로 없는데 내가 어디서 8만 5,000원을 마련한담. 나 는 용기를 내며 말했다. "저 붙어야 됩니다." 황당한 표정으로 나를 쳐다 보시는 세 분 교수님의 표정이 이상했다. 에라 모르겠다. 나는 진지하게 계속했다. "붙어서 아르바이트해서 개소주 해먹어야 몸이 나아지고 그 래야 영화 합니다."

그러자 세 분이 동시에 크게 웃음을 터뜨리셨다. 어차피 엎지른 물이 었다. 그중 한 분이 웃음을 참으시며 "알았어, 알았으니 가봐요." 하며 (비웃음?) 계속 웃으셨다. '음 어쨌거나 웃으니 잘됐군.' 하고 생각하며 나는 이제 하늘에 맡긴다는 심정으로 길다란 복도를 터벅터벅 걸어나왔 다. 늘 있는 일은 아니지만 나에게는 가끔 가다 믿을 거 하나도 없는데도 이상하게 튀어나오는 자신감이 있다. 흔히 '깡'이라고 표현해야 하려나?

'이제 모든 시험이 다 끝났다.' 하는 생각에 온몸의 진이 다 빠진 채로 학교 뒷동산 긴 의자에 앉아 혼자 인상을 있는 대로 쓰고서 '쳇 내가 떨어지면 붙을 인간이 누구야? 내가 떨어지면 손해 보는 건 이 학교다.' 하고 중얼중얼거리며 자신을 추스른 뒤 집으로 가서 이불 속에 여지없이 처박혔다. 이번엔 부모님도 잘 봤냐고 묻지도 않았다.

'수능도 얼마 안 남았군.' 하고 생각하며 고통스런 표정으로 수학책을 들여다보고 있다가 발표날이 왔다. 여전히 덜덜덜. 그리고 ARS. 그런데 무용원 안내만 계속 나오는 것이다. 이게 어떻게 된 거야. 학교로 당장 전화를 걸어서 덜덜 떨리는 목소리로 "왜… 발표가 안 나오는 거예요?" 하고 물었다. 담당 조교는 잘 모르는 듯했다. "으… 그러면 학교로 직접 가서 합격자 명단을 보죠." 하고 덜덜 떨며 끊으려고 하니 "아니, 여기 명단 있으니까 봐줄게요, 이름이 뭐죠?" "김… 현… 진…인데요." 하자 부시럭부시럭 소리. 그 순간의 몇 초가 순간에서 영원까지 같았다. "81년생?" 하는 그 조교의 목소리가 들리자 네 하고 대답을 하긴 했고 약간의 희망의 빛이 스치는 듯했으나 '혹시 불합격자 명단인지도 몰라.' 하는 염세주의자 특유의 발상이 그 빛을 덮어버렸다. 그래서 여전히 내 목소리는 덜덜 떨렸고, "부…부… 붙었어요?" 하는 말을 쥐어짜듯 간신히 꺼냈다. 이윽고 들려오는 반가운 목소리. "축하해요, 붙었네요." 그 순간 갑자기 나도 모르게 목소리가 너무 크게 나왔다. "정말요? 우와~" 얼굴도 모르는 그 조교는 "그렇게 좋아요?" 하고 웃었고 나는 "그럼요." 하고 대답했다. 당연하지, 8만 5,000원 안 내도 되게 생겼는데…….

내가 좋아서 펄펄 뛰는 진의를 당연히 모를 그 조교는 신체 검사서를 내라고 친절히 알려주었고 나는 전화를 끊고 팔짝팔짝 뛰었다. 뭐 앞으로

수능 공부 안 해도 되니까 좋았고 기뻤다. 영화인. 1988년의 〈레인 맨〉,
그 이후로 열병처럼 내 가슴 안에서 10년여를 나를 달뜨게 했던 예술가,
무비 디렉터의 꿈이 이제서야 조금 잡힐 듯한 현실로 다가온 것이다.

I'm so blue but I could smile

영상원에 합격하고, 혼자 있던 날들이 끝난 후 공청회 기사가 몇몇 일간지에 보도되면서 예전에도 인터뷰를 했던 유력 일간지 모퉁이에 내 기사가 실린 것을 보게 되었다. 신문사에서 전화가 와서 공청회 기사를 쓰고 있다며 그 전해에 그 신문사와 인터뷰를 하면서 촬영했던 사진들 중의 하나를 게재해도 되겠냐고 물어왔다. 그래서 원하시는 대로 하라고 했는데 영상원 합격 소식 등이 아예 박스 기사로 따로 나간 모양이었다.

으, 바보같이 웃는 사진이네. 사진은 영 마음에 들지 않았지만 나는 기사를 읽다가 갑자기 웃어버렸다. 이 기자님은 소설가 출신인가 봐. 기사가 마음에 안 든다는 건 아니지만 좀 느끼한 걸. 바보처럼 헤헤 웃는 사진 밑에 "……단편 영화를 제작, 상영한 후 학교를 떠났다. 이후 잠시 머문 곳은 〈네가진〉의 편집장 자리. 한참 뒤 다시 모습을 드러낸 곳은 '새로운 청소년 헌장을 위한 공청회'의 패널로……. 소녀는 고통의 시간을 건넜다. 얼마 전 한국예술종합학교 영상원에 합격……, 우리는 언젠가 탁월한 영화 감독을 만나게 되는 것인가." 등등의 기사가 씌어 있었다. 으하하하! 웬지 약간 말투가 우스워서 방바닥을 데굴데굴 굴러다니면서 웃었다. 그 이후로 만나는 사람들마다 한동안 웃으면서 "이봐, 고통의 강을 건넜냐, 너 언제?" 하는 통에 머쓱해서 머리만 톡톡 두들겼었다.

외로움이라는 이름의 독

조금 씁쓸한 깨달음이긴 하지만 시간이 지나면서 하나 알게 된 것이 있다면, 너무 많이 사람들을 믿지 말 것. '눈에서 멀어지면 마음에서도 멀어진다'라는 말은 진리다. 학교 잘 다니고 여러 가지 일에 손대고 했을 때 나는 친구가 적은 편이 아니었다. 아니, 그렇게 많지는 않지만 부족하지 않을 정도로 다양한 연령층의 친구가 꽤 많은 편이라고 생각했다.

그러나 그것은 나 혼자만의 생각이었던 것일까. 나는 약 일 년이 훨씬 넘는 기간 동안 '삐삐 우울증'이라는 것에 걸려본 적이 있다. 일 년이 좀 넘는 기간, 짧다면 아주 짧은 기간이지만 물리적으로 철저하게 혼자가 되어 살아가기에는 긴 기간이다. 그것도 외로움에 머리가 반쯤 돌아버릴 정도로 긴 시간이다.

목동인 우리 집에서 시내로 나가려면 성산대교를 건너가야 하는데, 나는 학교에서 떠나고 〈네가진〉도 문닫고 완전히 혼자가 되었을 때, 약 8개월 동안 그 다리를 한 번도 건너가 본 적이 없었다. 그만큼 혼자였다. '삐삐 우울증'이란 삐삐가 울리지 않을 때 걸리는 우울증이라는 반 농담식의 용어인데, 삐삐가 울리지 않는다는 것은 바로 아무도 자신을 찾지 않는다는 뜻이다. 내가 세어봤는데, 5개월 동안 정확히 호출이 3번 왔다. 그중 한 번은 잘못 온 것. 내가 사람들이 살아가는 공간에서 멀어지고, 결국은 혼자가 되었을 때, 세상은 내가 없어도 쌩쌩 잘 굴러간다는 것을 알게 되었다. 하기야 내가 별건가 뭐.

어느 날씨 좋은 하루는 누가 날 좀 찾아주었으면 해서 하루 종일 공부하다 말고 전화기와 삐삐만 노려보던 적이 있었다. 그런 날도 나를 찾는 사람은 한 명도 없었다. 그런 날 밤에는 잠도 못 이루고 뒤척이다 돌아눕는 뺨에 눈물이 한 줄기 또르르 굴러 떨어졌다. 나는 겨우 열일곱 살이었는데, 누군가와 이야기도 하고 싶은 열일곱 살이었는데……. 내가 보는 사람이란 부모님을 제외하고는 외로움을 견디다 못해 자전거를 꺼내 힘껏 페달을 밟을 때 내 양쪽으로 휙휙 스쳐 지나가는 아무 표정 없는 거리의 사람들뿐이었다.

어느 날 밤에는 아무도 날 찾지 않고 너무나도 외로워 자전거를 꺼내 도로로 나가 미친 듯이 페달을 밟다가 버스에 치일 뻔도 하고, 길을 잘못 들어 바보같이 88도로로 나가버린 바람에 자전거와 나는 처량한 표정으로 견인차에 실려 돌아오기도 했다. 그것도 어느 나쁜 놈이 내 자전거를 줄톱으로 사슬을 끊어 훔쳐가 버린 다음에는 가슴이 들끓는 외로움을 텅 빈 내 방에 홀로 앉아 울면서 삭이는 수밖에 없었지만.

그러다가 나는 무감각해졌다. '나 외로워, 나 외로워'라고 팔짝팔짝 뛸 수 있을 때는 아직 외롭지 않은 것이다. 아직 덜 외로운 것이다. 정말로 고독이 사람을 잡아먹는 것은, 정말 외로움을 두려워해야 될 때는 아예 외로워서 전화기를 노려보고 엉엉 히스테리컬하게 울어대는 상태가 아니라, 그렇게 외로워하기에도 지쳐 정신이 황폐해져 갈 때이다. 나는 그랬다. 여러 가지 생각들에 치이고, 사랑하는 할머니는 돌아가시고, 처음에는 죽고 싶다는 생각도 나답지 않게 여러 번 했었는데, 나중에는 그런 생각조차 들지 않을 정도로 무감해지고, 아무 것도 느낄 수 없게 되었다. 기쁨도 없고, 슬픔도 없고, 웃지도 않고, 울지도 않았던 것이다. 누군가가 그걸 '감정의 둔화 상태'라고 말하는 것을 들었다. 지금은 그때만큼 외로움이 극심하진 않지만, 아마 겪어보신 분들은 알 것이다. 외로움이란 것이 얼마나 사람을 잡는 독인지.

이야기가 좀 옆으로 샜는데, 하여간 혼자 외로워할 거 다 외로워하고 혼자 견뎌내고 나서 영상원에 합격했다. 그리고 내년부터는 학교를 다니겠구나라는 이런저런 생각을 하던 참에 위에 말한 것과 같은 기사가 신문에 나간 것이다. 그런데 정말 의외로 삐삐가 죽어라고 울리는 것이다. 삐삐는 물론 전화까지. 내가 그 외롭던 시절에 그렇게도 바랐던 '그냥 한번 해봤어'라는 연락이 웬걸 그렇게도 많이 오는지.

사실 실제로 그렇게 많이 연락이 왔던 것은 아니고, 내가 그 전에 너무나도 외로웠기 때문에 상대적으로 그렇게 느낀 것일 수도 있겠지만, 나는 그때 어떤 깨달음을 얻었다. 사람은, 인연은 있다가도 없고 없다가도 있는 것이구나. 사람들이라는 존재는 모여들었다가도 쉽게 떨어지고 쉽게 떨어졌다가도 다시 쉽게 모여드는 것이구나……. 건방진 소리일는지는 몰라도 나는 정말 그렇게 느꼈다.

그런데 지금 생각해 보니 이런 건 열여덟 살 때 알지 않고 한 스물일곱 살 때 알았어도 늦지 않았을 것 같다. 당장 알지 않아도 될 걸 고생하다 알아버린 것 같아서 기분이 좀 찜찜하다. 어쨌거나 그때까지 나는 나의 철학은 Let it be라고 생각했지만 실제로는 그렇지 못했다는 것을 알았다. 뭐든지 집착이 자기를 망치는구나. 그렇게 쉽게 모여들었다가 떨어지는 사람들에게 집착하면 결국 소모되는 영혼은 자기 자신인 것을.

그때 결심했다. 집착은 하지 말고, 사람들에게 그저 정만 주기로 했다. 그리고 사람들에게 정을 주었음에 결코 후회하지 않고, 나눠준 마음만큼 돌려받기를 기대하는 속 좁은 사람이 되지 않기를. 그리고 나를 스쳐 간 사람들을 언제까지나 되도록 좋게 기억하기로 결심했다. 뭐든지 집착은 자신을 망치는 지름길이다. 물 흐르는 듯이 살면서 자유롭게 사랑하고 싶다. 물론 누구나 그렇듯이 말은 쉽지만 실행은 어렵다. 나는 아직까지 사소한 것에 집착하는 범인을 벗어나지 못했다.

늘 당당하고 싶다

누군가에게 개인이 되고 싶다, 그런 생각을 얼마나 많이 했는지 모른다.

열일곱 살 때, 〈네가진〉에서 일할 무렵, 그때도 나는 혼자였다. 회사분들은 다 내게 잘해 주셨지만, 생각해 보면 그때 나는 어린애였다. '김현진 씨' 보다는 '현진아.' 하고 불리고 싶은.

게다가 IMF 때문에 운영비도 제대로 지급되지 않아 진행이 제대로 되지도 않고, 내 능력은 너무나 부족해 보이고, 글이 잘 써지는 것도 아니고. 하루하루를 살아가는 게 몸 위에 떨어진 바위를 간신히 받치고 숨을 쉬려 밀어내려고 애쓰는 듯했다. 운영상의 문제로 고민이 너무 많았다.

그러다 매스컴에 간간이 보도되면서 한동안 사람들의 관심을 샀다. 뭐 그렇게 많은 사람들이 아는 것은 아니었지만 확실히 미디어의 위력이란 컸다. 주로 사람들의 반응은 공개된 E-mail을 통해 확인할 수 있었다. 힘내고 열심히 해라 하는 분들의 격려도 물론 있었고 주소를 어떻게 알았는지 정성들여 쓴 편지라든가 자신이 직접 쓴 시나리오 등을 집이나 영상원으로 보내오는 사람들도 현재까지 많다. 그렇지만 고등학교 자퇴생이라는 신분을 하나도 창피해 하지 않고 오히려 드러낸 전례가 그다지 많지 않아서 그런지(서태지를 생각하며 위로를 많이 받았다. 그도 '고퇴자'였으니까) 꽤 격렬한 부정적 반응이 많았다.

사회면에 인터뷰를 한 번 했던 보수 정론지 J일보에는 열심히 공부하는 다른 학생들 마음을 혼란하게 만들고 사회적으로 악영향을 주는 학생을 보도하는 저의가 뭐냐, 게다가 불법 취업이다 같은 마치 투서를 연상케 하는 투고가 '독자의 소리'라든가 뭐 이런 란에 실렸고, 메일박스는 열어보기가 두려울 지경이었다. "니가 뭔데 그러느냐." "니가 그렇게 잘났느냐." 이런 것은 아주 온건한 타입이고, 첫마디부터 "야 이 xx년아"로 시작하는 메일도 한두 통이 아니었다. "너같이 별 미친 지 성질 주체

못하는 애 땜에 우리같이 정상적인 애들이 피해본다." 등등. 그런 메일
이야 지금도 계속 오는데, 영상원 붙고 나서는 한국예술종합학교 떨어
져서 충격이 컸던 사람들인지 "너 같은 x가 붙어서 내가 떨어졌다"라고
써보내는 사람도 꽤 되었다.

그때 그런 생각을 했었다. 단지 친구가 갖고 싶다는 뜻의 개인이 아니
라, 저렇게 얼굴이 보이지 않고 모르는 사람이라고 해서 마구 아무 말이
나 해대는 사람들에게 묻고 싶다. 내가 미디어를 통해 본 한 '개체'가 아
니라 자신들과 함께 동시대를 살아가고 같은 땅에서 함께 숨을 쉬는 '개
인'이라는 존재로 다가간다 할지라도 저렇게 함부로 이야기할지를. 저
사람들에게 내가 '김현진'이라는 개체가 아니고 '현진이'라는, 개인적
으로 알게 된 사람이라 할지라도 저들은 저렇게 이야기할까.

하도 그런 메일을 많이 받으니까 나중에는 신경도 쓰이지 않았고, 매
스컴에 보도된 후 얻어먹는 욕에 대해서는 신경 쓰지 않았다. 어차피 미
디어를 통해서 대중에게 비추어지는 모습이란 마치 욕실에 설치된 불투
명 유리와 같다. 형체는 보이지만 울퉁불퉁한 채 뚜렷하지 않고, 보는 각
도에 따라서 저마다 다르게 보인다. 대중은 그 모습을 보고는 저마다 자
신이 보고 싶은 모습대로의 김현진을 보고 거기에 대해 이야기하는 것
이다. 그것을 깨닫고 나서는 나는 더 이상 속상해 하지 않았다. 〈네가진〉
을 그만두고 나서는 개인 id를 공개한 적이 없었는데, 어디서 어떻게 알
아서 그렇게 메일들이 오는지 그저 궁금했을 뿐이었다.

여기서 내가 받았던 분하고 서럽고 속상했던 메일들 내용을 더 이상
자세히 얘기하지 않는 것은 나 혼자 그때 속상했으면 됐지 그런 저열한

이야기들을 다시 늘어놓고 싶지 않아서인데, 하여간 최근까지도 정말 힘들었던 것은 사실이다. 잘 쓰지 않았던 일기에 하루는 외로움을 토로한 적이 있었다. 최근에 발견하고 우연히 읽었는데, 짧은 글이지만 그때의 시린 느낌이 생각나서 마음이 아팠다.

97. 11. 1.
엄청 공격받고 있다
늘 당당하려 했지만 지금은 그러기가 힘들다.

거칠 것 없이 당당하고 싶다.
난 잘못한 것이 없고, 내 인생에 충실할 것이다.
나 이제 겨우 열일곱, 하지만……
내 나이에 비해 너무 큰 것을 감당하고 있는 것은 아닐까.
평범하지 않은 삶, 때로는 너무 힘겹다.
깊은 고독, 정말 외로워진다…….
국내 최연소 인터넷 편집장 김현진…….
외로운 이름이다.

나를 고개 숙이게 하는 삶

〈네가진〉시절에 느꼈던 격렬한 외로움을 생각하면 언제나 넘치는 고독이 퇴근해서 집으로 가는 발걸음도 붙잡던 그때에 혼자 가끔 들렀던 회사 앞 바의 칵테일이 생각난다. 무알콜 칵테일이었지만 향기는 참 좋았다. 하지만 내가 좋아했던 것은 그 말간 하늘색 빛깔도 향기도 아닌 바로 그 칵테일의 이름이었다. I'm so blue but I could smile……。

깊은 우울에 빠져 힘없이 조용히 허우적거리던 때, 나는 그 칵테일의 향기를 맡기를 좋아했다. 그리고 정말 힘든 날에는 몇 번이나 중얼거리곤 했다. I'm so blue but I could smile, I'm so blue but I could smile……。 그리고 억지로 힘을 내어 집으로 가노라면 가끔 내 눈물이 어두운 거리에 뚝 떨어졌다. 그 처연함이란. 지금 생각하면 추억이긴 하지만 그 추웠던 거리는 절대 돌아가고 싶지 않은 추억이다.

어쨌거나 그런 메일들이 하루에도 몇 통씩이나 오던 그때에는 정말 힘들었지만 지금은 씁쓸하긴 해도 뭐 그렇게 나쁜 경험은 아니란 생각이 든다. 왜냐하면 지금은 웬만한 욕 먹어서는 눈 하나 까딱도 안 하기 때문이다. 그렇다고 해서 이 책을 보시는 분들이여, 눈 하나 깜짝도 안 하니 욕이나 해볼까 하는 생각은 제발 하지 마시길. 나는 지금까지 욕 먹은 것만 해도 무병 장수, 불로 장생하고도 남을 만큼 많이 먹었다. 더 이상은 나라는 범인의 한계 밖에 있으니 정중히 사양하는 바이다.

나는 선천적으로 조금 어두운 기질은 있지만 대체로 친구도 많고 활발한 편이었다. 그래서 나는 학교를 그만두면서도 본질적인 내 성격에는 변화가 없으리라고 생각했다. 그러나 지금 생각해 보면 나는 성격이 많이 변했다. 안 그래도 골치 아프게 생각이 많은 편인데, 더 생각이 많아졌고, 집에서 좀 쉬면 몸이 아픈 것도 나아지리라 여겼는데, 내 병은 정신적인 원인이 많은 탓인지 오히려 더 나빠졌다.

하지만 '아픈 만큼 자란다'라는 말은 최소한 내 경우에는 진실인 것 같다. 나는 너무나 많은 아픔을 겪었고, 아직까지 무척 결점이 많지만 그래도 많이 자랐다. 그래도 어쩔 수 없이 나를 보면 성격이 많이 삐뚤어졌다. 가장 예민하고 친구가 그리운 때인 열일곱, 열여덟을 철저하게 혼자보낸 탓일 게다. 지금은 주위에 소중한 사람들도 많아서 내 삐뚤어짐을 똑바로 직시하고 그 꼬임을 풀어가려고 애쓰고 있지만 지금 나는 나를 탓하지는 않는다. 너무나도 사람 냄새, 사람 목소리가 그리웠던 그때에, 고독은 끊임없이 나를 달구었고, 나는 상처를 통해 자랐지만 이제 더 이상 그런 방법을 통해 자라는 일은 없었으면 한다.

이제 조금 나는 편하게 살고 싶다. 삶에 여력이 있다면 이제 나는 주위의 외로운 사람들을 더 돌아볼 수 있을 것 같다. 내가 너무나도 외로웠기 때문에 또 누가 그렇게 아려오는 고통을 느낄까 한번 더 주위를 살펴볼 수 있을 것 같다. 누가 보면 '지가 뭘 자랐다고 저렇게 잘난 척을 하느냐'라고 할지도 모르겠다. 그렇다, 나는 그렇게 많이 자라지 못했다. 나는 여전히 불성실하고 쉽게 지치고 힘들어한다. 나는 다른 사람들이 생각하듯이 자신이 넘치고 명석한 사람이 못 된다. 오히려 약간 덜떨어지고 잘 울고 때로는 어벙해 보이는 사람이다. 살면 살아갈수록 부끄러운 것이 삶이다. 지나온 내 삶을 후회하지는 않지만 돌이켜보면 나는 내가 현명하지 못하게 처신했던 일들에 대해 끊임없이 후회하고 있다. 나는 부끄러운 사람이다. 정말이지 삶은, 가도가도 나를 고개 숙이게 한다.

영상원에 오고 싶다구요?

영상원은 학원?

한국예술종합학교는 내실에 비해 그다지 일반인에게는 알려지지 않은 학교이다. 문화, 예술 분야에 평소에 관심이 많은 사람들이라면 알고 있지만 거의 대부분은 '거기 4년제 대학 맞아요?' 라든가, '탤런트 장 모가 다니던 학교' 정도로만 알고 있는 것이 현실이다. 내가 다니고 있는 곳은 이중 영상원인데, 심지어는 모 잡지와 인터뷰 도중 '왜 한국예술종합학교에 가지 않고 영상원에 갔느냐' 라는 웃을 수도 울 수도 없는 어처구니없는 질문까지 받은 적이 있다. 설립한 지 그다지 오래 되지 않고 소수 정예를 목적으로 하는 작은 학교이기 때문에 문화 예술인을 제외한 일반인에게는 그다지 인지도가 높지 않아서 생긴 해프닝이다.

한국예술종합학교는 국내 최초의 국립예술대학으로서, 98년에 전통예술원이 개원되면서 설립 당시의 목표였던 6개 원을 다 갖추고 본격적인 발전의 길을 걷고 있다. 6개 원이란 음악원, 무용원, 연극원, 미술원, 전통예술원, 그리고 영상원인데, 여기에 붙어 있는 '원' 자 때문에 또 웃지 못할 일들이 생기곤 한다. 한번은 한 남학생이 내게 진로 상담을 요청하면서 그다지 이름도 알려지지 않은 의심스러운 대학을 치겠다며 어떻게 생각하냐고 물었다. 뭐 나쁠 것은 없지만 왜 영상원을 쳐보지 않느냐고 물었더니 '우리 어머니가 학원은 일단 대학 나오고 다니랬는데요'라고 대답했다. 영상원에 다니는 학생이라면 다 한번쯤은 겪었을 에피소드들이다.

이 '원'이라는 것은 일반 대학에 있는, 예를 들어 법대, 미대, 음대 뭐 이런 것처럼 보면 된다. 말하자면 음악원은 음대, 미술원은 미대, 이런 식으로 보면 이해가 빠를 것이다. 민간에게 인지가 낮은 이유 중의 하나도 대부분의 국립대학들은 교육부 소속인데, 우리 한국예술종합학교는 학교 성격상 문화관광부에 소속되어 있다. 그래서 일반적인 다른 사립 예술대학에 비하면 학비가 최소한 1/2 정도로 상당히 저렴한 편이다.

매력 포인트 두 가지

컴퓨터 온라인상에서나 직접 만나는 사람들은 내게 꽤 많은 질문을 한다. 워낙 한국예술종합학교는 숨은 그림 찾기 하듯 숨어 있는 학교인데다가 모든 원이 다 그렇지만 내가 다니는 영상원도 학생을 적게 뽑으니 영상원을 지망하는 학생들이 입시 정보를 얻기가 쉽지 않다. 나는 워낙 정보에 어두운 데다가 아무 생각 없이 시험을 쳤기 때문에 영상원에 대한 아무런 제반 인식도 없었고 시험 문제 유형에 대해 전혀 몰랐지만, 그런 이유에서 더 겁없이 재미있게 시험을 칠 수 있었던 것 같다. 영상원, 특히 연출과나 제작과의 입학 시험 문제는 상당히 사람을 겁주는 문제들인데, 시험을 치르기 전에 미리 문제를 알았더라면 '아니 이런 문제를 어떻게 풀란 말야.' 하며 겁을 덜컥 먹고 제대로 치르지 못했을 것이다.

하지만 그건 내 경우에나 일어나는 일이고, 나에게 질문을 해오는 대부분의 영상원 지망생들은 시험에 관한 정보를 거의 얻을 수 없으니까 불안감이 더 커지는 듯했다. 통신상에서는 대부분 성의 있게 답변하려고 애썼으나 아무래도 궁금해 하는 사람이 한두 명이 아닌 만큼 여기서 몇 자 적고 넘어가는 것이 좋을 듯하다.

물론 영상원 지망생들이야 우리 학교의 장점과 그 이유를 다 알고 있겠지만 다시 한 번 짚자면, 한국예술종합학교 전체의 강점이기도 하지만, 작업 장비가 국내 최고 수준이다. 아니, 세계의 어느 영화 대학에도 이 정도 수준의 장비를 갖춘 대학은 없다고 한다. 95년 영상원 설립 이후부터 예산이 약 200억 가량 투자되어 훌륭한 장비들이 갖추어져 있다. 이것이 영상원을 지망하는 사람들에게 일단 큰 매력이다.

다른 하나는 최고의 강사진이다. 이것도 한국예술종합학교 전체의 자부심이기도 한데, 일단 음악원을 보자면 정경화, 김남윤 등을 비롯해 세계적인 성악가 플라시도 도밍고가 초빙 교수 요청을 받아들여 내년이나 내후년에 한국예술종합학교 교수로 재직하게 된다. 연극원에도 황지우, 이강백 등 최고의 예술인들이 포진하고 있으며 우리 영상원에는 미학계의 권위자인 최민 원장님 등 이론을 가르치시는 교수님들도 계시다. 또 학생들에게 직접 영화 현장의 분위기를 느끼게 해주려는 목적 아래 〈아름다운 청년 전태일〉의 박광수 감독, 〈우리들의 일그러진 영웅〉의 박종원 감독, 〈강원도의 힘〉의 홍상수 감독, 〈장미빛 인생〉(몬트리올 영화제 수상 〈- 맞나? - _〉의 김홍준 감독. 영화평론가 김소영 교수 등 한꺼번에 다 말하기 힘들 만큼 국내 최고의 영화인들이 포진하고 있다. 외부 강사로도 〈낮은 목소리〉의 변영주 감독이나 이상문학상 출신의 문학가인 이제하 교수님 등 화려한 강사진이 출강하며 이는 영상원의 자부심이며 학생들의 자긍심이기도 하다. 일단 이 정도가 우리 영상원의 장점이라 할 수 있다.

영상원 사람들

사람들에게 학교의 장점을 설명하고 나면, 뒤이어 늘 그렇다면 그 영상원에 들어가기 위해서는 과연 어떻게 해야 하는가라는 질문을 받곤 한다. 일단 우리 영상원은 일반 대학과 분위기가 확연히 틀리므로 덜컥 시험을 치르기 전에 학교의 특성에 대해 알고 거기에 대해서 깊이 생각을 해보아야 할 필요성이 있다.

일단 한국예술종합학교 어느 원이나 다 그렇긴 하지만 소수 정예가 원칙이므로 학생을 적게 뽑는다. 영상원의 시나리오과 같은 경우는 한 학년에 정원이 딱 5명일 정도다. 연출과는 그것보다는 많아서 15명이 정원이지만 학칙에 '인원수에는 상관없이 본교에서 정한 기준에 미달하면 선발하지 않는다'라는 규정이 있어 올해는 12명밖에 뽑지 않았다. 제작과는 25명 정원에 17명밖에 선발되지 않았을 정도이다. 그 때문에 학생들이나 학부모들의 항의를 많이 받기도 하지만, 학교 규모도 작은 데다 분위기로 봐서는 좀처럼 그런 관행이 바뀌지 않을 것 같다.

그리고 또 하나 중요한 영상원의 특징은, 이것은 타 원보다는 영상원에서 지배적인 특성이라고 볼 수 있는데, 과 성격상 3학년 때까지 공통 수업을 하는 연출 제작과는 총 인원이 27명이다. 그런데 평균 연령은 25세 정도이다. 말하자면 다른 학교와 연령 분포의 비율부터가 확연히 다르다. 대학 신입생들은 고등학교를 갓 졸업하고 대학에 입학한 경우가 대부분이지만 우리 영상원의 경우에는 대학을 다니다 이곳에 다시 입학하거나 대학을 졸업하고 오는 사람, 심지어 직장을 그만두고 새로 입학하는 학생들까지 있다. 윗 학번의 선배들 같은 경우에는 60년대 초중반 태생들도 적지않을 정도라고 한다. 경쟁률도 이번 연출과가 30:1 정도까지나 치솟았다고 하니 그리 낮지는 않은 편이다. 그만큼 다양한 연령층이 지원하는 것이다. 이번 학번의 연출 제작과 전체 인원 중 연출과와 제작과에는 일반적인 대학 신입생처럼 고교를 갓 졸업하고 입학한 사람은 각각 단 1명씩밖에 없으니 이만하면 분위기가 충분히 짐작이 갈 것이다.

그러니 대부분의 학생들은 다소 늦은 나이에 새로운 시작을 한다는 불안감과, 주변에 온전한 직장을 가진 사람들이 많은 데서 오는 초조감이 한데 작용하여 전체적으로 공부에 치중하는 분위기이다. 게다가 개강 파티라든가 신입생 환영회뿐 아니라 입학식 같은 형식적인 행사도 전혀 없어 전체적인 학교 분위기가 목표 지향적이 된 것 같다. 그래서 다소 어린 나이에 입학한 사람들은 그런 점에서 많이 힘들어하는 것 같다. 또 학생 편의 시설 등이 아직 충분히 확충되지 못한 데다 워낙 학과 커리큘럼이 빈틈없는 것 등이 이유가 되어 가끔 '직업 학교'라든지 개인주의적이라고 외부로부터 비판을 받기도 하지만 나는 우리 학교가 좋다.

개인적인 이유를 들어보자면 천식 등의 지병을 앓고 있어 건강이 좋지 않은 데다 기독교인인 나로서는 술을 하지 않는다. 술자리에 가도 구경이나 하는데, 일반 대학처럼 신입생 환영회 때 후배에게 술 먹이다 사고가 일어나는 그런 곳이었다면 나는 아마 꽤 고생을 했을 것이다. 그래서 사실 기우인지 몰라도 대학 입학 전 조금 걱정을 했었는데, 입학하고 나니 그런 강제적인 자리는 아예 마련되지도 않았고, 지금은 꽤 편하게 학교 생활을 하고 있다.

그리고 나는 우리 학번의 나이 많은 동기들을 진심으로 좋아한다. 입학 시험 때 면접 시험의 질문에서 박광수 교수님이 "영상원에 입학하면 동기들과 최소한 8살 정도 나이 차이가 날 것이다. 적응할 수 있겠는가"라는 질문을 하셨는데 나는 적응이라기보다는 오히려 즐기고 있다고 생각한다. 지금은 일단 초기니까 시간이 더 지나봐야 알겠지만 일단 내가 살아온 삶이란 그리 평범하지는 않았기 때문에 먼저 "쟤는 남과 다른 애" 또는 "이상한 애"라는 색안경을 끼고 나를 바라보는 사람이 많았다.

그러나 우리 동기들은 아무래도 인식이 좁은 그런 사람들보다는 나이가 많으니 일단 훨씬 시야가 넓고, 그래서 이야기하기가 훨씬 편하기 때문에 졸졸 따라다니며 내가 잘 따르는 편이다. 과연 그쪽에서도 그 졸졸 따라다님이 달가운지는 모르겠지만……. 그래도 나는 평생 친구 하자고 말해주는 우리 '늙은 오빠' 동기들을 아주 좋아한다. 젊은 층(타학교에서는 고학번이지만)도 물론이고.

그리고 개인주의적이라는 일부의 견해는 어느 정도 사실인지도 모르겠다. 그러나 앞에서 설명했듯이 모두 그렇게 자신의 미래에 대해 여유를 느끼고 있지 않기 때문에 대체로 공부와 영화 작업에 치중하고 있다. 또 일반 대학의 조금은 자유롭고 여유 있는 분위기와 전혀 달라 처음에 학생들은 조금씩 당황하게 되는 것 같다. 그들이 보기에는 모두 바쁜 선배들은 개인주의적인 것 같고(사실 나조차도 기회가 없어서 선배들의 이름과 얼굴도 제대로 알지 못한다. 그러나 영상원 학생들은 영화라는 협동 작업을 통해 모두 가까워지게 되는 것이 관례라고 한다) 메말라 보이기까지 한다. 그러나 영상원 사람들은 개인주의적일지는 몰라도 결코 이기주의적이지는 않다고 나는 확신한다.

나는 지금의 생활을 좋아한다. 물론 이곳도 완벽한 장소는 아니지만 같은 불편 사항이 있더라도 고교와 다른 것은, 그곳은 내가 선택한 곳이 아니었다. 철저하게 타의로 내가 다닐 학교를 선택당한지라 워낙 그곳에서는 내 자의가 아니었기에 절대 참아줄 수 없었던 것이다. 지금의 대학은 내가 다니고 싶었고 내 의지로 선택했다. 그래서 조금 마음에 들지 않는 부분이 있어도 내가 원했기에 적응하려 노력하는 것이다(물론 고교 생활은 '조금 마음에 들지 않는다' 는 정도는 아니었지만). 같이 밥 먹으러 갈 사람이 있으면 같이 가서 다들 밥을 먹고, 없으면 없는 대로 살고, 사람들하고 이야기를 하다가도 도서실에 가서 책도 보고, 잔디밭에서 땅따먹기도 하고 고무줄도 하고……. 하여간 나는 현재의 학교 생활에 만족한다.

정답은 없다, 마음대로 해라

너무 학교 자랑만 한 것 같은데, 그러면 이 학교를 오려면 어떻게 해야 하는가? 일단 영상원의 주된 철학은 하나로 요약될 수 있다. 바로 '정답은 없다' 라는 것이다. 3차까지 보는 시험의 1, 2차 시험을 볼 때, 나는 전혀 영상원 시험에 대한 사전 지식이 없었기 때문에 "주어진 그림을 보고 글로 표현하라"라든지 "음향을 듣고 글과 그림으로 표현하라" 등의 시험을 보고 뒤통수를 한 대 얻어맞은 것 같았다. 굳이 말하자면 논술과 비슷한 형태인 것 같은데, 무엇을 주제로 몇 분 이내에 몇 자로 써라 하고 똑부러지게 정해주는 그러한 시험이 서술형 문제의 보편적인 형태이다 보니 매우 난감했다.

새파란 99학번인 나에게 영상원에 들어가려면 어떻게 해야 되느냐고 물어오는 사람들에게도 특별히 해줄 이야기는 없다. 그들이 원하는 대답은 구체적인 시험 문제와 어떻게 썼는지 같은 아주 시시콜콜한 것들인데, 문제지는 답안지와 함께 다 걷어가 버리기 때문에 정확한 문제를 제공해 줄 수 없음도 물론이고 영상원의 시험 문제는 해마다 기상천외하게 변경되기 때문이 내 생각에는 모르는 편이 더 나을 거란 생각이 든다.

그리고 그들이 원하는 답변은, 어떤 영화를 보았느냐, 감상문은 어떤 식으로 작성했느냐, 영화 전문 서적은 어느 출판사에서 나온 어떤 것을 보았느냐 등이 있는데, 나는 솔직히 말하자면 98년에는 수능 준비를 하느라고 영화는 비디오 두세 편밖에 보지 못했고, 영화 전문 서적 같은 것은 단 한 권도 읽지 않았다. 이렇게 말하면 그렇다면 도대체 어떻게 붙었는가? 하는 질문이 곧 이어지게 마련이다. 물론 여러 가지 질문에 대해서는 전문적으로 답변해 줄 수 있는 영상원 학우가 또 있을 것이고, 내가 해줄 수 있는 충고는 쉴 때도 머리를 가지고 놀고, 머리를 혹사시키라는 것이다.

나는 비록 영화에 대한 공부는 별로 하지 않았지만, 끊임없이 한 가지 주제를 놓고 생각을 하고, 생각나는 아이디어가 있으면 곧 메모를 하고 또 거기에 대해 쉴새 없이 생각을 하고, 쉽게 말하자면 아주 머리를 못살게 굴었다. 내가 말할 수 있는 영상원 시험 재미있게 보는 비결은 그것이다. 영상원 시험은 머리를 못살게 구는 시험인데, 매일매일 미리 머리를 못살게 굴어두면 시험을 치를 때도 늘 하던 짓이니 똑같이 못살게 굴게 되고 이때 머리가 뱉어내는 것을 답안지에 적으면 된다. 그리고 지망생들이 하는 말에서 늘 빠지지 않고 등장하는 것이, 영상원에 가기 위해 영화 '공부'를 한다고 이야기하는데, 내 생각에 영화를 '공부'로 하는 것은 학교에 들어와서 해도 늦지 않다.

영화를 영화로서가 아니고 하나의 텍스트로 읽고, 공부해야 할 대상으로 보기 시작하면 그때부터 조금씩 영화가 싫어진다. 영화는 영화이고, 우리를 미지의 세계로 인도하는 문이고, 인간이 만들어낸 것 중 가장 완벽한 예술 중의 하나이지 다른 것이 아니다. 영화를 학문으로 보는 것은 입학 후 해도 늦지 않다.

머리를 못살게 구는 것 외에 또 하나의 충고는, '문화를 즐기라'는 것이다. 매일 노세노세 놀라는 이야기가 아니다. 어차피 영상원 기출 시험 문제집이 있는 것도 아니고, 지망생들은 모두 똑부러지는 마땅한 해결책을 원하지만 점수로 판단되는 대학이 아닌 만큼 영상원에 그러한 방법은 없다. 그러니 전문서적부터 읽기보다는 재미있는 책을 읽고, 괜히 고전 보다 졸지 말고 재미있는 영화를 보라. 영상원의 문은 영화를 예술로서 사랑하고 즐길 줄 아는 사람에게 열려 있다고 생각한다. 영상원의 가장 큰 메리트는 번쩍번쩍하는 장비도, 화려한 교수진도 아닌 바로 그러한 자부심이다. 한국예술종합학교 학생이라면 모두 자기 분야에서 그러한 자부심이 있다. 영화를 영화 자체로 이해하고, 예술을 그 자체로 사랑할 줄 아는 이들이란 자부심, 국내 예술대학의 베스트 오브 베스트. 우리는, 한국예술종합학교 학생이다.

자퇴에 관한 몇 가지 충고

지금까지 이 책에서 나는 자퇴에 대해 긍정적인 입장도 그렇다고 부정적인 입장도 밝히지 않았다. 내 자신이 자퇴생이며 아마도 그 사실이 미디어를 통해 알려졌기에 자퇴를 할 예정이거나 심각하게 고려하고 있다는 꽤 많은 사람들에게 자연스럽게 조언을 요청받기도 했다.

지금까지 매스컴에서 인터뷰를 해왔을 때 늘 단골 메뉴로 등장하는 질문이 있었다. 이것은 내게 조언을 요청한 사람들도 거의 다 하는 질문인데, '학교측의 저열한 언사에 분개해 자퇴를 결심했다고 들었다. 너무 성급한 결정이 아니었냐?' 이런 질문이 꼭 등장한다.

보는 사람의 관점에 따라서는 정황을 잘 모른다면 성급하고 철없는 결정이라고 생각할지도 모르겠다. 물론 그때까지는 웬만하면 나도 보편적인 인식에 따라 학교까지는 되도록 그만두지 않으려 했었으나, 최악의 상황을 대비하여 '내가 만약 학교를 그만둔다면 어떻게 될까'라는 설정은 머릿속을 통해 수없이 가정해 보았다.

강제로 전교생 모두 신청하게 만들지만 신청서에는 떡 하니 '야간 자율 학습'이라고 기재되어 있는, 오히려 반발심으로 학습 능률을 더 떨어뜨리는 야간 타율 학습과, 가끔 등수대로 출석을 불러 옆에 있는 친구까지도 대입을 위한 경쟁자로 보도록 부추기는 학교의 분위기가 일단 싫었다. 또 수업의 질적인 면에서는 차라리 대형 학원에 다니는 편이 훨씬 낫겠다고 생각했다.

나로서는 수없이 생각하고 또 생각해서 내린 결정이고, 지금 후회하지는 않지만 자퇴를 생각하며 조언을 구해오는 학생들에게는 쉽사리 대답하기가 꺼려진다. 내가 뭐 그리 삶을 잘 안다고 이래라저래라할 수도 없는 노릇이고 남의 일은 내 일을 말하는 것보다 몇 배는 더 조심스럽기 때문이다. 그래도 지금 어렵게나마 몇 마디 그동안 쭉 생각해 왔던 충고를 적어본다.

지금 자신의 마음속을 깊이 들여다보라

사람들은 다른 사람들의 삶에 참 관심이 많다. 가끔 나에 대해 정말 귀찮게 물어보는 사람들을 보면 그 관심을 자기 삶에 더 쏟으면 생활이 참 윤택해지련만, 하는 생각마저 든다. 사람들은 처음 만날 때 대부분 다 나이를 묻는다. "나이가 몇 살이에요?" "81년생이에요." "몇 학번이라고 그랬죠?" "99학번인데요." "일곱 살에 학교 들어갔어요?" "아니요." "그럼 어떻게 들어갔어요?"

　초면에도 여기까지 묻는 사람들이 대부분이지만 이 정도는 약과다. 자꾸만 대답해야 하는 것이 귀찮아서 노 코멘트 의사를 밝히면 예의를 아는 사람들은 더 이상 묻지 않지만 다른 사람의 삶에 정말 관심이 많은 또다른 부류의 사람들은 계속 캐묻는다. "월반한 거예요? 아님 검정고시? 검정고시 쳤죠? 맞죠?" 그거 맞췄다고 상품 주는 것도 아닌데.

　하도 열심히 물어서 한숨 쉬며 맞다고 대답하면 질문은 계속 이어진다. 마치 스무고개 같다. 그럼 학교 그만뒀네요? 몇 학년 때 그만뒀어요? 사람마다 질문은 조금씩 틀리지만 늘 공통 필수로 나오는 질문은 "학교 왜 그만뒀어요?"이다. 거기에다 "저는 영화를 너무 사랑하는데 학교에서 영화랑 저를 막 싸잡아서 같이 모욕하고 올바른 학습 환경도 제공해 주지 않아서 그만뒀어요." 하기에는 너무 길다. 그래서 나는 대부분의 경우에는 아침에 일찍 일어나기 싫어서 그만뒀다고 대답한다. 그래도 몇몇 사람들에게서 계속 나오는 질문, "부모님이 뭐라고 안 그러셨어요?" 나는 그럴 때마다 속으로 '니네 부모님 같으면 뭐라고 안 그러시겠냐'라고 대답한다.

　여담으로 이야기한 것이지만 내가 여기서 하고 싶은 얘기는, 지금 이 글을 읽는 사람들 중에 자퇴를 심각하게 고려하고 있는 사람이 있다면, 자기 마음속을 한번 찬찬히 들여다보라는 것이다. 사람은 누구나 자신의 행동과 자신의 선택에 대해 확실한 이유를 남보다 먼저 자기 자신에게 설명할 수 있어야 한다. 가장 냉정한 관찰자이자 심판자는 자기 자신이어야 한다. 자신에게 냉철하게 설명할 수 있을 만한 정당한 이유가 있는가?

　아무도 자신의 인생을 대신 살아주지는 않는다. 자퇴는 결코 작은 일이 아니다. 나도 그 한 번의 선택으로 프루스트의 시처럼 많은 변화를 겪어본 사람으로서 말할 수 있는 것이다. 최대한 냉정해지라. 내일 당장 일어나서 학교 가기가 죽기보다 싫더라도 냉정해지라. 중요한 선택의 시점에서는 머리도, 가슴도 모두 차가워져야만 한다. 그리고 가장 엄격한 심판자로서 자기 자신을 설득해 낼 수 있다면, 좀더 심각하게 고려해 볼 만하다. 그러나 그러기는 정말 쉽지 않다.

자기 자신을 똑바로 보라

　자퇴라는 것은 어지간히 독한 사람 아니면 해내기 힘들고, 또한 자퇴하기 전 마음먹었던 생활을 그대로 실천해 나가는 것은 자퇴를 감행하는 용기의 몇 배 이상의 굳은 의지가 없으면 매우 어렵다. 이것은 철저하게 내 경험을 통해서 말할 수 있는 것이다.

　중학교 3학년 때, 갑자기 운동회 종목 중의 하나인 1.5km 달리기 선수로 선발된 적이 있었다. 1.5km가 아무 것도 아닌 것 같지만 별로 평소에 운동을 하지 않던 나로서는 지기는 싫고 가만 있자니 질 것 같고 해서 선수가 되었다는 사실을 통보받은 그날부터 매일 운동장을 달리기 시작했다. 조금 달려서는 안 될 것 같아서 날마다 수업이 끝난 후에 운동복으로 갈아입고 운동장을 25바퀴씩 뛰었다. 또 주말에는 40바퀴를 뛰었다. 하루이를 하고 그만두겠지 하고 나를 지켜보던 친구들도 10바퀴, 20바퀴를 달리고 나서도 계속 달리는 것을 보고는 혀를 내두르며 '에너자이저' 라는 별명을 붙여주었다. 그렇게 열흘 조금 넘는 기간을 연습하고 나서 나는 3등을 했다. 1,2등이야 육상부 선수들 차지였으니 그만하면 만족스러운 셈이었다.

한번 결심하면 쉽사리 포기하지 않는 성격 때문에 '악바리' 라는 별명까지 생겼던 나였기에 내 생활 전체를 다 내가 통제해야 하는 상황이 되어도 어렵지 않게 해낼 줄로 알았는데, 현실은 그렇지 못했다.

이건 대학 들어와서 교수님에게 들은 이야기인데, 대중의 심리에는 누구나 독립적이 되기보다는 어떤 권위자가 나타나서 행동하지 않아도 되도록 여럿을 이끌어가 주기를 원하는 심리가 있다고 한다. 학교를 떠나보기 전에는 누가 시키는 대로만 하는 생활이 물론 싫기는 하지만 반면에 얼마나 편안한지 모른다. 바로 이것이 갓 대학에 들어간 신입생들이 누가 무엇무엇을 하라고 말해주지 않으니 봄날 정전기 일어난 나방처럼 우왕좌왕하게 되는 이유이다. 모든 것을 자신이 알아서 해야 되는 생활.

가끔 인터뷰를 할 때 내가 대학에 진학한 것을 보고 '제도권을 떠나서 제도권으로 편입한 이유가 무엇이냐' 라고 비판조로 묻는 사람들이 있다. 사실 내가 고교 교육을 거부한 것은 '제도권' 이라는 존재 자체를 거부한 것이 아니다. 그저 '고등학생의 존재 가치와 삶의 목표는 오로지 대학 진학' 이라는 그 말에 나는 심한 반발감을 느꼈고 그 말을 믿지도 않았다. '그러한 열악한 환경에서 오로지 대학 진학을 지상 목표로 삼아 전진해야 한다면 차라리 난 이곳 밖에서 더 잘할 수 있다' 라는 확신이

들었던 것이다. 그 '잘할 수 있다' 라는 것은 스스로가 자기 관리를 확실히 할 수 있을 때 비로소 의미가 생기는 것이다. '악바리' 라는 별명처럼 나는 잘할 수 있을 것이라고 믿어마지 않았다.

그러나 현실은 그리 호락호락하지 않았다. 잠이야 원래 많지 않았지만 시험도 치지 않고 옆에서 열심히 공부하는 사람들이 없으니 그리 큰 자극 같은 것도 없고 자칫하면 게을러지기 정말 쉬운 시간들이었다. 나도 몇 번이나 내 스스로 정한 엄격한 생활의 틀에서 빗나갔고 그 시간들이 지나간 후 낭비한 시간과 에너지에 대해서 생각하며 뼈저리게 생각하며 후회하곤 했다. 아직까지 학교는 필요악이다. 웬만하면 남아 있는 것이 좋다고 생각한다. 그러나 무기력하게 학교에 남아 있는 것에서 더 이상 어떤 의미도 찾을 수 없다면, 그리고 자기 자신을 관찰할 때 엄격히 자기 관리를 할 수 있는 능력이 있다면 그다지 주저하지 않아도 좋다.

내가 그랬다는 이야기는 아니다. 나는 정말이지 여러 번 시행 착오를 겪었고 공부하는 것도 집안 환경이 별로 좋지 않아 힘들었다. 농담 중에 '자식 하나 대학 보낼 때마다 통장이 하나씩 거덜난다' 라는 말이 있는데, 그 말을 기준으로 해서 보면 나는 정말 돈 별로 들이지 않고 대학 간 셈이다. 98년 늦여름부터 학원 수강한 것과 문제집 비용을 빼면 별로 돈 들어갈 구석이 없었기 때문이다. 그러나 집안 형편이 별로 좋지 못해서 문제집 사게 돈 달라는 말이 그렇게도 나오지 않아 본 것을 한 세 번쯤 더 보고서야 문제집 사게 돈 달라고 쭈뼛쭈뼛 말을 꺼내곤 했다. 일단 경제적 환경부터 그렇게 좋지 않으니 나 개인이라도 마음을 잘 다스리고 많이 노력했어야 하는데 워낙 외로워서 마음이 종종 엇나가 후회하곤 했다.

자신을 냉정하게 바라보라. 자신을 정말 제대로 잘 다스릴 수 있다고 확신하는가? 쉽사리 그렇다고 대답하지 말길 바란다. 자신을 다스릴 수 있는 자는 천하를 다스릴 수 있다고 했으니까. 자퇴는 그렇게 퇴학 신청서만 내고 오면 될 정도로 간단한 일이 아니다. 자퇴가 딱히 대단한 일이라는 이야기가 아니라, 뭐든 그렇게 인생의 갈림길이 될 수 있는 선택 중 쉬운 것은 아무 것도 없다는 이야기이다.

결심했으면 밀어붙여라

자기 자신에게 납득이 갈 만한 확실한 이유가 있고, 외부적인 모든 통제가 사라진 상황에서도 자신을 잘 다스릴 수 있는 능력과 그러한 확신이 든다면 후회할 것은 없다. 내게 자퇴에 대해 문의하던 사람들이 많이 고민스러워한 부분이 바로 '주위 사람의 시선'이었다.

물론 사람이니만큼 신경 쓰이는 것은 당연하다. 나 역시 학교를 나오면서 몇몇 친구들에게는 "쟤 미쳤나봐." 하는 소리도 들었고, 보수적이신 부모님에게서 자식 포기했다는 소리가 나올 정도로 완강한 반대에 부딪치기도 했다. 대낮에 어슬렁거리며 슈퍼마켓에 가니 동네 아줌마들의 입에 오르내렸고, 일단 '고등학교 자퇴생'이라고 하면 자신이 무슨 다른 뜻이 있어서 그만뒀든 퇴학당했든 다른 사람들이 보면 다 똑같은 자퇴생으로 보이는 것이 사실이다.

나도 그런 점에서 많이 힘들어했지만 솔직하게 말해서 다른 사람이 뭐라고 생각하던 일각도 신경 쓸 필요가 없다. 그들이 자신의 인생을 대신 살아주는 것이 아니기 때문이다. 세상 어디를 가나 남의 말 하기 좋아하는 에너지 과잉의 인간들은 많다. 게다가 그런 주위 사람들의 곱지 않은 시선은 막말로 대학만 가면 다 사라진다. 아직까지 이 땅에서 '대학'이라는 단 두 글자가 차지하는 영향력은 그렇게도 막대하다.

내가 하고자 하는 말은, 자기 삶에서 중요한 선택을 할 때에는 자기 자신, 그리고 자신과 가장 가까운 사람들의 의견만 중점적으로 고려해도 부족하지 않다는 점이다. 확신하는가? 그렇다면 밀어붙여라. 자기 자신에게 뚜렷한 믿음이 있다면 주위의 입방아에 신경 쓸 것 없다. 그러나 현실적으로 그 뚜렷한 믿음이라는 것도 참 갖기 어려운 것임이 사실이다.

어쨌거나 자퇴에 관한 나의 충고는 이것이 다이다. 또 하나, 추가로 말해둘 것은 학교를 나오면 극심히 외로울지도 모른다는 사실이다. 이 점은 별거 아닌 것처럼 보일 수 있어도 아주 중요하다. 나도 스스로를 꽤 강한 사람이라고 생각했는데 그놈의 외로움 때문에 몇 번이나 넘어질 뻔했다. 지금까지 살았던 삶에서 탈피하려는 사람에게 가장 큰 적은, 바로 고독이다. 어쨌거나 인생이란 플러스 마이너스 썸 제로. 얻은 것이 있으면 언제나 반대 급부로 잃는 것이 있으니 자신이 '좋아하는' 쪽, 그러니까 택해서 자신이 행복할 것 같은 쪽을 선택하길 바란다.

닫는 글

나 가진 것 탄식밖에 없어
저녁거리마다 물끄러미 청춘을 세워두고
살아온 날들을 신기하게 세어보았으니
그 누구도 나를 두려워하지 않았으니
내 희망의 내용은 질투뿐이었구나
그리하여 나는 우선 여기에 짧은 글을 남겨둔다

못다한 이야기가 많다. 조금 더 잘 쓸 수도 있지 않았을까? 다 써내고
나니 내 게으름으로 후회와 부끄러움이 먼저 뺨을 달아오르게 한다. 비
단 글에 대한 것뿐만 아니라 힘겹다고 생각하지 않았던 내 삶의 부분들
에 다시 얼굴을 맞대어야 하는 과정이 무척 어려웠다. 그러면서 내 상처
를 정면으로 들여다보고, 내가 어떻게 살아온 사람인지를, 또 앞으로 어

떻게 살아가야 할지를 다시 생각해 볼 기회가 되었다.

미진한 감이 있는 중에서도 조금은 홀가분하게 느끼는 것은, 몇 해 동안 생각해 왔던, '학생의 입장에서 생각하는 교육'에 대한 담론을 전개할 수 있었기 때문이다. 아직은 미흡하지만 그래도 글을 읽으시는 분들이 조금 더 생각을 할 수 있는 기회가 될 수 있다면 더 바랄 것이 없겠다. 그리고 가지 못했던 길에 대한 회한은 지금도 남아 있지만 나이가 더 들면 잊을지 모를 외로운 청춘에 대한 기록을 남길 수 있었던 것은 행운이라 생각한다. 인생이란 무엇일까, 때때로 알 수 없는 불가해함과 모호함이 나를 감싸고, 내가 할 수 있는 것은 그것을 받아들이는 것뿐······

글을 맺으면서, 먼저 누구보다도 지금은 편히 쉬실 내 사랑하는 할머니께 감사를 전한다. 기도로 나를 감싸주시는 할아버지를 비롯한 친척들, 그리고 힘든 기간 동안 보살펴 주신 고마우신 부모님과, 열네 살때부터 영화감독의 꿈을 키워주시며 조용히 내 성장을 지켜봐 주신 조혜정 선생님과 백영애 선생님께도 이 자리를 빌어 한없는 사랑과 감사를 전한다.

또한 원고가 도무지 써지지 않는다는 이유로 게으름 피고 말썽을 부려 계획에 차질이 생겼음에도 불구하고 챙겨주시고 지켜봐 주신 김수영 편집자님을 비롯한 한겨레 식구들과, 씨네21의 조종국 기자님에게도 진심으로 감사한다. 내 백수 생활을 책임져 주던 KOMA의 여인들과 외로운 날을 울리던 오태호의 음악에도 감사를.

유일한 내 친구가 되어 주었던 노윤정에게 특별히 감사한다. 다니던 고교의 1학년 9반 김지영, 유현경, 김지혜, 강윤순 등 이름을 다 기억할 수 없는 모든 친구들에게도 변함없는 사랑을 보낸다.

영상원의 교수님들과 학우들과도 이 책을 나누었으면 한다. 신입생 중 가장 먼저 만나는 학생이라며 격려해 주시던 최민 원장님과 소설로 나를 펑펑 울리신 이제하 교수님을 비롯한 여러 교수님들과, 고민과 많은 이야기들을 함께 했던 안주영, 최은진을 비롯해 남다정, 서정택, 조은수, 이문호, 김동영, 신철호, 내 신경질이 하늘을 찌르고 건방이 땅을 울려도 결코 내 기를 죽인 적이 없는 김태윤, 그리고 지면상 이름을 다 기록할 수 없는 연출제작과 99학번 학우들에게 감사를 표한다.

마지막으로 지금까지 내 삶을 지켜주신 하나님께 사랑과 감사를⋯⋯ 마라나타.

1999년 4월

김현진

해설

해설
•
씨네키드 현진이가 본 학교, 어른들, 그리고 아이들 이야기

조한혜정
(연세대 사회학과 교수)

1.

신문사에서 추천의 글을 써달라고 했지만 그보다는 해설의 글 정도가 좋을 것 같다. 시집도 아닌데 웬 해설이 필요하냐고 하겠지만 글쎄, 요즘처럼 의사 소통이 힘든 시대에는 해설의 글은 많을수록 좋지 않을까?

현진이는 내가 《학교를 거부하는 아이, 아이를 거부하는 사회》라는 책을 탈고할 즈음에 만났고, '새로 쓰는 청소년 이야기'라는 제목으로 동인지 특집을 낼 때 함께 작업을 한 친구이다. 그 이후 우린 서로를 간간히 '길들이는 관계'를 맺어왔다.

사실 눈물이 별로 없는 나지만 나는 현진이 때문에 여러 번 울었다. 그가 쓴 영화평을 보면서 그 세대의 슬픔이 전해져 와서 울었고, 고등학교에 막 들어가 영화를 찍겠다고 흥분해 있다가 결국 교장 선생님과 학생주임 선생님의 반대로 찍지 못하게 되고 마침내 학교를 그만두게 되는 과정을 속수무책으로 지켜보면서 울었다. 이 사건으로 인해 마음이 무척 상해 있을 때 문화 관광부에서 21세기를 준비하는 작업을 할 '문화비전 2000' 위원회 위원이 되어달라는 요청이 왔다. 그 전까지는 관출입에 망설임이 많았는데, 이번에는 망설임 없이 승낙했다. 현진이 같은 아이들이 학교를 떠나지 않고 영화를 찍을 수 있게 해야 나라도 살고 아이들도 살 수 있다는 생각에서였다.

현진이가 학교를 그만둔 이후 나는 그가 생각보다 심하게 방황하는 듯해서 약간 죄책감에 시달렸고, 그래서 자퇴한 아이들이 몇 명 모이면 집에서 작은 대안 교실이나 마련해 볼까 했는데, 그 일도 여의치 않았다. 현진이는 현진이대로 자기가 쌓아온 세상이 있었고, 자기 나름대로 사는 방식이 있었다. 어쩌면 '내 세상'에 들어오기에는 너무 다른 유형이라는 생각도 들었는데, 그래서 아마도 그는 영화를 만들고 싶어하는 것이고, 나는 교수나 하는지 모르겠다. 어쨌든 현진이는 혼자 이리 저리 치이면서 세상을 겪어내고 있었다.

워낙 글을 잘 쓰니, 연세대 논술 특차에는 붙을 터이고, 그러면 많은 문제가 풀리리라 생각하면서 애써 신경을 쓰지 않고 지냈었는데, 난데

없이 논술 시험 자격을 학교장 추천을 받은 재학생에게만 준다고 해서 나는 또 한바탕 입학 관리처에 두 번이나 편지를 쓰고 난리를 피웠다. 그러나 현진이는 결국 논술 특차 시험을 볼 기회를 얻지 못했다. 파행적인 입시 제도를 과감하게 바꾸어가려는 한국예술종합학교가 서울에 있었다는 것은 얼마나 다행인가? 지난 11월 영상원에 합격했다는 현진의 전화를 받고서 나는 죄책감에서 풀려날 수 있어서 좋았고, 그 후 얼마 지나지 않아 이 책의 원고 뭉치를 받아 읽어보게 되었다. '이번에는 울지 말아야지.' 생각했지만 나는 또 한번 현진의 글을 읽으면서 훌쩍거렸다.

2.

넌 새장에 갇혀 하염없이 목 늘이구 하늘만 바라보는 우리 같은 새들하고는 달라. 넌 날아도 아주 높이 날아야 할 거야. 널 보내면서 마지막으로 부탁할 건, 제발 몸조심해라. 6. 9 가연(163쪽)

현진이가 학교를 떠날 때 친구가 써보낸 편지의 한토막이다. 자기는 '보이지 않는 창살'에 갇혀 있더라도, 비록 '게토' 같은 곳에 남아 있더라도 '너'만은 탈출해서 마음껏 하고 싶은 일을 하면서 살라는 식의 말을 열일곱 살이 채 안 된 아이가 하게 되는 현실이 가슴 아파 나는 울었다. 이 책을 읽으면 담벼락 높은 '학교 안'이 보인다. 아이들의 마음이 보이고, 교사와 교장들의 모습, 그리고 그들 사이의 삐걱거리는 상호 작용이 보인다.

학교 다닐 때 나와 가장 친했던 친구 중의 한 아이는 전교 몇 등 안에 드는 소위 모범생이었다. 그 앤 워낙 표정이 없었지만 "넌 꿈이 뭐야?"하고 물어보면 섬뜩할 정도로 무표정하게 "응 고등학교 졸업하는 거"라고 말해서 날 오싹하게 하곤 했다(96쪽).

나는 그래도 뭔가 기대하고 문예반을 선택했는데, 선생님은 첫 시간부터 아이들에게 "니네 아무거나 해라"라고 하시는 거였다. 아니, 이게 뭐야? 그러자 몇몇 아이들이 "비디오 보면 안 되요?" 라고 물었다…선생님은 전혀 아무렇지도 않은 말투로 "니네가 보고 싶으면, 한 명이 집에서 비디오 가져오고, 한 명은 집에서 텔레비전 가져오고, 니네가 비디오 테이프 빌려와서 봐라"라고 하는 것이었다. 농담인가 싶어 선생님의 눈치를 살폈지만 전혀 농담 같지 않았기에 나는 기가 찼다. 나는 그러느니 안 보고 만다 주의였지만 일 주일에 그나마 한 번 있는 빈 시간을 활용하고 싶었던 아이들은 바로 그 다음 주에 정말로 무거운 텔레비전과 비디오를 가지고 와서 보기 시작했고, 그 노력과 열성에 혀가 내둘러졌지만 나는 시간이 남아돌아 엎어져 잘지언정 그 비디오는 보고 싶지 않았다.

이렇게 학생들이 원하든 말든 아무 성의 없이 '니네가 할 재주 있으며 어디 한번 해봐라' 식의 대우를 우리가 받아야 한다는 것이 너무나 화가 났고, 그걸 보다 보면 우리 스스로가 정말 불쌍하게 느껴질 것 같아서 절대 보지 않았다…나는 스스로를 가엾게 여겨야 하는 상황을 정말 좋아하지 않는데, 그렇게 영화를 보면 한 시간은 즐거워도 내내 마음이 언짢을 것 같아서 보지 않고 엎드려서 잤다(104~106쪽).

　이 책은 학교 생활에 관한 여러 가지 자세한 내용을 담고 있는 심층적 현장 기술지이다. 이 책은 한 아이가 국민학교 1학년 때 교사로부터 폭행을 당한 쓰린 기억에서부터 시작하는, '몸으로 쓴' 처절한 학교 현장 기술지이다. 현진의 표현을 빌리면 그 자신이 '순진했기에' ― 더 정확하게 말하면 학교와 어른에 대한 기대를 버리지 않았기에 ― 남보다 어렵게 살아야 했고, 그래서 실은 이런 글을 써낼 수 있었다.

　연구 방법론을 훈련받은 적이 없는 터이므로, 주관적이고 과장된 부분이 없지 않겠지만, 이 글은 어떤 훈련된 문화인류학자가 쓴 글 못지않게 훌륭하고 감동적인 문화 기술지이다. '부품 빠진 팬티엄' 이야기나 '행정 전시용 연구 수업'에 대한 묘사, 영화와 연예인을 구별 못하는 교장 선생님에 대한 글, 또는 '교복 없는 복장 규제'에 대한 이야기는 아이들이 학교의 비리와 어른 세계의 불합리함을 얼마나 예리하게 꿰뚫어보고 있는지를 알려주고 있다. '펄펄 나는 아줌마 선생' 이야기는 정말 재미있지만, 〈헤더스〉의 주인공 J. D에게 반한, "마지막 가는 길에 담배불이나 붙여주고 싶은 걸"이라고 말하는 '막가는 아이'를 사랑하고 싶어하는 현진이의 절망감이 전해와 정말 슬프다.

　내가 이 책을 현진이 또래들만이 아니라 교사와 학부모들에게 권하고 싶은 이유가 바로 여기에 있다. 특히 나는 교장 선생님들이 이 책을 읽었으면 한다. 영화적인 상상력과 기억력을 가진 아이가 써낸 이 생생한 현장 기술지를 통해서 아이들이 학교에서 무슨 생각을 하며 지내고 있는지 살펴볼 수 있을 것이기 때문이다. 객관적 현실은 그 현실을 살아가는 주관적 성원들이 만들어내는 것이다. 학교는 객관적인 현실이 아니라 그 공간을 점유하고 있는 아이들이 주관적으로 구성해 가는 것이다.

3.
아마도 이 책의 백미는 분노에 찬 열일곱 살 난 '사람'이 아주 당찬 목소리로 학교에 대해, 사회에 대해 말하고 있는 부분일 것이다.

정말 중고등학생 때 의욕이 넘치고 무엇인가 해보고 싶고 젊음의 에너지가 끓어 넘쳐 몸이 근질근질거려도 할 수 있는 게 도대체 뭐가 있느냔 말이다(98쪽).

지금까지 학교는 경쟁자가 따로 없는 현실에 만족하며 독과점을 해온 것이 사실이다. 경쟁 상대가 없었기에 올바른 복지와 수준 높은 교육서비스를 제공하지 않고, 특히 학생이라는 수요자층의 욕구는 전혀 고려하지 않고서도 독주를 해올 수 있었던 것이다. 지금까지의 교육으로 한국 학교가 해낸 것은 입시 지옥과 돈 봉투가 날아다니는 추한 현실과 학생들의 점점 강해지는 문화적 빈곤감을 양산한 것이다. 대한민국의 학교는 실패를 인정해야 한다. 이제 더 이상 독주할 수 없다. 점차 사회 제반 인식이 넓어짐에 따라 지금까지 해왔던 방식으로는 도태될 수밖에 없는 현실이 곧 다가올 것이다. 앞에서 말했듯이 오랜 기간 쌓여온 비능률적이고 학생들이 요구가 전혀 존중받지 못하는 학습 환경에 대한 학생들의 불만은 근본적인 변화가 일어나지 않는 한 고조될 것이다. 이렇게 불만이 고조되면 학교가 가장 주요하게 생각하는 '서울대 XX명 합격'의 플래카드를 내거는 일에도 지장이 올 것이 자명하다. 학습 능률이 현저하게 저하될 테니까. 더 이상 예전처럼 '그딴 데 불만 갖는 애들은 다 공부 못하는 놈들이야!'라는 주장도 이제는 통용되기 어려울 것이다. 왜냐하면 어른들의 말대로 요즘 애들은 '영악' 해져서 더 이상 그런 말에 속아줄 정도로 순진하지 않기 때문이다 (101~102쪽).

좀 나은 교육 환경을 마련해 주기가 그렇게 힘든 일인가? 50명 넘는 애들이 바글거리는 교실에 선풍기 2대 설치해 놓고 교무실에는 에어콘 사다놓은 그들을 더 이상 믿는 아이들이 있을까. 나는 대다수의 중고교들이 학생들에게 하는 처사를 보면 정말로 걱정된다. 저 사람들 나중에 어쩌려고 저러나, 저렇게 빤한 거짓말을 믿으라고 우겨대니 저거 나중에 어떻게 책임지려고 저러나. 애들 화장실은 막히거나 말거나 상관 안하고 교장실에 정수기 놓는 저들을 더 이상 믿는 아이들이 있을까. 대한민국 학교들은 이제 갈 데까지 다 갔다. 그리고 물론 끝이 다 보이는 지금도 고치려 하지 않는 이들은 모든 것이 다 망가져 회복 불능에 들어서야 지금의 IMF처럼 내 책임 아니네, 네 책임 아니네 하며 그 타령이나 하고 있겠지(93쪽).

차라리 학교가 정직했으며 좋겠다. 교육 환경이 좋지 않으면 좋지 않은 거 인정하고 함께 바꿔나갈 생각은 못할 망정 '이게 정상이다. 이게 바른 거다. 이게 사실 좋은 거다." 하면서 애들을 세뇌하려고 드는데, 아이들은 이제 더 이상 거기에 속아줄 만큼 멍청하지 않다. 20세기 말, 이미 갈 데까지 다간 학교여. 차라리 정직하라. 그것이 그나마 그대들의 모습을 덜 구차하게 할지니(89쪽).

이런 부분을 읽으면서 어른 중에는 선풍기 두 대나 달린 교실에 대해 불만을 토로하는 현진이를 욕심도 많다고 생각할 이들도 있을 것이다. 건방지다고 생각하는 이들도 있을 것이다. 그러나 이것이 현진이 세대의 언어라면 어른들은 판단을 중지하고 먼저 그들의 언어를 이해하기 시작해야 하지 않을까? 교실에는 선풍기, 교무실에는 에어콘, 교실에는 난로, 교무실에는 온풍기가 있어야 하는 이유를 이 세대 아이들은 납득하기 어려워하고 있고, 그들을 그렇게 만든 것은 실은 어른들이 이루어낸 그동안의 사회적 변화이다. 그러니 이제 그들이 말에 귀를 기울여야 하지 않겠는가? 현진이의 치열한 문제 의식은 해결 모색으로 이어진다.

학부모님들께서는 이제 '우리 애의 성적' 보다는 '우리 애의 행복'에 좀더 관심을 가져주셨으면 좋겠다. 마음이 즐거운 젖소가 품질 좋은 우유를 훨씬 더 많이 생산해 낼 수 있듯이 좋은 환경에서 공부하는 학생들이 훨씬 더 좋은 학습 성과를 올릴 수 있다는 사실을 알아주셨으면 좋겠다…이제 '우리 애의 성적' 보다 '우리 애가 성적도 올리며 행복하게 학교 생활을 할 수 있는 환경' 에 관심을 가져주실 때가 되었다는 이야기이다(95쪽).

귀 뚫은 건 그냥 귀 뚫은 거고, 그걸 가지고 '부모의 권위에 도전한다' 라고 하면 정말 할말이 없지 않는가. 순진한 우리 부모님과 영악하고 엉큼한 (부모님 표현으론) 내가 모여서 한가족이니 세상은 참 지루하지 않을 수밖에…… . 보수반동부모와 혁명 분자가 한집에서 사는 것은 정말 어려워. 어려워, 아악! 엄마, 아빠 제가 그냥 한 행동에 제발 '정치적' 색채를 가미하지 말라구요. Please!!(128쪽).

학교는 이제 시류에 민감해져야 한다. 특별 활동 시간을 이용해 신체적 건강과 어느 정도의 재미도 얻을 수 있도록 다양한 운동반이 마련되어야 한다. 문화적 시류에 발맞춤과 동시에 가까운 미래에 각광받을 만한 것들을 미리 꿰뚫어보는 시선을 갖추어 게임 제작반, 대중 음악 연구반, 애니메이션 반, 영상 제작 실습반 등을 설치하여 학생들의 다양한 적성 또한 개발해 줄 필요가 있다.

처음부터 근사한 장비를 만들고 전문가를 초빙할 필요는 없다. 같은 분야에 관심이 있고, 학생들과 열정적으로 하나가 될 수 있는 능력을 갖춘 교사와 학교측에서 정말로 힘닿는 대로 지원하려 하는 성의, 이 두 가지가 특별 활동의 세대 교체의 토양으로서는 충분한 자원이다. '재미없는 학교' 는 이제 그만. 더 늦기 전에 바꾸어야 살아남는다. '문화의 세기가 오고 있다' 라는 국민의 정부의 구호는 학교만을 비껴가는 메아리인가(106쪽).

다행히 요즘 들어서 학부모들의 생각이 많이 바뀌고 있고, 교육부에서도 입시 제도를 다양화하고 특별 활동을 활성화하는 등 학교 문화를 바꾸려는 노력을 기울이기 시작했다. 교사들 중에서도 새로운 움직임의 조짐이 보이기 시작했다.

나는 이 책이 현재 추진되고 있는 학교 개혁에 청소년 자신들의 참여가 가장 중요한 것임을 알려주는 역할을 해낼 수 있기를 바란다. 아이들이 더 이상은 속지 않을 것이라는 현진이의 말이 사실이기를 바란다. 비웃음기마저 걷혀버렸다는 아이들이 얼굴에 표정이 되살아나기를 기다린다. 아이들이 '나는 왜 이렇게밖에 못 살지?'라는 질문으로 끊임없이 자신을 들볶지 않아도 되는 날이 곧 오면 좋겠다. 현진의 말대로 이제 학생들은 학교에서 행복해져야 한다.

4.

이 책에는 학교 이야기만 있는 것이 아니다. 문화적으로는 ─ 엄밀하게 신에 대한 예의를 중시하는 종교적 분위기속에서 현진이는 자랐다. ─ 풍부하나, 경제적으로는 여유가 없는 환경에서 자랐고, 외동딸이면서 전혀 외동딸 같이 않게 자란 현진이의 성장 과정이 그려져 있다. 그리고 할머니에 대한 신뢰와 사랑, 서로 물과 불 같다고 느끼면서도 깊은 사랑으로 엮여 있는 부모에 대한 이야기, 페미니스트 카페에서 만난 변영주 감독 이야기, 남자 친구 이야기, 아스팔트에서 뒤뚱거리다 깔려죽은 비둘기 이야기 등 많은 이야기들이 실려 있다. 이 모든 관계와 에피소드들은 힘들고 불안정한 상황에서도 현진이를 지탱해 준 마음의 양식이었을 것이고, 앞으로 그가 만들 영화의 장면들일 것이다.

또 고등학교 입학한 지 한 학기도 지나지 않아 자퇴한 후, 일 년 반 동안 넓은 사회를 학교로 삼았던 현진이의 세상 경험이 이 책에 자세하게 적혀 있다. '청소년들을 위한, 청소년들에 의한, 청소년들의' 웹진을 밤새워 만들었던 현진이는 돈벌이가 되어야 하는 기업체라는 세상을 알게 되고, 같은 또래들과 일하는 것의 어려움도 알게 된다. 교사가 아닌 다른 종류의 어른들에 의해서 치이기도 하고, 기사 거리가 되면 벌떼처럼 몰려드는 기자들 때문에 힘들어하기도 한다. 그래서 일찌감치 대중매체의 생리도 알게 되었고, 문화관광부 내 청소년 의원회 부위원장으로 관청 출입을 하게 되면서 관의 분위기도 간파하게 되었다. 그의 날카로운 통찰력은 그 어떤 것도 그냥 지나치지 않는다.

현진이는 분명히 예외적인 아이이다. 현진이 자신의 표현을 빌리자면, 일찍부터 '문자 중독증'에 걸린, 언어로 자신을 표현해 낼 능력과 의지가 꺾이지 않은, 늘 참여하면서 동시에 관찰을 하는, 그래서 컬트 무비 같은 세상을 그려낼 수 있는 아이이다. 그가 특출나고 예외적이라고 해서 그가 한 말이 예외적이라는 말은 아니다. 시대를 읽어내고 표현해 내는 사람은 언제나 소수였고, 특히 절망을 할 줄 아는 사람이었다. 이 책 곳곳에 까맣게 서려 있는 현진이의 절망 속에서 나는 진실을 본다.

앞에서 인용한 부분에서 비디오를 일부러 보지 않고 잠을 잤다는 이야기가 나오는데, 그 부분에 나타나 있는 현진이의 자존심은 남다르다. 그런데 그것이 그 개인의 특성일까? 아니면 그 세대의 특성일까? 나는 그것은 이들 세대의 특성이라고 생각한다. 이들 세대가 자존을 지키는 방식은 피난민적 혼란기를 살아내야 했던 윗세대와는 다르고, 또 달라야 한다. 부당한 대우에 앞뒤 가리지 않고 항의하는 것, 이유 없이 무시당하는 것에 길들여지지 않는 것, 이것이 바로 민주시민의 기본이며, 창조성의 근원이 아닐까?

사실 몇 년 전부터 10대의 저작들이 쏟아져 나오고 있다. 서울대를 들어간 10대가 후배들을 위해 친절하게 쓴 '어진이'의 학습법 가이드에서부터 '당신은 내 선생님이 될 수 없어요.'라는 제목의 고등학교 현장 이야기까지, 많은 책들이 나오기 시작했다. 이 책이 지금까지 나온 책과 좀 다른 점이 있다면, 바로 강한 문화 비평적인 성격 때문일 것이다. 나는 비판적이면서, 대안 제시까지를 담고 있는 현진이의 글을 읽으면서, 새로운 '문화의 세기'를 주도할 '카오스의 아이들'의 감수성을 읽는다.

현진이와 그 세대 아이들은 그들 나름대로 자신들이 살아내야 할 어려운 시대를 준비하고 있다. 이제 그만 그들을 놓아주고 그들의 시대를 살도록 밀어주자. 정말이지, '어른한테 치이는' 아이들이 좀 줄어들었으면 좋겠다. 그래야 아이들에게 치이는 어른들도 줄어들 것이고, 우리는 모두 조금씩 행복해질 수 있을 것이다.

'조금 다르다'는 이유로 많이 아파야 했던 '투덜이' 현진이가 첫 번째 책을 내게 된 것을 축하하며.

네 멋대로 해라

© 김현진 1999

초판 1쇄 발행 1999년 4월 15일
초판 26쇄 발행 2021년 6월 1일

지은이 김현진
펴낸이 이상훈
편집인 김수영
본부장 정진항
문학팀 김준섭 김다인 하상민
마케팅 천용호 조재성 박신영 성은미 조은별
경영지원 정혜진 이송이

펴낸곳 (주)한겨레엔 www.hanibook.co.kr
주소 서울시 마포구 창전로 70 (신수동) 화수목빌딩 5층
전화 02-6383-1602~3
팩스 02-6383-1610
대표메일 munhak@hanibook.co.kr

ISBN 978-89-8431-322-4   03810